Écrivain francophone d'origine turque, Metin Arditi est l'auteur d'essais et de romans dont *Le Turquetto* (prix Jean-Giono, prix Page des libraires, prix Culture et Bibliothèques pour tous), *La Confrérie des moines volants*, *Juliette dans son bain*, *L'enfant qui mesurait le monde* (prix Méditerranée et Prix du Meilleur roman des lecteurs Points), *Carnaval noir* et d'un *Dictionnaire amoureux de l'esprit français*. En 2021, il a publié *L'Homme qui peignait les âmes*.

Metin Arditi

RACHEL ET LES SIENS

ROMAN

Bernard Grasset

ISBN 978-2-7578-8937-4

À la mémoire de Martin Buber

« Le Talmud raconte que la cigogne est appelée en hébreu *Hasidah*, la pieuse ou l'affectueuse, pour la raison qu'elle aime les siens. Pourquoi, alors, entre-t-elle dans la catégorie des oiseaux impurs ?

– Parce que, répondit le Rabbi, elle ne dispense son amour qu'aux siens… »

Martin BUBER, *Récits hassidiques*

PREMIÈRE PARTIE

Jaffa, 1917

12 février 1917
Aux environs de Jaffa
7 h 30

Recroquevillée sur un matelas posé à même la terre battue, la fillette pressait contre son petit corps une vieille couverture. Elle s'y accrochait par angoisse, plus encore que pour se protéger du froid qui régnait dans le cabanon.

Une image floue lui vint en mémoire. Tatiana était couchée à côté d'elle, immobile. Il lui semblait bien l'avoir secouée, deux ou trois fois, mais sa sœur n'avait pas bougé. Elle avait dû rêver… Et son père ? N'avait-elle pas vu son père, aussi, debout devant elle, tête baissée ? Ou était-ce un homme qui lui ressemblait ? Il avait les joues enflées, comme s'il lui faisait une grimace.

Devant elle, une femme souriait de façon bizarre. Qui était-elle ?

– Tout ira bien, Ida, ma chérie.

Comment connaissait-elle son nom ? Où se trouvaient son père et sa sœur ?

– Tout ira bien, répéta la femme.

Elle resta ainsi quelques instants, le sourire forcé, puis éclata en sanglots.

12 février 1917
Jaffa, rue Ajami, école écossaise Tabeetha
11 h 30

Les yeux tournés vers la fenêtre, Rachel était émerveillée par le spectacle qui se déroulait devant elle. Sous l'effet de l'orage, un entrelacs de petits ruisseaux s'écoulaient le long de la rue, enflaient, se défaisaient et se reconstituaient au hasard des monticules de terre ocre qui entravaient leur écoulement. Mais il suffisait de peu à Rachel pour qu'elle transforme un rien en événement grandiose. Et si ces petits amas de terre étaient en réalité d'extraordinaires royaumes ? Ornés de palais aux harems immenses, dans lesquels intriguaient les favorites d'un sultan un peu crétin, qui corrompaient leurs eunuques et s'empoisonnaient à qui mieux mieux ?

Il y aurait deux clans. Celui des très belles, toutes d'une jalousie féroce, qui passaient leur temps à se rendre plus belles encore, et celui des autres, qui n'avaient plus la moindre chance d'être choisies pour passer une nuit avec leur maître, et qui se consolaient en mangeant du matin au soir de tendres loukoums parfumés à l'eau de rose.

Son attention fut attirée par des cris. En contrebas de l'école, une carriole était prise dans la boue. Le cocher avait beau gesticuler, hurler, fouetter son cheval tant qu'il pouvait, la carriole ne bougeait pas.

Et qui sait, se demanda Rachel, si plus bas, en direction de la place de l'Horloge, devant chez Aboulafia le boulanger, là où la rue était plus pentue, un âne n'avait pas glissé ? Cela arrivait souvent, par forte pluie… Elle imagina l'animal qui essayait de se remettre sur ses pattes, d'abord un sabot, planté tant bien que mal dans la boue, puis un autre, mais au troisième, l'animal s'étalait à nouveau. Son propriétaire, un homme très bon, lui entourait le cou de ses bras, l'embrassait, le caressait, lui parlait… Mais là aussi, sans succès.

Et si le cheval et l'âne mouraient au même instant ? Alors qu'ils étaient en route pour le paradis, elle imagina l'âne disant au cheval : « Tu n'as pas eu de chance avec ton maître. Le mien me faisait travailler dur, mais il m'aimait. Il m'a donné tant de tendresse qu'il m'en reste à partager. Veux-tu qu'à partir de ce jour, nous soyons amis ? » Le cheval approchait alors sa tête de l'âne et la frottait doucement contre son cou.

Il lui fallait tourner l'histoire autrement… Le cocher méritait de mourir. Et s'il était écrasé par le poids de son cheval ? Ce ne serait que justice… L'âne mourrait d'épuisement, le propriétaire de l'âne mourrait du chagrin d'avoir perdu son compagnon, et ils se retrouveraient tous sur le chemin du paradis, chacun racontant son histoire aux deux autres.

Non. Le cocher ne pouvait pas aller au paradis, c'était impossible. Elle devait imaginer autre chose. Les garder tous sur terre, par exemple. Sauf le cocher, bien sûr. Après avoir redressé son animal, le propriétaire de l'âne irait aider le cheval à se remettre sur ses pattes. Une fois debout, celui-ci se vengerait de son cocher en lui donnant un violent coup de sabot qui enverrait l'homme en enfer. Le cheval s'adresserait alors au propriétaire de l'âne : « J'ai vu que tu es un homme bon. Ne voudrais-tu pas me garder ? Je serai ton serviteur fidèle et un compagnon loyal de ton âne. »

À la maison ou sur le chemin de l'école, à la boutique de son père ou lorsqu'elle portait un lot de tissus à un client, Rachel écoutait, observait, scrutait, laissait filer son imagination, et très vite, une histoire lui venait à l'esprit. Son vrai, son grand plaisir était alors de la raconter, même si, comme souvent, son public se réduisait à une seule personne… Lorsqu'elle observait sur le visage de son spectateur une attention, une admiration, de la reconnaissance pour le plaisir qu'elle lui procurait, pour l'occasion qu'elle lui offrait de rêver un peu, elle se sentait la plus heureuse au monde. Les mots, les gestes, les intonations, tout lui venait alors avec naturel, comme par magie, au point que souvent, elle avait le sentiment que ce n'était pas elle qui racontait, mais quelqu'un d'autre, caché en elle, qui parlait et bougeait à sa place.

– Ray-tchell !

C'était Mme Carabash, la maîtresse d'anglais.

– Oui, Madame, fit Rachel sans s'émouvoir.

Elle quitta l'histoire de l'âne et du cheval sans regrets. Elle allait retrouver très vite ses personnages. Mme Carabash avait annoncé qu'elles seraient libérées une heure plus tôt, à cause de l'orage, pour que chacune puisse aller aider les siens, à la maison ou au magasin. La pluie torrentielle lui venait comme un cadeau. Elle avait pris soin de laisser son parapluie à la maison, histoire d'avoir un alibi imparable. En temps normal, lorsqu'elle livrait les lots de tissus aux clients de son père, elle était obligée de raconter ses histoires à la va-vite. Tandis que là…

Elle commencerait par Sarika, une couturière cousine de sa mère qui habitait tout près de l'école, dans la ruelle située en face de chez Aboulafia. « Bonjour, Sarika. Tu permets que je m'arrête chez toi quelques minutes, le temps que l'orage se calme ? J'ai oublié mon parapluie à la maison. » Avec l'histoire de l'âne et du cheval, elle en aurait pour une bonne demi-heure. Elle lui raconterait les trois versions. Sarika serait ravie.

Elle s'arrêterait ensuite chez M. Sami, qui avait son atelier un peu plus bas, place du Marché, et peut-être encore chez M. Christos, qui travaillait à trois maisons de chez elle, rue Naguib-Boustros. Avec eux, elle s'en tiendrait à la troisième version. Elle savait qu'ils l'écouteraient avec plaisir, mais ils n'étaient pas aussi créatifs que Sarika.

Chacun l'accueillerait à sa manière. « Je te presse deux oranges ? », lui lancerait Sarika en se dirigeant vers la cuisine, histoire de l'encourager à prolonger sa visite. M. Sami lui offrirait une cuillerée de confiture de figues et se montrerait aussi courtois que si elle était une grande personne. M. Christos, lui, ne lui offrait jamais rien. Ce n'était pas vraiment un tailleur, plutôt un poète qui gagnait mal sa vie en poursuivant le métier de son père. Mais des trois, c'était celui qui l'écoutait avec la plus grande attention.

– Ray-tchell…

La fillette ne réagit pas. Ses pensées étaient chez Sarika qui lui apportait son verre d'orange pressée : « Alors, mon trésor, que nous racontes-tu, aujourd'hui ? »

– Shall I say that *Rachel Pacha* n'en fait qu'à sa tête ? reprit Mme Carabash.

Toute la classe s'esclaffa. Au même instant, trois employées de l'école entrèrent dans la classe. L'une, la tête recouverte d'un foulard, portait un gâteau d'anniversaire dont les bougies étaient allumées. Une autre, vêtue à l'occidentale, tenait dans ses mains une pile d'assiettes. Une troisième, habillée comme la première, portait un panier comprenant un grand couteau et une vingtaine de petites fourchettes.

La classe se mit à applaudir.

– On chante ! commanda Mme Carabash. Un, deux, trois !

Les enfants entonnèrent un « happy birthday » et l'achevèrent sans décalage. À Tabeetha, l'école de l'Église d'Écosse, fêter les anniversaires faisait partie des traditions. Rachel éteignit toutes les bougies au premier souffle, les fillettes se bousculèrent pour l'embrasser, et Rachel accueillit leurs marques d'affection avec un aplomb étonnant.

Elle était d'une corpulence d'adulte, pas vraiment grosse, plutôt massive, puissante des épaules, du tronc et des bras. À douze ans, elle en paraissait quinze. Le sang n'était pas encore venu, et sa mère s'en inquiétait. « Vivement qu'elle cesse de pousser, répétait-elle à son mari, elle va devenir une géante. »

Pourtant, au-dessus de ce corps peu gracieux, Rachel avait le visage le plus délicat qui soit, un nez, droit et mince, busqué juste ce qu'il faut, des pommettes hautes, une chevelure débordante, incoiffable, couleur ébène, et des yeux effilés, noir charbon, sans cesse aux aguets.

Elle dévora sa part de gâteau en deux bouchées, ramassa ses affaires et quitta la salle de classe en courant. À la porte qui donnait sur la cour de l'école, elle s'arrêta net, surprise par la violence de l'orage.

– Rahil[1] ! De la part de ta mère.

C'était le gardien de l'école qui lui tendait un parapluie.

Elle haussa les épaules. Sa mère avait dû flairer le subterfuge.

Elle prit la direction de la place de l'Horloge et se mit à sautiller par-dessus les ruisseaux d'eau, se voyant

1. Rachel, en arabe.

déjà raconter son histoire de harems, légère malgré sa corpulence, ravie, impatiente à la perspective de la soirée qui l'attendait, au kadayif que lui avait sans doute préparé Aïcha.

Aïcha… C'était la personne qu'elle aimait le plus au monde. À part ses parents, bien sûr. Et Mounir. Mais lui n'était pas toujours gai, loin de là. Tandis qu'Aïcha… Elle ne pouvait pas dire trois mots sans éclater de rire. Si un plat réussissait, elle riait. Si une confiture ratait, elle riait. Lorsqu'avec son accent arabe elle reprenait telle ou telle expression de judéo-espagnol que la mère de Rachel prononçait souvent, par exemple *Ké stas avlando ? Mais qu'est-ce que tu racontes ?*, à peine avait-elle fini de dire les trois mots qu'elle éclatait de rire.

C'était elle qui l'avait surnommée *Rachel Pacha*. La première fois qu'elle l'avait appelée ainsi, Rachel avait ressenti un frisson de plaisir. Tu es notre Rachel, disait le sobriquet. Nous t'aimons, nous t'admirons. Et tu es aussi notre pacha, notre seigneur, parce que rien ne te résiste, tu prends ton temps, en majesté, et lorsque tu arrives à tes fins, quitte pour cela à nous soumettre, nous t'admirons et nous t'aimons autant et même plus, tant nous sommes fiers de toi.

Au moment où Rachel quittait la place de l'Horloge, elle repensa à un incident qui avait eu lieu l'avant-veille et eut le cœur serré. Un Ashkénaze, l'air misérable, était entré au magasin, accompagné de deux fillettes d'une maigreur effrayante. Dès que son père les vit passer la porte, il ordonna à Rachel d'appeler sa mère et de monter dans sa chambre. Elle lui avait obéi, puis, quelques instants plus tard, s'était approchée en silence du rideau qui séparait le magasin du dépôt.

Rozika, sa mère, traduisait en arabe ce que l'Ashkénaze lui disait en yiddish, son père lui faisait sa réponse en arabe, sa mère traduisait en allemand, que l'Ashkénaze, qui s'appelait Iakov, semblait comprendre à peu près, et ainsi de suite. Mais sa mère parlait à voix si basse, et si vite, comme si elle avait peur de ce qu'elle traduisait, que Rachel n'avait pu saisir que quelques bribes.

À la voix de l'homme, suppliante et voilée, elle avait compris qu'il était à bout de forces. Ses fillettes, Ida et Tatiana, semblaient terrorisées.

Au bout de quelques échanges, son père martela un « *lá*[1] » d'un ton cassant. C'était la première fois qu'elle l'entendait parler de manière aussi véhémente. Un mot que Rachel ne connaissait pas revenait souvent dans la conversation. *Nili.* Son père le prononçait comme un reproche.

Soudain, l'homme avait levé le ton.

– Au moins mes filles, avait traduit sa mère, la voix hésitante.

« *Lá* », avait répété son père.

Iakov et ses filles avaient alors quitté le dépôt en silence, très lentement, comme s'ils espéraient qu'à la dernière seconde il y aurait un appel, un sursaut d'humanité, un mot. Quelque chose comme « bon, allez, restez, on va chercher une solution ». Mais rien de tel ne se produisit. Arrivé à la porte du magasin, Iakov se retourna, chercha un regard, n'en trouva aucun, et partit.

Le soir, à table, Rachel avait essayé d'en savoir plus. Qui était cet homme ?

– On n'en finit plus, avec les immigrés, lui avait répondu sa mère d'un ton sec.

1. Non, en arabe.

Alors qu'elle s'approchait de la maison, Rachel s'efforça de chasser ces pensées tristes. C'était le jour de son anniversaire, elle aurait des cadeaux, un kadayif préparé par Aïcha… Il fallait qu'elle oublie la visite de l'Ashkénaze.

Elle arriva joyeuse au magasin, prête à se jeter dans les bras de son père, mais elle n'y trouva personne. Un bruit sourd lui parvint du dépôt. Elle s'avança, écarta le rideau qui séparait les deux pièces, et vit son père affalé sur une chaise, secoué de sanglots.

Elle n'avait jamais vu son père pleurer.

Il tourna la tête dans sa direction, l'air perdu. L'homme qui était venu le voir deux jours plus tôt était mort. Sa fille cadette également. La grande, celle qui s'appelait Ida, avait pu être sauvée.

12 février 1917
Rue Naguib-Boustros, dans la chambre de Rachel
18 heures

– Tu en sais plus, pour Iakov ? demanda Rachel.

Mounir secoua lentement la tête. C'était un garçon très brun, au corps sec et au visage étroit.

Ses parents, des Palestiniens catholiques, et ceux de Rachel, des Juifs d'Orient, habitaient la même maison, rue Naguib-Boustros. Faite de deux logements, elle ne disposait que d'une seule cuisine, et les deux familles avaient pris l'habitude de partager leurs repas.

– Tu devrais lire *Falastine*, lança Mounir d'un ton défiant.

C'était le journal des nationalistes palestiniens.

– Ça t'ouvrirait les yeux. Les problèmes créés par les Moskubim, le journal en parle à chaque page !

Les Moskubim… Ceux de Moscou. C'était ainsi que les Palestiniens appelaient les Ashkénazes qui débarquaient, plus nombreux chaque jour, asséchaient des marais, plantaient des agrumes, bâtissaient des villes…

– Bientôt, les Juifs seront si nombreux qu'ils voudront nous chasser, poursuivit Mounir. Je ne dis pas ça pour vous, tu le sais.

Rachel le savait bien. Ses parents étaient des *Yahud Awlad' Arab*… Des Juifs arabes, aussi palestiniens que Mounir et les siens.

– Ils doivent bien aller quelque part, tu ne crois pas ?

À en croire Sarika, la situation des Ashkénazes en Europe de l'Est était dramatique. En Russie, en Roumanie, en Pologne, les pogromes se multipliaient. Les Juifs étaient humiliés, dépouillés, massacrés. Ils fuyaient par milliers, beaucoup pour l'Amérique, d'autres en Palestine, dans l'idée de retrouver la terre de leurs ancêtres, de fonder un État qui serait leur pays, un lieu où ils seraient enfin à l'abri. Arrivés en Terre promise, ils se mettaient au travail avec une énergie stupéfiante. Rien ne les arrêtait. À une heure de marche de Jaffa, ils avaient construit une ville nouvelle à mains nues, avec rage. Sur des dunes de sable, en plus… Ils disaient que cette terre leur appartenait, que pour l'habiter ils étaient prêts à vivre comme des bêtes, à souffrir de la faim, du froid, de la malaria… Beaucoup mouraient de maladie, d'autres d'épuisement, de malnutrition, de grippes mal soignées… Mais rien ne les faisait dévier de leur but : recréer le Royaume juif.

– Qu'ils aillent en Amérique, lança Mounir. En Sibérie. Où ils veulent, mais pas ici.

– Les Nili, tu sais ce que c'est ? demanda Rachel.

Au même instant, la porte de sa chambre s'ouvrit sur son père. Le lendemain, elle irait porter un taffetas et un satin à Sarika.

Rachel eut de la peine à cacher sa joie. La cousine se ferait un devoir de lui raconter tout ce qu'elle savait à propos de Iakov.

13 février 1917
Rue Naguib-Boustros
16 heures

Au retour de l'école, Rachel trouva son père en compagnie de deux clientes :

– Je ne vends pas des étoffes, disait son père à l'une d'elles. Vous le savez. Je vends du rêve…

Rachel observa les clientes. « Les dames ne viennent pas au magasin pour dicter leurs désirs, elles viennent pour les découvrir », aimait répéter son père. Pour les riches bourgeoises, choisir un tissu représentait l'une des tâches importantes de leur existence, le résultat de multiples considérations, qu'il s'agisse d'une étoffe pour leur propre garde-robe, pour celle de leurs filles ou, quelquefois, pour celle d'une parente nécessiteuse. Dans ce dernier cas, les confidences se faisaient prolixes. Parler d'une parente qui n'avait pas de moyens était l'occasion d'un plaisir délicieux, celui de rappeler combien elles étaient charitables. « Que voulez-vous, cher Monsieur Daoud, il faut avoir bon cœur dans la vie. »

Rachel écoutait avec délice les clientes se raconter. Elles étaient toutes un peu menteuses, et Rachel savait que les histoires qu'elle allait tirer de leurs racontars seraient d'autant plus convaincantes qu'elle-même n'y croyait pas. Elle portait sur les gestes et les mimiques un regard gourmand et lucide en les écoutant décrire les soirées où se pressaient les Effendis de Jaffa, ou lorsqu'elles se lamentaient des exigences d'une cousine éloignée, se réjouissaient du mariage d'une nièce – surtout s'il avait lieu à l'étranger – ou encore lorsqu'elles demandaient à son père de les aider à choisir le tissu qui les mettrait en valeur. « Cher Monsieur Daoud, maintenant que j'ai perdu un peu de poids, je voudrais bien aller sur des tons plus clairs, qu'en pensez-vous ? » Ou alors : « Que vous dire, Monsieur Daoud, je n'arrive pas à résister, avec tout ce que me prépare ma bonne… Ce n'est pas de sa faute, la pauvre chérie, elle est adorable, c'est de la mienne, que voulez-vous, j'aime les bonnes choses de la vie… Je me dis : tant qu'on peut profiter… Enfin, montrez-moi quelques gris foncé. »

Si Rachel tirait un tel parti de ces visites, c'était aussi parce qu'elle avait des tissus une connaissance intime. Pour la plupart, elle les reconnaissait au premier toucher. Elle était âgée de six ou sept ans à peine que son père lui prenait la main et la passait sur les rouleaux : « Touche ! Tu sens ? Pour vendre un tissu, il faut le connaître dans son intimité… Dans ses secrets les mieux cachés… Celui-ci, par exemple, c'est un taffetas. Et celui-là, une flanelle. Et là, tu as aussi une flanelle, mais beaucoup plus fine. Tu sens la différence ? Et là, une soie sauvage. Satinée, mais attention, pas lisse ! Alors qu'ici, c'est un satin duchesse. Et là, un satin lourd. » Tout y passait : les brocarts, les shantungs, les Liberty, les Viyella, les velours lisses, les côtelés, les cachemires, les gabardines… « Touche cette vigogne. C'est le roi des tissus… »

Les histoires des clientes ne faisaient pas que nourrir son imagination. Elles lui permettaient aussi de découvrir des passions dont elle n'aurait jamais soupçonné l'existence. Un jour, cachée derrière le rideau qui menait au dépôt, elle avait appris, par exemple, qu'une femme pouvait être amoureuse d'une autre femme, comme Sarika l'était de sa Mme Stella, et cette découverte l'avait réjouie, tant elle laissait entrevoir de nouveaux horizons romanesques.

Mais à cet instant, écouter les clientes de son père l'irritait. Il fallait impérativement qu'elle en sache plus sur Iakov, et Sarika la cancanière serait ravie de satisfaire sa curiosité.

Elle se planta devant son père :

– Tu m'as dit que je devais aller chez Sarika…

13 février 1917
À Jaffa, chez Sarika, rue Ajami
16 heures

Sarika vivait dans la conviction que l'importance d'une personne se mesurait aux secrets qu'elle détenait. Il fallait « être au courant »… Que ce soit en flattant ses clientes, en tendant l'oreille au marché, ou encore – lorsque la curiosité se faisait trop insupportable – en posant une question indiscrète, chaque ragot qu'elle glanait représentait un apport à son patrimoine. Pas question de le garder pour elle seule, car alors, à quoi bon ? Mais pas question, non plus, de le partager avec n'importe qui. Et encore moins n'importe comment.

– Patience ! dit Sarika à Rachel sur le ton de la réprimande. Tu arrives, tu poses ton tissu, et c'est déjà : Qui était Iakov, comment est-il mort, où est sa fille, et cetera et cetera… Calme-toi, ma Rakelita. Mme Stella va nous préparer un thé (elle s'adressa à une dame très brune qui cousait sur un canapé face à elle), n'est-ce pas ma chérie que tu nous prépares un thé et une douceur, après quoi nous pourrons commencer.

La visite de Rachel devait respecter les canons chorégraphiques des salons d'Orient…

Sarika venait d'Ankara, où elle s'était « casée sur le tard », comme disait Rosika avec une joie méchante (un jour que Rachel voulut savoir à quel âge, sa mère lui avait lancé : « Vingt-cinq ans, imagine-toi »).

Le mari de Sarika était un Sépharade de Jérusalem qu'elle avait connu à une époque où elle se remettait mal d'une séparation. La perspective de quitter Ankara ne lui déplaisait pas, et le brave homme, certain de l'aubaine, l'avait épousée dans le mois. Sarika était ravissante, connaissait les secrets de l'amour, une nouvelle vie s'ouvrait à lui. Un an plus tard, elle le quittait et s'installait à Jaffa. Rachel apprit le motif de son divorce en écoutant une conversation entre une cliente et son père. Sarika « préférait sa collègue Stella, que voulez-vous, Monsieur Daoud, le bon Dieu l'a créée comme ça, la pauvre chérie ».

Rachel avait appris par M. Christos que le premier « chagrin d'amour » de Sarika avait été causé par sa rupture avec une Turque de souche, liaison que son entourage avait jugée « doublement coupable », pour reprendre les mots de M. Christos. Rachel avait remarqué que s'il était moins bavard que Sarika, et sans doute moins bien informé, il n'hésitait pas à parler des choses intimes de la vie. Le jour où il lui avait appris la liaison ancienne de Sarika, il avait ajouté, en cachant un sourire : « Elle est passée d'une Turque à une Grecque. C'est un progrès. »

Aux yeux de Sarika, sa propre vie « sortait d'un roman ». Son déménagement d'Ankara à Jérusalem, puis à Jaffa, ses ruptures, son divorce, son goût des femmes, tout cela renforçait sa conviction qu'elle avait une âme d'artiste, comme elle l'avait démontré toute sa vie. Des romans, elle aurait pu en écrire de nombreux ! Lorsqu'elle se trouvait avec une nouvelle cliente, elle finissait toujours par lâcher ces quelques mots : « Si je vous disais tout, franchement, vous ne me croiriez pas. » Son « côté artiste » était aussi sa façon de souligner sa sensibilité aux malheurs d'autrui. « Que veux-tu, ma chérie, aimait-elle répéter à Rachel, moi, quand je vois quelqu'un souffrir, je souffre avec lui. »

Tenant du bout des doigts le col d'un verre de thé, elle se lança dans la narration, s'interrompant souvent pour aspirer quelques gouttes du liquide brûlant, prenant son temps, consciente que cela créait de l'impatience.

– Je te raconte tout, ma chérie, mais ne le dis pas à ta mère… Tu la connais… Tu sais aussi combien je l'aime… Je l'adore ! J'ai une admiration folle pour ta mère, vraiment folle, c'est une personne magnifique, je le répète à tout le monde…

En réalité, les deux cousines se détestaient autant qu'elles pouvaient. Ou plutôt : l'une détestait l'autre avec férocité, et l'autre répondait à cette détestation en baissant la tête, comme on répond à la méchanceté quand on est bonne pâte. Rosika avait honte de Sarika. « Malgré tout, c'est une cousine… », répétait-elle chaque fois qu'elle lâchait une cruauté. Sa détestation avait pour motif la jalousie. Sa vie sexuelle s'était arrêtée, alors que celle de sa cousine était florissante. Sarika avait beau être plus âgée qu'elle d'une dizaine d'années, elle devait s'en donner à cœur joie, avec sa

Mme Stella… Tandis qu'elle… À peine si elle pouvait compter sur ses propres caresses. Et avec un mari qui ne dormait jamais tout à fait, le plaisir n'était pas toujours facile à trouver.

– Bon ! Je te raconte ! dit enfin Sarika.

Iakov venait de Moscou, où il travaillait comme décorateur de théâtre. Lorsque les lois antisémites lui interdirent d'exercer son métier, il émigra en Pologne, à Lodz, où le théâtre yiddish était florissant. Plusieurs salles l'engagèrent. Dans l'une d'elles, il rencontra Elena, qui était actrice. Ils se marièrent. Lorsque Lodz connut ses premiers pogromes, Iakov et Elena décidèrent d'émigrer en Palestine, le seul lieu au monde où ils pouvaient espérer qu'un jour ils seraient chez eux. Iakov trouva de l'embauche à l'assèchement de marais salants dans la région de Saknet Abou Kabir, près de Jaffa.

Quelques années après son arrivée, affaibli par des conditions de vie épouvantables, épuisé par un travail inhumain, il avait attrapé la malaria. C'était courant. Elena l'avait attrapée à son tour, alors qu'elle était déjà affaiblie par la naissance de Tatiana. Elle allait en mourir.

– Tu comprends, dit Sarika, c'était un artiste ! Sa consolation c'était le dessin ! Comme pour moi de créer des robes… Tout ça à cause des Nili !

Un jour, un voisin de Iakov le vit dessiner un paysage. Il en parla aux responsables d'une organisation d'espions juifs qui œuvraient en faveur des Anglais, les Nili. C'était l'acronyme de *Netzah Israël Lo Yeshaker*, *L'éternité d'Israël ne mentira pas.* Ceux-ci contactèrent

Iakov et lui demandèrent de participer à l'effort. Sous couvert d'effectuer un travail d'artiste, il pourrait reproduire avec précision la topographie de lieux stratégiques. Iakov accepta. Vint le jour où un soldat turc jeta un coup d'œil distrait à ce qu'il dessinait et reconnut un nouvel aménagement routier qui menait du nord-est de Jaffa à Petah Tikva. Le soldat appela son supérieur. Lorsque Iakov vit un groupe de militaires turcs approcher, il s'enfuit, alla chercher ses filles et se rendit chez Daoud pour lui demander de les cacher.

– Pourquoi chez nous ? demanda Rachel.

– Parce que ta mère avait aidé à l'accouchement de ses deux filles.

Ils étaient nombreux, ceux qui se tuaient par désespoir comme ce pauvre Iakov. Après avoir quitté les parents de Rachel, il était rentré chez lui et avait étouffé ses deux fillettes, du moins il avait essayé. Après quoi il s'etait pendu. La cadette avait péri de suite, mais l'aînée s'était montrée plus résistante. Le matin, à la découverte du corps de son père, elle était encore évanouie. On lui avait fait croire que son père était mort de chagrin en découvrant Tatiana sans vie.

Et quel besoin avait-il, ce Iakov, de se mettre avec les Nili ? Que le diable les emporte ! Ils misaient sur les Anglais, les imbéciles. Les Turcs étaient des sauvages, mais au moins ils les laissaient vivre en paix. En Orientaux, comme eux. Ils se comprenaient. Quand en Espagne les catholiques brûlaient les Juifs, les Turcs les accueillaient. Qu'est-ce qu'il avait à vouloir aider les Anglais, cet écervelé de Iakov ?

13 février 1917
Rue Ajami
17 heures

– Tu as vu un fantôme ? lança Mounir.

Rachel se tenait au bas la ruelle qui menait chez Sarika, l'air perdu :

– Je viens d'apprendre, pour Iakov.

Les deux enfants descendirent ensemble la rue Ajami.

Mounir aussi savait :

– Ma mère m'a tout raconté. Et si tu veux mon avis, tu vas avoir un sacré problème.

Les parents de Rachel allaient se sentir très coupables. Sa mère, surtout, qui allait tout faire pour retrouver Ida. Qu'allait-elle penser, une fois qu'elle serait devant la « pauvre fille » ? Il se mit à la singer : « Mon Dieu, qu'elle a l'air misérable ! Si elle est dans un tel état, c'est à cause de nous. » Ils l'amèneraient à la maison, et Rachel aurait pour le restant de ses jours une petite sœur moskubim.

– Tu dis des bêtises, lança Rachel. Ma mère ne ferait jamais une chose pareille.

À Naguib-Boustros, ils entrèrent par le magasin d'Abdallah, le père de Mounir. Assis à son établi, celui-ci lança un « Bonjour, mes enfants » sans lever la tête : « Il y a une boîte, à côté, avec un mot. Elle est pour Maître Chergui, à l'hôtel du Parc. Mounir, tu vas la livrer. Et surtout, sans laisser de nom. »

Majed Chergui était l'un des plus brillants avocats de Damas, l'un des plus engagés, aussi, dans la défense de la cause palestinienne. Il était venu à Jaffa prendre la parole à la conférence qu'organisait Issa al Issa, le fondateur de *Falastine*, sur le thème : « L'Empire ottoman, le sionisme et nous ».

Mounir se rendit dans l'arrière-boutique, repéra la boîte et la prit entre ses mains. Elle était magnifique.

Sur les quatre bandeaux latéraux, son père avait ciselé les saisons de la Palestine : des fleurs de noisetier pour le printemps, des coquelicots pour l'été, un olivier pour l'automne, et un oranger pour l'hiver. Le couvercle montrait le port de Jaffa, vu de la mer, avec, au fond, la tour de l'Horloge et l'église Saint-Pierre. À chacun des quatre coins du couvercle, un cabochon était incrusté, un jade, une citrine jaune clair, une grenade rouge vif et un corail, qui donnaient à la boîte un air à la fois somptueux et joyeux.

Une feuille blanche pliée en deux se trouvait dans la boîte. Mounir la déplia :

Vous voudrez bien accepter ce témoignage de reconnaissance pour votre engagement à notre cause.

Avec les sentiments respectueux d'un ciseleur de Jaffa.

Mounir eut pour son père un élan d'admiration. Chanter la Palestine et soutenir sa cause était dans ses habitudes. Il offrait souvent de petites boîtes en argent ciselé, bombées comme des coussinets, en guise de pilulier. Mais ce cadeau dépassait ses moyens.

Mounir emballa la boîte avec soin et quitta la boutique.

Abdallah regarda son fils partir et poussa devant lui la boîte qu'il était en train de graver. C'était une pièce imposante, faite pour y ranger des cigares. Abdallah y avait ciselé une scène avec tentes, cabanons, chameaux et danseuse du ventre. Dans le coin inférieur droit, un groupe était assis autour d'un feu de bois.

– Avant, tout le monde allait au pèlerinage de Nabi Rubin[1] en l'honneur du Prophète. C'est là où… mais tu connais l'histoire !

1. Lieu de pèlerinage situé à une journée de marche au sud de Jaffa.

Rachel sourit. Aïcha la lui avait racontée vingt fois. Elle avait quinze ans. En deux jours, on les avait fiancés.

Abdallah reprit sa gravure et continua de raconter. Au mois d'août, tout le monde se retrouvait à Nabi Rubin. Juifs, chrétiens, musulmans… Les gens venaient par milliers, à pied, à dos de chameau, à cheval, en charrette… Des familles se groupaient, on priait, on s'amusait, il y avait des spectacles, des conteurs, des derviches tourneurs, des marchands de toute sorte… Même des danseuses du ventre !

Il interrompit son travail et chercha le regard de Rachel :

– Avec tes parents, nous avons toujours tout partagé. Ton père est le parrain de Mounir. Nous faisons le shabbat avec vous. Et toi, tu nous accompagnes chaque dimanche à la messe. Nous sommes d'ici, voilà tout. Ceux qui sont venus d'Europe n'aiment pas se mêler à nous. Et puis, ils sont trop nombreux. Un jour, ils voudront nous chasser, tu verras.

Il reprit son travail.

– Je vais voir ce que fait tante Aïcha, dit Rachel.

Elle se pencha sur l'établi et Abdallah l'embrassa sur la tête, du même geste qu'il avait envers son fils. C'était une bénédiction autant qu'un baiser.

14 février 1917

Neve Tzedek, rue Lilienblum

16 h 30

– Je suis Rozika Alkabès.

La femme qui lui avait ouvert la porte la fixa du regard, l'air stupéfait.

– C’est moi qui les ai accouchées, Ida et sa sœur.

La femme hocha la tête. Elle savait bien qui elle était. C’était précisément pour cela qu’elle ne s’attendait pas à la voir.

– Je pourrais l’accueillir chez nous, reprit Rozika d’un ton hésitant, au moins un certain temps. Jusqu’à ce que les choses se clarifient.

Se clarifient ?… Qu’entendait-elle par là ? La fillette risquait d’apprendre la vérité sur la mort de son père. Et là, ce serait très compliqué. Très douloureux. Pour tout le monde.

Elle l’observa. Malgré tout, cette femme avait l’air bien mise. Elle nourrirait convenablement la fillette. Des familles qui cherchaient à adopter un orphelin, il n’y en avait pas des centaines.

Il leur fallait réfléchir, à toutes les deux. La femme dit à Rozika de revenir le lendemain.

Elles se serrèrent la main. À peine Rozika s’était-elle éloignée de quelques pas qu’Irina l’interpella. Au réveil d’Ida, elle lui avait raconté que sa petite sœur était morte du typhus, et qu’en la découvrant sans vie, le cœur de son père n’avait pas résisté à l’émotion. Rozika devait s’en tenir à cette version.

14 février 1917
Rue Naguib-Boustros
19 h 30

Le repas se déroulait dans le silence. Cette histoire est sans issue, se répétait Rozika, le regard sur son assiette. Abandonner Ida une deuxième fois serait monstrueux. Mais la prendre chez eux, c'était raviver à chaque instant le souvenir de leur lâcheté.

– Tu as fait ton devoir, dit soudain Abdallah à Daoud.

Rozika voulut protester, mais Daoud ne lui en laissa pas le temps. Il en avait plus qu'assez, de cette histoire. Quelqu'un se préoccupait-il de ce qu'ils allaient devenir, eux ? Les Anglais s'approchaient des côtes. S'ils se mettaient à bombarder Jaffa, les Turcs feraient subir aux Juifs l'enfer qu'ils avaient réservé aux Arméniens… Ils le proclamaient à qui voulait l'entendre… Cette Mme Irina s'occuperait très bien de la fillette.

– Pourquoi ces malheureux sont-ils venus en Palestine ? demanda Aïcha. Dieu sait quels rêves ils ont faits pour leur couple… pour leurs filles…

– Le rêve de nous chasser ! lança Mounir.

– Quoi que vous disiez tous, fit Rozika, cette fillette est seule au monde.

Rachel chercha les yeux de Mounir. Il la regardait, l'air moqueur, comme pour dire : je t'avais prévenue…

15 février 1917
Rue Naguib-Boustros
8 h 30

Installée devant un bol de lait, Rachel observait sa mère aller et venir d'un pas nerveux dans la cuisine.

– Avec ton père, on a parlé, fit sa mère sans la regarder. Nous pourrions tous faire un petit effort…

Elle sortit deux galettes du four à charbon, les posa sur la table, et, toujours sans jeter un coup d'œil à sa fille, continua de poser ses pions. La chambre de

Rachel était assez grande pour y installer un deuxième matelas…

Rachel restait silencieuse. Mounir avait tout compris.

– Après l'école, ajouta sa mère, nous irons à Neve Tzedek voir Ida.

*

Durant toute la journée, Rachel se demanda par quelle astuce elle pourrait éviter d'aller à Neve Tsedek. Elle conclut que le plus simple était de tarder. Ainsi personne n'irait chez Mme Irina.

Après l'école, elle alla sonner chez Sarika : est-ce qu'elle pouvait lui en dire un peu plus sur les Nili ? Sarika joua les modestes. Elle n'était qu'une simple couturière. Personne ne la mettait dans le secret des dieux. Mais elle voyait du beau monde, et pour des raisons que chacun était libre d'imaginer, les gens lui faisaient « très, très confiance ». Oui, elle savait des choses dont « presque personne » n'était au courant…

Les Nili étaient dirigés par un certain Aaronson, « un agriculteur, ou quelque chose dans ce genre, imagine-toi ». Elle n'osait pas dire de qui elle tenait le secret. Lui et les siens aidaient les Anglais à battre les Turcs, pour qu'ensuite les Anglais aident les Juifs contre les Arabes…

– Comment les aident-ils ? demanda Rachel. À part dessiner des routes ?

Est-ce que les soldats turcs avaient l'air en bonne santé ? Par où leur nourriture leur parvenait-elle ? Avaient-ils la malaria ? Quels médicaments étaient à leur disposition ? Est-ce qu'une partie de leurs troupes se déplaçait vers la Galilée ? Une autre vers la mer Rouge ?

Elle avait quand même un peu de cervelle !

– Chaque petit détail a son importance, tu comprends, ma chérie ?

Soudain, Rachel se sentit liquéfiée. Ses parents ! Ils devaient être morts d'inquiétude. Mais si elle voulait éviter la visite à Neve Tzedek, il lui fallait tenir. Elle attendit encore un quart d'heure, se leva d'un bond, embrassa Sarika et courut jusque chez elle.

Au magasin, elle trouva son père assis derrière la grande table, les traits défaits. Lorsqu'il la vit pousser la porte, il ferma les yeux et posa la main sur un rouleau de tissu, comme s'il avait peur de tomber.

Au même instant accourut sa mère. Le lendemain, elles iraient à Neve Tsedek, que cela plaise à Rachel ou non.

16 février 1917
Rue Naguib-Boustros
16 heures

Au retour de l'école, elle trouva ses parents au magasin, assis côte à côte derrière la grande table de bois, l'air résigné. La porte à peine poussée, sa mère se leva. Il fallait se dépêcher.

Rachel avait imaginé la scène vingt fois. Elle et sa mère arrivaient à Neve Tzedek. Cette Mme Irina s'approchait d'elles, tenant une fillette par la main. « C'est Ida. » Sa mère la prenait dans ses bras, puis demandait à Rachel d'en faire autant, puis sa mère dirait que la nuit allait tomber, que c'était tard, qu'elles devaient vite prendre une décision, « et on n'a pas fait tout ce chemin pour rien, en plus pour moi c'est la deuxième fois, et on aurait déjà dû venir hier, si tu n'avais pas tardé », et ainsi de suite, et quelques minutes plus tard, elles repartiraient avec Ida.

À Neve Tzedek, plusieurs rues étaient fermées. Elles se perdirent et durent demander trois fois comment arriver à la rue Lilienblum.

– Là ! s'écria sa mère.

Elles se trouvaient devant un minuscule jardin entouré d'une barrière de bois dont le portail était ouvert sur la rue. Une fillette habillée et coiffée avec soin se tenait appuyée contre le mur de la maison. Rachel reconnut à peine Ida. Elle avait un visage aux traits délicats, des cheveux soyeux, blonds et très bouclés, des yeux d'un bleu extraordinaire, presque blanc, un corps gracieux… Cette fille allait faire son malheur. Heureusement, il y avait Mounir…

Rozika s'approcha de la fillette :

– *Guten Tag*, Ida.

Son menton tremblait. Irina lui glissa quelques mots à l'oreille pendant qu'elle caressait les cheveux d'Ida, puis s'éclipsa. Rozika parla longuement à Ida, puis elle se tourna vers Rachel :

– Qu'en dis-tu ?

Irina réapparut à cet instant et Rozika lui dit qu'elles prenaient la petite. Irina s'approcha d'elle et la serra dans ses bras. Elles échangèrent quelques phrases en allemand que Rozika traduisit à Rachel : la dame veut savoir si nous avons l'intention d'adopter Ida ou simplement de l'héberger. Rachel serre les dents, les yeux baissés.

– Simplement l'héberger, dit Rozika. Pour l'instant.

Le visage d'Irina s'assombrit. Elle chuchota quelques mots à Ida, prit Rachel par la main et les conduisit dans une petite chambre où deux sacs de toile étaient posés sur un lit. Irina les tendit à Rozika. L'un contenait des vêtements. De l'autre, Irina sortit une petite pile de cahiers d'écolier et de feuilles volantes, de très beaux dessins, des paysages, des portraits et des représentations dont Rachel ne comprit pas la nature. C'étaient – elle le sut plus tard – des esquisses pour des décors de théâtre.

– *Fantastisch, nicht wahr ?*

Irina serra Rachel dans ses bras et lui dit quelques mots en yiddish, que Rozika traduisit à Rachel : « Elle te souhaite un grand bonheur avec ta nouvelle petite sœur. » Puis elle embrassa Ida sur les cheveux, sans que celle-ci n'exprime aucune émotion.

Rozika se saisit du sac qui contenait les vêtements d'Ida et tendit à Rachel celui où étaient rassemblés les dessins. Mais Ida la devança et s'en empara d'un geste brusque.

17 février 1917
Jaffa, place de l'Horloge
8 h 35

Cela faisait cinq minutes que Rachel et Mounir marchaient sans dire un mot.

– Je ne l'aime pas, ton Ida !

Il pouvait bien parler. Ce n'était pas lui qui allait partager sa chambre avec elle. Sa chambre et le reste !

Mounir s'emporta. Pourquoi est-ce que ces gens venaient en Palestine ? Ne voyaient-ils pas que leur vie serait misérable ? Qu'ils allaient crever de faim ? Pourquoi n'allaient-ils pas en Amérique, avec les autres Juifs ? Là, au moins, ils ne risquaient pas d'attraper la malaria…

Rachel resta silencieuse. Son père non plus n'aimait pas voir tous ces Moskubim venir en Palestine. « Nous étions bien, disait-il. Partout, les Juifs sont mal aimés.

En Russie, en Pologne, en Roumanie, on les massacre. Ici, nous vivons en paix. Tu as vu un Arabe lever la main sur un Juif en Palestine ? Moi, jamais. Mais si l'invasion continue, nous deviendrons ennemis. »

– En plus, ajouta Mounir, on va être obligés d'écouter du yiddish à table !

*

Sur le chemin du retour, elle aperçut Sarika et fit mine de ne pas la voir. C'était compter sans la curiosité de la couturière :

– Rakelita ! Je viens de voir ta nouvelle petite sœur… On dirait un ange.

Rachel prétexta une livraison et s'enfuit en courant. Chez elle, le pire l'attendait. Sa mère et Ida étaient à la cuisine, en train de trier des chutes de tissu pour en faire une couverture. Sa mère avait coiffé Ida à la russe, deux nattes ramenées au haut de la tête qui libéraient son visage et mettaient en valeur ses traits délicats.

Par comparaison, se dit Rachel, j'ai la grâce d'un char à bœufs.

17 février 1917
Rue Naguib-Boustros
19 h 30

Debout, le regard absent, Ida attendait qu'on lui dise où s'asseoir.

– Entre vous deux ! fit Rozika à l'intention de Rachel et Mounir qui avaient déjà pris place.

Rachel se leva de mauvaise grâce et laissa passer Ida.

Jusque-là, Rachel et Mounir étaient assis l'un près de l'autre, chacun face à son père. Aïcha et Rozika, qui parlaient beaucoup et fort, étaient assises face à face, aussi éloignées l'une de l'autre qu'elles pouvaient l'être, et cette disposition aurait pu sembler malcommode. En réalité, elle favorisait l'union des deux familles. Les échanges bruyants des deux mères soudaient la tablée. Daoud et Abdallah s'entendaient à merveille et sur tout. Si l'envie leur prenait de discuter d'un sujet, quel qu'il soit, l'affaire était réglée en quelques murmures. Assis côte à côte, Rachel et Mounir se parlaient à voix basse. L'arrivée d'Ida brisait cet équilibre.

Aïcha avait préparé des boulettes de poulet aux poireaux. Cela faisait deux semaines que l'on ne trouvait plus de viande à Jaffa. Le poulet dans les poireaux, c'était une expérience…

– Ida, tu connais le poulet aux poireaux ? demanda Rachel.

Rozika traduisit la question. Ida fit non de la tête.

– Raconte-nous ce que tu as fait aujourd'hui, reprit Rachel. Commence depuis le matin.

À nouveau, Rozika traduisit, l'air inquiet. Que cherchait sa fille ? Pourquoi posait-elle ces questions stupides ? Ida répondait avec réticence et Rozika traduisait à mesure. Au bout de cinq minutes, Mounir quitta la table. Rozika chercha le regard d'Abdallah. Celui-ci gardait les yeux sur son assiette.

Rachel continua de poser des questions à Ida. Abdallah se leva, imité par Daoud.

– Ne crois pas que je n'ai pas compris ton stratagème, dit Rozika à Rachel, l'air furieux. Allez vous coucher, toutes les deux.

Le destin les avait piégés, se dit Rozika, eux et leurs voisins, pour lesquels écouter du yiddish à table devait être une torture :

– Les Ashkénazes nous méprisent, nous aussi. Pour eux, nous sommes des sous-Juifs.

Aïcha resta silencieuse. Peut-être, se dit-elle, mais ils étaient juifs quand même. Les Anglais allaient gagner la guerre, après quoi ils aideraient les Juifs face aux Arabes. Il y avait chez eux des Juifs très riches, des gens importants. Les Anglais les craignaient, alors qu'ils voyaient les Arabes comme des bédouins. De la racaille.

Face au silence d'Aïcha, Rozika se mit à pleurer, et Aïcha ne dit rien, car il n'y avait rien à ajouter.

19 février 1917
Rue Naguib-Boustros, chez M. Christos
16 h 45

– Qu'est-ce que tu m'apportes de beau ? demanda M. Christos.

Il défit le paquet que Rachel lui présentait et y trouva trois mètres d'une flanelle gris perle, assez pour un costume d'homme avec gilet. C'était étrange. Sa demande datait de la veille et il avait précisé à Daoud qu'il n'en avait pas besoin avant la semaine prochaine. Celui-ci lui avait même répondu que ça l'arrangeait.

– Remercie ton père de ma part.

Rachel comprit que quelque chose se tramait derrière son dos. Dix minutes plus tôt, en revenant de l'école, elle avait voulu se rendre dans sa chambre. « Laisse tes affaires ici et va chez M. Christos, lui avait ordonné son père d'un ton inhabituel. Et tiens-lui compagnie une petite demi-heure, ça lui fera plaisir. » Poser ses affaires dans sa chambre ne lui aurait pris qu'un instant… Pourquoi est-ce que son père avait voulu l'éloigner ?

– Tu es très bonne d'avoir suggéré à ta maman de la garder chez vous, reprit M. Christos. Dans le quartier, tout le monde t'admire. Tu crois que tes parents vont l'adopter ?

Rachel dut s'accrocher à l'accoudoir du canapé. C'était impossible. Ida n'était chez eux que pour quelques jours. Du reste, la dame qui l'avait recueillie le savait. Deux semaines, trois au plus. Et puis, elle n'avait rien suggéré du tout. Sa mère devait être en train de manigancer quelque chose.

Elle ne répondit pas, salua d'une petite révérence et retourna chez elle en courant.

21 février 1917
Rue Naguib-Boustros
16 heures

– Bonjour ! lança Rachel en pénétrant dans la cuisine.

À peine prononça-t-elle ce mot qu'elle s'interrompit, saisie d'effroi.

Accroupie devant Ida, sa mère retirait les épingles d'une robe tout entière d'un même tissu, une soie sauvage rose.

Les robes que lui cousait sa mère étaient toujours faites de chutes ou d'échantillons. Elle tirait parti de la diversité des lots en jouant sur les couleurs, prolongeant le bas de la robe d'un ton qui tranchait, ou les manches, quelquefois le col, toujours avec un goût très sûr. Rachel rêvait depuis longtemps d'avoir une robe faite d'un même tissu. Ida était à peine chez eux, et voilà qu'elle en avait une.

Rachel resta figée quelques instants, puis partit à la recherche de Mounir. Pas question de laisser Ida s'incruster. Ils devaient agir, vite.

*

Pour le repas du soir, Aïcha avait préparé un *imambayildi*[1]. Son père se servit, fit une grimace et cracha ce qu'il avait dans la bouche.

– Qui a versé du sel sur l'imambayildi ?

Rachel regarda son père dans les yeux et dit d'un ton calme :

– C'est Ida.

Sa mère interrogea Ida, qui répondit en secouant la tête avec véhémence. Rozika se tourna vers Rachel. Qui avait versé le sel ?

– C'est Ida ! Je l'ai vue ! cria Rachel.

Sa mère parla de nouveau en allemand à Ida, celle-ci se mit à hurler en yiddish et partit en courant.

Rozika se leva, prit Rachel par la main et l'amena dans sa chambre, où elle embrassa Ida et lui parla longuement. Ida s'approcha de Rachel, l'embrassa de mauvaise grâce et Rachel la détesta encore plus.

1. Mets à base d'aubergines.

25 février 1917
Jaffa, la corniche
11 h 30

Au sortir de la messe, Rachel et Mounir marchèrent d'un pas lent jusqu'au bord de mer. Autant l'admettre, ils étaient en train de perdre la partie. À la corniche, Mounir se retourna, s'assura que ses parents se trouvaient hors de portée et dit d'un ton dépité :

– Si tu veux qu'elle parte, il faut lui faire subir l'invivable.

Rachel resta silencieuse. Le matin même, pendant qu'Ida aidait Aïcha à préparer les pâtisseries du dimanche, sa mère l'avait appelée dans sa chambre :

– Tu imagines ce qu'a été sa vie ?

Ils avaient vécu à quatre dans un cabanon où même un chien n'aurait pas voulu dormir. Ses parents avaient attrapé la malaria. Sa mère en était morte. Sa sœur n'avait pas résisté à la maladie, et un beau matin, on l'avait trouvée sans vie. Le choc avait été tel que son père n'y avait pas survécu. Ida se retrouvait seule au monde à onze ans. Et maintenant, c'était chez eux qu'elle subissait l'enfer. Un enfer qui lui disait : « Tu n'es pas de notre famille. Disparais ! » Rachel et Mounir se comportaient en petits Satan.

– Rentrons, dit Rachel.

Au retour de l'église, ils trouvèrent Rozika et Ida attablées à la cuisine.

– Elle progresse ! fit Rozika. *Sag mal etwas auf Arabish.* Dis-nous quelque chose en arabe.

– *Shoukran*, dit Ida.

Rachel et Mounir éclatèrent de rire avant de déguerpir.

Quelques minutes plus tard, Rozika vint chercher Rachel. C'était maintenant à Ida de lui apprendre le yiddish. Rozika se mit à égrener des mots en arabe, Ida les traduisit à mesure et Rachel les répéta en faisant exprès de les écorcher.

25 février 1917
Rue Naguib-Boustros
16 heures

Rachel trouva son père à la cuisine, les yeux rougis et les traits défaits.

– Ida est dans notre chambre avec ta maman. Va les embrasser.

Rachel prit peur. Dans la chambre des parents, elle trouva sa mère qui cousait, assise en tailleur au bord du matelas. Autour d'elle étaient éparpillés des dessins de Iakov, des portraits, surtout, dont plusieurs représentaient une femme et deux fillettes. Étendue sur le lit, Ida dormait.

D'un geste de la main, sa mère la renvoya. Rachel se rendit chez Aïcha. Elle était couchée, rideaux tirés. Rachel s'étendit à son côté et se serra contre elle. Aïcha lui caressa les cheveux :

– La manière dont toi et Mounir traitez Ida est très cruelle.

Cela ne lui était jamais arrivé, d'être fâchée avec elle, eh bien à cet instant, c'était le cas, il fallait que Rachel le sache :

– Va dans ta chambre. Dès que ton frère arrive, je lui dis d'aller te voir.

Enfin Mounir arriva, tête basse, s'assit sur son matelas et la mit au courant. Ida avait trouvé une corde dans l'arrière-boutique, l'une de celles qui entourent les rouleaux de tissu lorsqu'ils sont livrés en lots. Après l'avoir enroulée autour de son cou, elle était montée sur une chaise et avait accroché la corde au clou du miroir de leur chambre. Lorsqu'elle avait sauté, le clou avait lâché.

26 février 1917
Rue Naguib-Boustros
16 heures

Au retour de l'école, Rachel ne trouva pas ses parents. Ida non plus n'était pas là. Elle se rendit à la cuisine, où Aïcha lui répondit d'un ton évasif : « Ils avaient sûrement des courses à faire, que veux-tu que je te dise. » Tête basse, elle alla s'étendre sur son lit et attendit. Ces mystères n'annonçaient rien de bon.

Une heure plus tard, sa mère arriva enfin et lui annonça que son père voulait lui parler.

Il entra dans sa chambre, l'air sombre, et s'assit face à elle, en tailleur.

Beaucoup de choses se passaient autour d'eux. Il y avait la guerre, les Anglais. Les Moskubim, aussi, qui les mettaient, eux, les Juifs arabes, dans une situation délicate. Mais il n'était pas venu pour cela. Il voulait lui parler d'elle, de lui, de leur famille. Elle le savait, n'est-ce pas, que ses parents l'aimaient infiniment ? Qu'ils l'aimeraient toujours autant ? Mais voilà, il y avait « les événements »… Sa mère et lui devaient penser au lendemain. On murmurait que les Turcs allaient chasser les Juifs de Jaffa, de peur qu'ils ne se liguent aux Anglais. Peut-être qu'ils devraient partir de chez eux dans les jours à venir.

Il s'arrêta. Rachel le regarda. Il avait l'air honteux.

Elle posa la tête sur les genoux de son père, et il caressa ses cheveux, presque sans pression, comme s'il évitait de la toucher.

Ils avaient décidé de recevoir Ida, et il était important qu'elle ne se sente pas une étrangère. Et puis, il y avait la guerre, qui ne leur permettait pas de savoir de quoi serait fait le lendemain. Alors, avec sa mère et Ida, ils avaient été à l'état civil, puis au tribunal rabbinique, et ils avaient adopté Ida.

Rachel resta pétrifiée.

– Tu vois, reprit son père, nous avons toujours considéré Mounir comme ton frère. Quand Aïcha te parle de lui, elle dit : ton frère.

Il continua de lui caresser les cheveux par petits mouvements très doux. Ils avaient vécu comme une seule famille. Il fallait que cela continue. Si des amis se fâchent, souvent l'amitié se brise. Il voulait qu'elle, Mounir et Ida aient des rapports de frère et sœurs. Alors, même s'ils allaient se fâcher de temps à autre, comme cela arrive entre frères et sœurs, ils resteraient toujours unis par quelque chose d'indestructible.

28 février 1917
Rue Naguib-Boustros
19 h 30

– *Shoukraan*, merci, dit Ida à Rozika, qui venait de la servir.

– *Shoukraan* qui ?

– *Shoukraan yamma*, répondit Ida après un instant d'hésitation, les yeux baissés. *Merci maman.*

Elle s'était montrée trop bête, une fois de plus. Comme le jour où sa mère lui avait demandé de l'accompagner à Neve Tzedek. Comme lorsque son père lui avait annoncé la nouvelle de l'adoption. Elle aurait pu dire : je sais bien comment Iakov est mort. Pourquoi est-ce à moi de payer ? Comme une heure plus tôt, au moment où Ida était entrée dans sa chambre… Rachel lui avait dit que maintenant, elles étaient sœurs. *Shagiga*. Quelle imbécile ! Elle aurait dû lui dire : mes parents peuvent raconter ce qu'ils veulent, t'amener à cent mille tribunaux rabbiniques, tu ne seras jamais ma sœur et je te détesterai toujours. En plus, tu es une Moskubim ! Comment veux-tu être ma sœur ? Je suis la sœur de Mounir ! Un Arabe !

2 mars 1917
Rue Naguib-Boustros
10 heures

Rachel avait attrapé une très forte grippe. Aïcha passait la voir chaque heure ou presque, entrouvrait la porte de sa chambre, vérifiait que son souffle était régulier, et s'éclipsait. Ce matin, la trouvant réveillée, elle s'assit à même le matelas et lui raconta ce qu'elle lui avait déjà raconté vingt fois : comment elle avait rencontré Abdallah, leurs premiers mots, à peine bonjour bonjour, leurs fiançailles, leur mariage à l'église Saint-Pierre, leur installation à Naguib-Boustros, comment ils s'étaient connus avec les parents de Rachel, comment sa maman l'avait aidée à accoucher de Mounir… Lorsque Rachel était née, sa maman n'avait pas eu la montée de lait, et c'était elle, Aïcha, qui l'avait nourrie jusqu'à dix-huit mois :

– Tu me tétais comme si tu étais toujours morte de faim ! Comme Mounir ! Et je vous aime tous les deux de la même façon !

Elle regarda longuement la fillette dans les yeux, la serra dans ses bras et quitta la chambre.

Quelques minutes plus tard, Rachel entendit la porte s'ouvrir, comprit que c'était Ida et fit semblant de dormir.

Ida s'assit sur son lit, et se mit à lui chuchoter en yiddish, ponctuant son histoire de rires et d'exclamations. Elle semblait intarissable, riait, parlait encore à voix étouffée, très vite, comme si elle était pressée de tout raconter, puis cessa de parler, et, après un court silence, se mit à chanter en yiddish un air mélancolique. Lorsqu'elle s'arrêta, elle s'étendit à côté de Rachel, lui caressa les cheveux et se serra contre elle.

5 mars 1917
Rue Naguib-Boustros
18 heures

– *Hat ir a nogl ? Aun a hamer ?* ajouta Ida en mimant le geste.

Rachel descendit à la cuisine et revint avec un clou et un marteau. Ida souleva son matelas, se saisit du sac où étaient rangés les dessins de son père et en retira une dizaine qu'elle étala sur son lit. Elle eut pour chacun quelques mots, et à la manière douce dont elle prononçait *Papé*, *Mamé* ou encore *Tatiana*, Rachel sentit ses yeux se brouiller.

Après avoir examiné tous les dessins, Ida les replaça dans le sac à l'exception d'un seul. C'était un autoportrait de son père, debout devant un chevalet, l'œil vif, un long crayon à la main. Il portait une chapka bouclée et souriait.

Elle fit signe de la main à Rachel pour qu'elle la suive dans la chambre des parents, où elle montra du doigt le mur qui se trouvait face au matelas :
– *Dort.* Là.

C'était donc cela… Ida voulait accrocher dans la chambre des parents un portrait de son père.

Rachel était liquéfiée. Demander à Ida de renoncer lui parut impossible. Alors elle la laissa faire, et Ida cloua le portrait de son père.
Les deux filles s'apprêtaient à retourner dans leur chambre lorsque Rozika arriva, vit le portrait de Iakov, s'exclama « Mon Dieu ! » et s'évanouit.

*

Cette nuit-là, Rozika et Daoud ne fermèrent pas l'œil. Le destin les avait placés devant des choix qui ne menaient qu'au malheur. Ils n'avaient pas accueilli Iakov, par peur de finir en prison, peut-être même pendus, alors c'était Iakov qui avait décidé de se pendre. Retrouver Ida les avait placés devant un choix tout aussi impossible. L'accueillir les obligeait à vivre dans le rappel permanent de leur péché, et l'abandonner, c'était en commettre un autre, peut-être plus grand. Leur culpabilité s'incarnait dans le visage souriant et beau d'un homme qu'ils avaient poussé à la mort. Ce portrait de Iakov cloué au pied de leur lit, c'était le doigt de Dieu.

Au petit déjeuner, ils se retrouvèrent seuls dans la cuisine, malades de culpabilité.
– La seule chose que nous puissions faire, dit soudain Daoud, c'est d'aimer cette enfant autant que si elle était de nous.

16 mars 1917
Rue Naguib-Boustros
15 h 30

Daoud était en train de couper un lot de gabardine lorsqu'il vit son voisin pousser la porte du magasin. Il arrêta son geste et posa son ciseau sur le comptoir. Cela faisait des mois qu'Abdallah n'était pas venu au magasin. C'est donc qu'il avait des choses graves à partager.

Il l'invita à s'asseoir :

– Qu'est-ce qui te préoccupe ?

– Nos enfants grandissent, dit enfin Abdallah. Mounir devient un homme. Il s'intéresse à la situation… Il va traîner à la rédaction de *Falastine*...

Daoud ferma les yeux en signe d'assentiment.

– Tu le sais, le journal n'est pas contre les Juifs arabes. Pour lui, vous êtes des nôtres. Je voulais partager avec toi ce que Mounir m'a rapporté après sa visite de cet après-midi à la rédaction.

La flotte anglaise se trouvait à moins de cent milles marins des côtes. Elle se dirigeait vers Jaffa, c'était désormais certain. Les navires de guerre français la suivaient, prêts au combat. Ce serait la bataille décisive avant celle de Jérusalem. Le bruit courait que pour se préserver d'une complicité entre Juifs et Anglais, les Turcs allaient ordonner l'exil de tous les Juifs de Jaffa et de Tel-Aviv. D'après ce que Mounir avait pu recueillir comme informations, le gouverneur ottoman allait très bientôt convoquer la communauté juive :

– Les Turcs considèrent les Arabes moins enclins à les trahir. Pour la plupart, nous sommes musulmans. Sans doute qu'à leurs yeux, c'est une sorte de garantie…

Il s'arrêta, regarda son voisin, et Daoud lut dans ses yeux plus de tendresse qu'il n'y avait jamais vu. Sans doute, se dit-il, qu'un jour, les gens s'interrogeraient à leur propos : « Comment faisaient-ils pour s'entendre, ces deux-là ? »

28 mars 1917
Rue Naguib-Boustros
12 heures

– Alors ? demanda Abdallah à Daoud.

Le matin même, la communauté juive de Jaffa avait été convoquée au Saray, le palais du gouverneur turc, pour une « annonce importante ».

Daoud haussa les épaules d'un geste fataliste. Tout se déroulait comme Abdallah l'avait prévu. L'expulsion ne concernait que les Juifs. Ceux de Jaffa et de Tel-Aviv devaient quitter leur domicile avant Pâques, sans rien emporter. Ils pouvaient chercher refuge dans le Nord, en Galilée, ou, pour les plus chanceux, à Petah Tikva, à quelques heures de marche. L'exil s'annonçait à la fois urgent et quasi irréalisable : les Turcs confisquaient ânes, chevaux, mulets et taxis, tout ce qui pouvait les aider au transport des troupes. Après leur victoire sur les Anglais à Gaza, quelques jours plus tôt, ils reprenaient confiance. Ils pouvaient encore sauver un morceau d'empire…

Daoud l'avait compris : les tissus, la boutique, la clientèle huppée, tout allait disparaître. Et il n'y avait pas que cela. Mille problèmes devaient être réglés dans l'urgence. Comment déplacer la famille à Petah Tikva, si aucun moyen de transport n'était disponible ? Où loger, une fois sur place ? Le moshav était un village très pauvre, les conditions de vie y étaient dures. Beaucoup s'y précipiteraient. Il ne fallait pas tarder à s'y rendre... Mais quand ? Plusieurs lots en provenance de Constantinople étaient arrivés au port l'avant-veille. Il devait les dédouaner... Quoi en faire ? Les laisser au magasin, c'était les livrer aux pilleurs... Plusieurs clients lui devaient de l'argent... Ils trouveraient mille motifs pour ne pas le régler. Il les voyait déjà se défiler : « Ce sera une histoire de quelques jours, mon cher Daoud. On en reparle à ton retour. » Il leur faudrait aller à Petah Tikva à pied... Une journée de marche... Ils ne pourraient rien emporter...

– Pars tranquille, lui dit Abdallah. Je garderai ta maison et ta boutique.

28 mars 1917
Rue Naguib-Boustros
19 h 30

Abdallah se voulait optimiste. À son avis, l'expulsion était un acte désespéré. Les Turcs sentaient la fin approcher. Dans quelques semaines, peut-être même dans quelques jours, ce serait eux qui partiraient de Jaffa ! Allenby, le général anglais, leur donnerait une bonne leçon.

Mais personne ne l'écoutait. Quand les deux familles allaient-elles se retrouver ? Dans quelles circonstances ? Dans quel état ?

– Jaffa, c'est *Urus Falastine*, poursuivit Abdallah. La mariée de la Palestine ! Et vous, les Juifs arabes, vous êtes son époux. Vous portez la *galabiyyah*, comme nous ! Les femmes juives s'habillent comme les femmes arabes ! Elles cuisinent les mêmes plats.

Nous sommes un seul et même peuple. Nos enfants sont comme frère et sœur. Votre place est ici, avec nous.

Abdallah, qui n'avait jamais autant parlé, cherchait à se convaincre que tout n'était pas perdu, que la raison finirait par l'emporter.

Rachel se tourna vers Ida. C'était comme si tout cela ne la concernait pas. Ou plutôt, comme si elle avait une longue pratique des situations effroyables.

5 avril 1917
Rue Naguib-Boustros
11 heures

Rozika était dans la cuisine avec Rachel et Ida, occupée à faire bouillir du linge :

– C'est la voix de M. Sami. Je la reconnaîtrais entre mille…

Venu d'Odessa vingt ans plus tôt, Samuel Nakman voulait qu'on l'appelle Sami, histoire de faire couleur locale parmi les Sépharades. Il était tailleur pour dames et habitait place du Marché, à deux pas de la rue Naguib-Boustros. Sans doute essayait-il de boucler ses affaires au mieux.

La discussion semblait courtoise lorsque des éclats de voix se firent entendre à travers la porte. En quinze ans, c'était la première fois que Rozika entendait son mari parler sur ce ton à un client. Nakman voulait sans doute retourner un lot ou annuler une commande.

Soudain, les éclats de voix cessèrent, la porte du magasin se ferma brutalement et Daoud apparut au seuil de la cuisine, tremblant de rage. Nakman leur faisait du chantage. Il s'était arrangé avec un paysan dont l'un des chevaux avait été considéré trop vieux par les Turcs et proposait à Daoud de partager sa carriole, pour autant qu'il lui reprenne quatre lots, ainsi qu'une vingtaine de mètres de flanelle grise :

– J'ai refusé et il a claqué la porte. Mais il a laissé sa marchandise. Il reviendra demain.

6 avril 1917
Rue Naguib-Boustros
12 heures

Aïcha, Rozika, Ida et Rachel étaient dans la cuisine en train d'écosser des haricots lorsque Rozika entendit la voix de M. Sami. Sans attendre, elle ordonna à Ida d'aller lui dire bonjour.

La fillette la regarda, l'air très calme :

– *Vos zol ikh zogn ?* Que dois-je dire ?

– *Hallo, Herr Sami, wie geht es Ihnen ?* Bonjour, Monsieur Sami, comment allez-vous ? Tu le diras en yiddish.

Ida se leva lentement et se dirigea vers le dépôt. Aïcha et Rachel la suivirent du regard, l'air inquiet.

Dès qu'elle ouvrit la porte qui séparait la cuisine du dépôt, la discussion entre Daoud et M. Sami s'arrêta. Ils devaient sans doute se demander de quel droit cette fillette venait les déranger.

Après quelques instants de silence, Ida répéta les mots que Rozika lui avait indiqués.

– *Vos iz dos far a sheyn meydl ?* s'exclama M. Sami en yiddish. Qu'est-ce que c'est que cette charmante demoiselle ? D'où viens-tu ?

– De Russie par mon père et de Pologne par ma mère, répondit Ida.

– Et où sont-ils ?

– Ils sont morts tous les deux, et ma petite sœur aussi.

Ida raconta ce qu'elle croyait être son histoire. Les Alkabès l'avaient adoptée. Maintenant, Rozika et Daoud étaient sa *yamma* et son *yaba*, et Rachel sa nouvelle sœur.

Incapable de contenir son émotion, Sami se cacha le visage dans les mains. Ida retourna en courant à la cuisine et vint se blottir dans les bras de Rachel. Après quelques secondes, Rozika entendit Sami dire à Daoud qu'il les prendrait tous sur sa carriole. S'entraider, entre Juifs, était un devoir sacré. À sa place, il aurait fait la même chose.

Après un silence, Daoud dit à Sami qu'il reprenait ses lots, et Sami refusa. Il ne s'agissait pas d'une transaction.

8 avril 1917
Rue Naguib-Boustros
8 h 30

Dans Naguib-Boustros déserte, ils semblaient tous désemparés. Aïcha et Rozika se tenaient par la main, les yeux dans les yeux, incapables de prononcer un mot. Abdallah entourait de son bras les épaules de Mounir, qui n'osait pas regarder Rachel. Sarika et Daoud étaient légèrement à l'écart, l'air hagard. Ce qui leur arrivait semblait irréel. Sami arriva enfin, debout sur une vieille carriole, descendit et salua tout le monde avec sa courtoisie un peu raide. Malgré l'injonction du gouverneur, il avait rangé un matelas et quelques effets au fond du chariot. Daoud s'était lui aussi décidé à prendre un matelas pour chacun, des vêtements et de la nourriture. Au pire, les Turcs les confisqueraient. Aïcha avait préparé une montagne de galettes, des boulettes de poireaux et une grande pita au fromage de chèvre. Elle déposa le tout sur la carriole et se jeta dans les bras de Rozika. Daoud rangea les effets que Rachel, Ida et Mounir lui tendaient. Maintenant, c'était Abdallah qui se tenait à l'écart, l'air perdu.

La carriole était équipée de deux bancs de bois placés l'un derrière l'autre, chacun pouvant recevoir quatre personnes. Rachel s'installa sur la banquette arrière, entre sa mère et Sarika. Le propriétaire de la carriole pria Daoud et Sami de monter devant, où il restait encore une place.

– Viens, lança Sami à Ida.

La fillette s'assit à côté de Daoud et posa la tête sur son épaule.

8 avril 1917
Sur la route de Petah Tikva
12 heures

– On ne trouvera pas de place, dit Rozika.

Daoud ne l'écoutait pas. Il était ailleurs. Face à Iakov, qui tenait ses deux filles par la main. À sa droite, Tatiana, qui allait mourir quelques heures plus tard. Et à sa gauche, Ida, qui maintenant avait sa tête posée sur son épaule, dans un geste d'immense tendresse. Après avoir poussé Iakov à la mort, voilà qu'il passait pour bienfaiteur aux yeux de sa fille.

– Tu as entendu ? reprit Rozika. On ne trouvera pas de place.

Depuis leur départ, ils n'avaient croisé que de petits groupes de soldats turcs qui marchaient au pas en scandant des chants patriotiques.

Sami entama avec Ida une discussion en yiddish. Très vite, ils se mirent à deviser gaiement, et il y eut soudain deux atmosphères sur la carriole, celle des Sépharades, sombre, et celle des deux Ashkénazes, dont on aurait dit qu'ils étaient heureux de ce qui leur arrivait.

– Notre exil, c'est le prix à payer, dit Sami à Ida. Mais c'est peu de chose, tu le sais. La défaite des Turcs viendra vite. Et là, une nouvelle page dans l'histoire des Juifs va s'écrire. Grâce à des gens qui ont tout sacrifié pour qu'elle advienne. Comme tes parents, qui étaient des saints.

Il se pencha, chercha le regard de Daoud et lui traduisit en arabe :

– Je lui disais que les Juifs auront enfin un pays grâce au sacrifice de gens comme ses parents, que Dieu les accueille en son sein. Là, enfin, ils auront ce que le Seigneur a promis à son peuple : une terre où coulent le lait et le miel.

Daoud n'avait que faire des réflexions de Sami. N'était-il pas au courant des circonstances dans lesquelles Iakov était mort ? Au fond, Sami était un imbécile. Qu'est-ce qu'il en savait, des Turcs et de la Palestine ? Cela faisait quatre siècles que Juifs et Arabes vivaient en paix sous la domination ottomane. À cause d'immigrés comme lui, comme Iakov, comme les Nili, comme tous ces Juifs d'Europe qui ne savaient rien de l'Orient, se sentaient supérieurs et soutenaient ces chiens d'Anglais, ils avaient dû quitter leur maison. Des semeurs de discorde, voilà ce qu'ils étaient. Et ce M. Sami qui faisait l'intéressant… Qu'ils aillent au diable, lui et tous les siens.

Alors que la carriole s'approchait d'Abou Kabir, deux soldats surgirent d'une maison qu'ils venaient sans doute de piller et se mirent à hurler des ordres en turc.

– Ils veulent que nous déchargions la carriole, souffla Rozika à Daoud.

– Dis quelque chose en turc ! fit celui-ci. Vite !

– *Bende Istanbulluyum !* lança Rozika. Moi aussi je suis d'Istanbul.

– *Yapma, bé !* s'exclama l'un des soldats. Sans blague.

Durant cinq longues minutes, ils parlementèrent avec Rozika. Ils s'étaient perdus, le village avait été mis à sac et ils n'avaient rien à manger. D'où venaient-ils ? demanda Rozika. Depuis quand étaient-ils en Palestine ? L'un était de Bursa, l'autre de Konya. Ils n'avaient pas revu leurs familles depuis deux ans.

Ils se contentèrent de deux matelas, deux poulets, d'un melon et d'un pichet d'huile d'olive. Daoud donna une pièce d'argent à chacun et les pria, en contrepartie, de les accompagner jusqu'à la sortie du village pour s'assurer qu'ils ne seraient pas détroussés à nouveau.

8 avril 1917
Kibboutz Do-Beïtenou
19 heures

À Petah Tikva, ils furent refoulés :

– Nous n'avons pas où loger une souris, les rabroua l'un des gardiens.

On les orienta vers Do-Beïtenou, un kibboutz situé en bordure du fleuve Yarkon, à quatre kilomètres en direction de l'ouest.

Lorsqu'ils y arrivèrent, tout ce qu'il restait pour les loger était une sorte de cabanon sans fenêtre qui offrait assez de place pour trois matelas. Les parents se partageraient l'un d'eux, Rachel et Ida un autre et Sarika le dernier, au grand déplaisir de Rozika, qui supportait mal de voir sa cousine mieux installée qu'elle.

À l'accueil, un jeune homme du nom d'Ossip les informa que les repas étaient pris en commun. « Ici, on partage tout », leur dit-il. Daoud lui remit les provisions qu'ils avaient apportées et négocia le coût de leur pension pour le premier mois.

– Et si nous retournons chez nous avant ? demanda Rozika en allemand.

Ossip haussa les épaules. Ils ne repartiraient pas de sitôt. Les Turcs allaient s'accrocher à la Palestine, c'était tout ce qui leur restait de leur empire.

Rozika fondit en larmes, et Ossip l'observa en souriant :

– Vous pensez à ce que vous avez abandonné, c'est compréhensible. Mais vous ne savez pas ce que vous avez gagné en venant à Do-Beïtenou. Donnez-vous quelques heures et vous verrez. Bienvenue au pays où coulent le lait et le miel !

*

La Grande Salle de la maison Herzl faisait office de réfectoire, de salle de spectacle et de lieu de réunion. Debout sur le devant de la scène, Ossip souriait tant qu'il pouvait à la trentaine de personnes arrivées le jour même.

À peine âgé d'une vingtaine d'années, il avait des cheveux roux vif, courts et bouclés, et son visage, sur lequel on lisait encore l'enfance, tranchait avec un corps aux muscles lourds, déjà celui d'un travailleur de force.

Il avait dit ses premiers mots en yiddish. Il attendit que les applaudissements se calment et passa à l'arabe :

– Vous êtes nés sur cette terre de Palestine. Siècle après siècle, vos ancêtres ont gardé la maison. Gloire à leur mémoire. C'est dire, aussi, que vous n'avez jamais connu les pogromes, les cruautés des Russes ou des Roumains, l'exil. Vous avez vécu dans la douceur de l'Orient. Quelle chance... Mais aujourd'hui, vous avez une chance encore plus grande, celle de découvrir enfin ce que c'est que d'être juif, c'est-à-dire d'être, du jour au lendemain, chassé de chez soi. Soyez les bienvenus dans la tribu !

Il y eut quelques applaudissements. Rozika regarda Daoud sans comprendre. Que cherchait Ossip ?

– Il veut culpabiliser les Juifs de Palestine d'avoir vécu en paix avec les Arabes, murmura Daoud.

– Vous, moi, nous tous, sommes retournés à la terre de nos ancêtres après deux mille ans d'exil. Et nous y sommes pour les prochains deux mille ans !

Des bravos éclatèrent. Immobile, menton levé, Ossip attendit qu'ils s'estompent puis scanda :

– Je le répète, nous sommes ici pour les prochains deux mille ans !

Il s'arrêta, laissa passer quelques secondes, puis cligna de l'œil :

– Après, on verra !

La salle éclata de rire. Il retourna au yiddish :

– Ceux d'entre vous qui le souhaitent peuvent rester au kibboutz pour toujours. Nous les invitons à s'unir à nous. À travailler avec nous ! À construire avec nous un monde nouveau, dans une perspective que durant deux mille ans notre peuple n'a cessé de caresser : vivre en peuple libre ! Fini de baisser la tête. Fini d'être insulté par le premier venu. Fini la crainte, à chaque instant, d'être chassé. Ici, je vous l'annonce, naîtra un

Juif nouveau ! Un Juif des champs. Un Juif de l'effort physique. Un peuple du combat de la terre autant qu'il a été jusqu'à présent peuple du Livre.

Il y eut une salve d'applaudissements.

– Car dorénavant, mes chers frères et sœurs, c'est cela qu'il sera : le peuple du Livre et du glaive. Un peuple qui aura sa terre. Un peuple que personne n'osera venir insulter. Ni même défier. Un peuple qui dans son pays pourra marcher la tête haute, sans craindre le crachat du goy ! Où tous les prédateurs du monde ne pourront rien contre lui. Le peuple du Livre, du glaive et de la charrue.

Ses mots déclenchèrent des acclamations frénétiques.

– Après le repas du soir, ici même, chacun d'entre vous devra suivre un cours d'hébreu. Ce sera notre langue. La seule qui nous appartienne vraiment. La langue de nos ancêtres qu'un saint homme a adaptée à notre temps, pour que nous puissions redevenir ce qu'il y a deux mille ans nous avons été : le peuple d'Israël. Oui, notre ami Ben Yehouda a reconstruit l'hébreu, une langue à la fois neuve et ancienne, pour un peuple à la fois ancien et neuf… Quitte à nous demander à nous autres Moskubim, venus de partout, de Pologne, de Roumanie, de Russie, d'Ukraine, de Géorgie ou de Bessarabie, d'oublier la langue qui nous unissait. Et vous comprendrez pourquoi nous avons appelé notre kibboutz Do-Beïtenou. *Do*, c'est-à-dire « ici », en yiddish. Et *Beïtenou*, « notre maison », en hébreu. Ici, on commence notre vie en yiddish. En immigré. Et ici nous la poursuivons en habitants du nouveau Royaume.

Certains allaient abandonner le yiddish, d'autres l'arabe, quelques-uns l'espagnol ou le turc…

– C'est un grand sacrifice que de renoncer à sa langue. Mais je vous le demande, ne sommes-nous pas le peuple du sacrifice ? Notre histoire n'est-elle pas celle d'Abraham, prêt à offrir son fils Isaac au Seigneur ?

L'histoire de l'humanité tout entière s'était construite sur ce sacrifice. C'est-à-dire sur la capacité du peuple juif à supporter les douleurs du rôle qui lui était assigné, celui de guider les hommes. Tous les hommes. Même ceux qui lui infligeaient les pires outrages :

– Être peuple élu comporte de lourds sacrifices, poursuivit Ossip. Notre devoir est d'être à la hauteur de la confiance que le Seigneur a placée en nous. Soyez les bienvenus !

Rachel et Ida étaient subjuguées. Ossip semblait inspiré, porté par son propre message. De la salle entière émanait une forme d'adoration pour ce jeune homme si beau et fort, si sûr de son fait, qui leur offrait l'espérance.

Ainsi depuis une semaine, chaque soir, Ossip accueillait, encourageait, motivait. Mais aussi, s'attristait. Il était né en Palestine, à Petah Tikva, vingt ans plus tôt. Il avait grandi dans une communauté à une époque où l'immigration était contenue. Les nouveaux arrivants en Terre sainte venaient d'Allemagne, d'Angleterre, de Suède, d'Amerique, même. Ils étaient anglicans, luthériens, templiers. Les Ashkénazes n'étaient qu'un groupe parmi beaucoup d'autres. Les Arabes les accueillaient avec amitié.

À leur arrivée en Palestine, ses parents s'étaient installés à Petah Tikva, où ils vivaient entourés de fellahs. Avec ses voisins arabes, Ossip avait appris leur langue. Il avait fraternisé avec eux. Il les avait aimés. Vint un jour, pourtant, où ce qui semblait être une entente pour toujours bascula. C'était l'année de ses quatorze ans, quand soudain, pour la plupart, les immigrants étaient juifs. Vous êtes trop nombreux, lui avait lancé ce jour-là Hussein, l'un de ses voisins. Après quoi il lui avait tourné le dos. Le lendemain, Ossip était allé le trouver sur les terres de son père. Je te le répète, lui avait asséné Hussein, vous êtes trop nombreux. Trop différents de nous. Trop ceci, trop cela. C'était vrai. Les nouveaux arrivants étaient nombreux. Surtout, ils avaient en eux la rage de vaincre, de transformer des terres mauvaises en terres fertiles, par leur travail et une fougue de chaque instant, et pour son ami Hussein, cette fureur était source d'angoisse.

Ses parents et quelques amis quittèrent Petah Tikva et fondèrent Do-Beïtenou, l'un des premiers kibboutz, une communauté plus radicale que le moshav. Plus solidaire. Plus forte. Il fallait se préparer. La confrontation sera inéluctable, répétait son père. Ce n'étaient pas les Arabes qui avaient organisé les pogromes, mais les Russes, les Roumains, les Polonais… Pas les Arabes qui les avaient chassés de chez eux, après les avoir humiliés, dépouillés, torturés. Mais voilà qu'à leur tour, les Arabes se retournaient contre eux. Ossip le constatait avec tristesse, il y avait quelque chose de tragique dans le destin de leurs deux peuples. Les Arabes allaient se retrouver en première ligne, et l'injustice à leur égard serait immense. Mais pour participer à la construction du Royaume, il fallait l'assumer sans flancher.

Les jours suivants, en avril 1917
Kibboutz Do-Beïtenou

Ils dormaient mal, avaient froid, mangeaient à peine et se disputaient sans cesse. « Tu n'aurais pas dû tout leur donner », avait lancé Rozika. Ossip et ses amis s'étaient partagé les mets délicieux qu'elle et Aïcha avaient préparés, et ils s'étaient retrouvés à devoir manger midi et soir un brouet infect.

– C'est l'enfer, répétait Rozika.

Mais si la vie de kibboutznik était dure, elle offrait aussi un propos, une ambition, le sentiment de participer à une sorte de miracle au sein duquel chacun avait sa place et son rôle. Au bout de quelques jours, Rozika cessa de se plaindre. Elle n'avait jamais rêvé de se retrouver partie prenante d'une telle aventure.

Le kibboutz lui avait fourni des vêtements de travail, pantalon court et chemise kaki, une tenue identique pour hommes et pour femmes. Chaque matin à six heures, elle recevait sa feuille de route au bureau d'aide sociale et commençait les visites de femmes près d'accoucher, une dizaine sur les trois cents habitants du kibboutz.

À la même heure, Daoud se rendait à l'atelier de couture. Il avait repris le métier qu'il exerçait à Meknès, celui de tailleur. Le travail, facile, consistait à coudre des habits d'ouvrier. Sarika s'amusait à s'habiller en homme et s'activait de bon cœur en cuisine, en attendant qu'une place se libère à l'atelier de confection.

Durant la journée, Ida et Rachel étaient aux cuisines, elles aussi, à nettoyer ou à trier des légumes. Rachel se sentait à l'aise dans ses nouveaux habits. « Ils sont faits pour moi ! » s'était-elle écriée en les découvrant. Libérées en début d'après-midi, elles auraient pu ne rien faire du reste de la journée. Mais elles étaient ravies de se mettre au service d'Ossip. Chaque fin d'après-midi, elles aménageaient la Grande Salle en fonction des activités qu'il avait prévues. Elles déplaçaient les tables et les bancs, donnant à la salle tantôt la configuration d'un réfectoire, avec un banc de part et d'autre des tables, tantôt celle d'une salle de classe (il leur fallait alors ôter l'un des deux bancs), tantôt d'une salle de spectacle (elles déplaçaient les tables – des planches de bois sur chevalets – et rapprochaient les bancs). En fin de soirée, les chevalets et les planches devaient être remisés en fond de salle, et les deux filles, épuisées, les rangeaient dans une joie entraînante.

Après dîner, sauf pendant le shabbat, il y avait cours d'hébreu. Ossip le donnait en alternance, un soir pour élèves avancés, le suivant pour débutants. Il enseignait l'alphabet, les mots-clés, la prononciation, et beaucoup d'expressions courantes. Le cours terminé, Rachel et Ida replaçaient les bancs et les chaises en configuration « réfectoire » avant de retourner au cabanon, éreintées. Elles étaient heureuses de se rapprocher des colons. Elles les observaient avec admiration. Ils étaient déterminés, concentrés, sans cesse dans la fureur de quelque chose.

Les travaux aux champs étaient intenses. Les colons s'y rendaient en groupe, à heure dite. Ils en revenaient dans l'ordre, et il se dégageait de ces va-et-vient un extraordinaire sentiment de solidarité. À ces hommes et ces femmes qui avaient fui les pogromes, aucun prix ne semblait trop élevé pour que rien ne soit plus comme avant, et pour cela ils avaient compris qu'ils devaient rester unis, coûte que coûte.

Rachel et Ida vivaient la découverte du kibboutz de manière très différente. La fureur que mettaient ses habitants à leur travail plongeait Rachel dans d'intenses réflexions. À Jaffa, la vie était douce et lente, tendre… Sa ville lui manquait, bien sûr. Mais la détermination des kibboutzniks la rassurait. Elle se disait que le jour venu, ces gens sauraient se battre.

Aux yeux d'Ida, Ossip incarnait celui qui remporterait la bataille pour laquelle son père, sa mère et sa sœur étaient morts. Elle avait sa place au kibboutz. Elle s'y sentait chez elle.

16 avril 1917
Kibboutz Do-Beïtenou
20 heures

– Restez après dîner, avait dit Ossip aux deux filles, il y aura du théâtre.

La pièce que le kibboutz présentait ce soir-là racontait les tribulations d'un homme riche qui cherchait, pour sa fille, un mari digne de son rang. Rachel avait-elle déjà assisté à une pièce de théâtre ? Non, jamais. Et toi, Ida ? Oh oui ! Malgré les conditions épouvantables dans lesquelles vivaient les familles au camp, elles montaient des saynètes, reprenant à la bonne franquette des scènes du théâtre yiddish. Ils étaient nombreux, parmi ceux qui s'occupaient d'assécher les marais, à avoir une fois où l'autre tâté de la scène. Sa mère jouait souvent, et Ida gardait de ces soirées un souvenir merveilleux.

À l'heure dite, toute la famille se retrouva dans la Grande Salle, Rachel et Ida assises côte à côte devant les parents et Sarika.

La pièce avait pour titre *Le Dibbouk.* Le mot désignait l'âme d'un mort qui habitait le corps d'un être vivant, avec lequel le défunt avait eu un différend. C'était l'histoire d'une vengeance. Elle débutait par la rencontre de deux amis, Nissan et Sender. Leurs épouses étaient toutes deux enceintes, et si le ciel voulait bien qu'il s'agisse d'un garçon et d'une fille, les pères se promettaient d'unir leurs enfants.

Rachel avait beau ne pas saisir un seul mot de ce qui se disait sur scène, elle était subjuguée. Ces hommes et ces femmes, qu'elle voyait le matin partir pour les tâches les plus humbles, étaient métamorphosés, transcendés, emportés par leur texte. Chacun semblait heureux dans la peau de son personnage, et peu importait qu'il soit grotesque, son bonheur n'en paraissait que plus vibrant. À chaque réplique, Rachel devinait un drame, un espoir, des émotions… L'émerveillement que lui procurait le jeu des acteurs était amplifié par les réactions de la salle. Les spectateurs vivaient la pièce avec une intensité extraordinaire. On aurait dit qu'ils se livraient à elle, corps et âmes. Telle réplique déclenchait une explosion de rires. À telle autre, la salle retenait son souffle. À telle autre encore, ou entendait des « Oh non ! » ou des « Mon Dieu ! » chuchotés dans la tension.

Rachel comprit qu'il y avait une autre façon de raconter des histoires… Plus riche, plus éclatante, plus puissante…

Elle se tourna vers son père. Lui non plus ne comprenait pas un traître mot des dialogues. Pourtant il riait, il s'esclaffait ou se tendait, comme si par miracle son propre drame s'était évanoui. Ida, qui ne ratait pas une seule réplique, tantôt riait aux éclats, tantôt semblait plongée dans la mélancolie.

Rachel aurait voulu que le spectacle ne s'arrête pas. C'est trop beau, se disait-elle. Trop fort. Trop grandiose. Trop tout. Au moment des applaudissements, elle éclata en sanglots.

Sa mère lui caressa l'épaule :

– Tu es fatiguée, ma chérie.

Ce soir-là, les deux filles restèrent longtemps à chuchoter au lit. Ida lui raconta la pièce. Nissan et Sender souhaitaient voir leurs enfants Hanan et Léa se marier.

Hélas, un dibbouk allait intervenir, qui mettrait à mal ces plans d'union conjugale. Finalement, le vœu des deux amis serait exaucé de façon majestueuse, et leurs enfants s'uniraient pour toujours. Mais ce serait dans l'au-delà…

Combien cela devait être extraordinaire d'avoir pour métier le théâtre, se dit Rachel. De vivre chaque jour des émotions aussi belles, aussi intenses…

– Peut-être qu'il y a de bons dibbouks ? demanda Ida. Peut-être que l'esprit de ma mère est en moi… Peut-être que si j'étais actrice, ce serait comme si elle vivait en moi…

– Tu deviendras une grande actrice et ta mère sera fière de toi ! chuchota Rachel.

Elle serra Ida dans ses bras. Elle-même ne se voyait pas sur scène, à tournicoter et faire la coquette, avec son gabarit. Elle rêvait d'autre chose. Consacrer sa vie à observer les gens, à comprendre leurs travers, raconter leurs joies, dévoiler leurs peines… Écrire des pièces qui feraient oublier aux spectateurs la dureté de leur quotidien, ou qui la rappellerait, mais avec l'espoir d'un lendemain moins misérable. Comme celui de Hanan. Si par miracle elle arrivait à transformer ses histoires en pièces de théâtre, ce seraient alors des centaines de Sarika, des milliers de M. Sami, qu'elle pourrait séduire.

La voilà, la façon dont elle allait se libérer du poids de ses jambes, de ses cuisses et de ses épaules…

Elle colla sa bouche à l'oreille d'Ida :

– J'écrirai des pièces de théâtre et tu joueras les premiers rôles.

19 avril 1917
Kibboutz Do-Beïtenou
11 heures

Souvent une odeur de cuisine, un mot de yiddish, un visage, provoquaient chez Ida un moment de désarroi. Ce matin, la crise arriva alors qu'elle s'occupait de couper des betteraves. Elle arrêta brusquement son geste et resta figée. Rachel, qui avait l'habitude de la voir soudain désemparée, la prit dans ses bras. Les deux filles restèrent ainsi immobiles, et après quelques instants reprirent leur travail.

Le soir, il y aurait fête. En cuisine, l'activité avait été intense dès l'aube, chacun s'activant à la préparation des meilleurs mets, qui au bortsch, qui aux oignons mêlés de foies de volaille, qui à la pâtisserie.

À dix heures, Rachel et Ida étaient déjà épuisées, alors que le plus dur les attendait : préparer la Grande Salle. Elles transportèrent les bancs au fond de la pièce, placèrent les tables le long des murs, et, après plusieurs allers-retours en cuisine, garnirent les tables.

À l'heure du repas, ils étaient tous là, debout, trois cents hommes, femmes et enfants qui voulaient se tenir aussi près que possible de la scène. Ils avaient quitté les champs, l'étable ou l'atelier de menuiserie, laissé en plan leur travail de labour, les vêtements qu'ils cousaient ou les pièces qu'ils forgeaient. Les traits de leurs visages disaient l'épuisement, mais il y avait dans leurs yeux une lumière, comme cela arrive quelquefois, lorsqu'au milieu de grandes duretés, un événement crée l'espérance.

Un homme d'une cinquantaine d'années était assis sur un fauteuil usé. Il tenait sur ses genoux ce qui semblait être deux petits paquets enveloppés de blanc. C'étaient des jumeaux que Rozika avait accouchés huit jours plus tôt et qui venaient d'être circoncis. Ils s'époumonaient de tous leurs minuscules muscles, et l'on voyait sur leurs visages une tension immense, mais leurs voix portaient à peine tant ils étaient chétifs. Un homme très jeune, presque un adolescent, se tenait debout à côté du quinquagénaire. La tête recouverte d'une calotte noire, tous deux avaient gardé leurs habits de travail. Devant eux se tenait un vieillard à la barbe non taillée. Il était vêtu de noir et portait un schtreimel. C'était le rabbin qui venait de procéder à la circoncision :

– Vous avez écouté ?

Il jeta un regard circulaire sur la salle. Que leur fallait-il, à tous ceux-là, pour qu'enfin ils respectent les enseignements ? Pour qu'ils se montrent dignes de la mission que le Tout-Puissant leur avait confiée ? Dignes de la confiance qu'Il avait placée en eux ?

Il expira par le nez, d'un petit souffle nerveux. C'était le monde à l'envers ! Dieu avait foi en ces hommes, mais la réciproque n'était pas vraie.

Enfin… C'étaient de braves gens quand même. Durs à la tâche. Et ce que le Seigneur attendait d'eux était cela exactement. Qu'ils construisent ce pays. Ou plutôt, qu'ils le reconstruisent. Qu'ils en fassent le cœur du monde, comme il l'était avant qu'ils n'en soient chassés, deux mille ans plus tôt… Avant qu'il ne tombe aux mains de tous ces voyous qui n'en avaient cure : Romains, Turcs, Arabes… Et demain, les Anglais. Des accapareurs, qui n'avaient fait que ramasser la figue après qu'elle fut tombée de l'arbre. Des escrocs, voilà ce qu'ils étaient. Des profiteurs et des voleurs ! Les fondateurs du kibboutz avaient beau être des communistes invétérés, des apostats, des mécréants de la pure espèce, ils rendaient fertile une terre abandonnée, insalubre, infestée d'insectes dont la piqûre était souvent mortelle, une terre si hostile qu'elle aurait découragé les plus fous. Mais pour eux, Do-Beïtenou était la Terre promise. Celle qui devait les séparer pour toujours des persécutions et des humiliations, les protéger d'une vie suspendue aux caprices des bandits russes ou polonais ou ukrainiens, ces chacals qui riaient de les voir trembler au moindre de leur regard et s'amusaient à sauter à cheval au-dessus de leurs enfants lorsqu'ils jouaient dans la rue. Alors, dans la misère et dans la fureur, ils avaient, de leurs mains nues, défriché, asséché, planté, pour créer un pays où jamais ces humiliations ne se renouvelleraient.

Et puis, s'ils ne suivaient pas tous les Commandements à la lettre, ils n'oubliaient pas qu'ils existaient. Ils tenaient à Kippour, fêtaient Rosh Hashanah, suivaient Pessah. À huit jours, les garçons étaient circoncis. À treize ans, ils faisaient leur bar-mitzva. Même pour ces mécréants, le contraire eût été inconcevable.

Il aurait pu demander à l'un ou l'autre des moshaves religieux de l'accueillir, cela lui aurait été aisé. Des moshaves orthodoxes, il n'y avait que ça. Il y aurait vécu moins de frustrations. Moins de colères, aussi. Mais il sentait que parmi tous ces communistes, la présence d'un rabbin têtu était indispensable. Et têtu, il l'était.

– Vous avez écouté ? répéta le rabbin en yiddish.

Il laissa passer un silence et poursuivit en hébreu :

– Je ne vous parle pas des cris de nos deux enfants… Je vous parle du message que nous a fait parvenir le Seigneur ! Que nous dit-Il, dans la Genèse ? Écoutez bien en quels termes il s'adresse à Abraham : *Toi et tes descendants, de génération en génération, vous devrez respecter mon alliance. Votre circoncision sera le signe de l'alliance établie entre vous et moi. De génération en génération, tous vos garçons seront circoncis quand ils auront huit jours.*

Il s'arrêta quelques instants et retourna au yiddish :

– À chaque circoncision, l'alliance entre Dieu et nous se renouvelle. Mais aujourd'hui, il y a plus. Notre alliance est double ! Car nous sommes en terre d'Israël ! Et ce n'est pas tout, mes chers frères et mes chères sœurs ! En nous envoyant ces deux chérubins, que nous dit le Seigneur ? Qu'elle est aujourd'hui deux fois double ! Qu'elle est quadruple ! Tous les Juifs d'Europe comptent sur nous et sur chacun…

Il fallait aussi que les Juifs du monde entier soient reconnaissants à ceux qui, durant deux mille ans, étaient restés sur place, poursuivit le rabbin. Comme la famille Alkabès, dont les membres avaient joué le rôle de gardiens du temple…

– Et toi, Ida, qui restes la seule rescapée d'une famille qui a fait les plus grands sacrifices… Ton alliance au sein de la famille Alkabès incarne l'union sacrée sur laquelle se construira le renouveau de ce pays.

Il fallait qu'eux tous travaillent pour ceux d'Europe et pour ceux qui avaient perdu la vie dans l'accomplissement de leur *aliyah*, dans la conquête de cette terre dont chaque parcelle était sacrée.

– Encore faut-il les acquérir, ces parcelles ! Partout en Europe, l'Agence juive a placé de petites tirelires auprès de familles juives ! Même chez les familles pauvres. Pour que, sou par sou, soit récolté de quoi acheter les terres du nouveau Royaume. Un million de petites tirelires de couleur bleue ! Un million ! C'est dire si nos communautés juives sont solidaires de votre effort !

Malgré tout, l'argent manquait. Les seules terres abordables étaient celles qui se transformaient en marais salants à la saison des pluies et qu'il fallait assécher et assainir, en luttant contre le typhus et la malaria. Cela coûtait des vies, comme celles de la famille d'Ida. Mais au bout de l'effort, le Juif nouveau s'installait dans le Royaume.

Surtout, pour que cette terre lui appartienne vraiment, il fallait que le Juif la travaille lui-même. Qu'il se transforme. Qu'il devienne un nouveau Juif.

À nouveau, il laissa s'installer le silence, avant de reprendre :

– Ainsi, le Seigneur nous dit que notre tâche ici est quatre fois sacrée ! Nous devons retourner cette terre, la raviver, la féconder, et surtout, la peupler ! Faire du royaume d'Israël un pays fort et puissant ! Riche ! Capable de résister à tous les envahisseurs ! Apte, par sa force, à leur ôter l'idée même de venir nous envahir… Et ces deux enfants, mes chers amis, ces deux enfants, quel symbole !

Il s'interrompit quelques instants, emporté par l'émotion. Il y eut un silence, puis un long murmure. D'un coup, le visage du rabbin s'illumina. Maintenant il souriait :

– Vous avez entendu leurs noms : Abraham et Isaac ! Le futur de notre peuple s'incarne tout entier dans ces deux enfants. Ossip, l'heure est à la joie ! Fais-nous danser !

Ossip fendit la foule jusqu'au milieu de la salle, étendit les bras, et dans l'instant, au milieu des exclamations de joie et des applaudissements, une ronde se forma, d'une vingtaine d'hommes qui se tenaient par la main et se mirent à tournoyer.

– *Evenou shalom aleichem !* chanta l'assemblée.

Très vite, plusieurs rondes concentriques se formèrent. Les voix prirent de l'ampleur, et les murs de la salle Herzl se mirent à trembler sous les vibrations des danseurs et des chanteurs.

Ossip abandonna sa ronde et retourna près de la scène où se trouvaient Rachel et Ida. Que pensaient-elles de ce qu'elles venaient de voir dans la Grande Salle ?

– C'était très émouvant, dit Ida, cette explosion de joie, après le discours du rabbin, d'un coup…

Ossip hocha la tête :

– Tout s'est déroulé sur scène. C'est très important, la scène… Vous avez vu, l'autre soir, à la représentation, combien les gens étaient heureux ?

Elles firent oui d'un mouvement de tête, émerveillées par tant de considération.

– Pour que les gens prennent conscience d'un événement, il faut le mettre en scène. Il faut tout mettre en scène. Toujours.

23 avril 1917
Kibboutz Do-Beïtenou
23 heures

– Tiens-toi à moi, dit Ida en tendant les deux mains.

Assis sur son matelas, Daoud la regarda, l'air défait. Depuis quelques jours, une grande fatigue s'était ajoutée à sa mélancolie. Le paludisme, avait laissé tomber Ossip. C'était fréquent.

Daoud n'arrivait plus à se lever seul. Pour se rendre aux latrines situées à une trentaine de mètres du cabanon, il avait besoin d'aide. Rozika dormait à poings fermés, ou faisait semblant, et Daoud n'osait pas la réveiller. L'avant-veille, Ida s'était levée deux fois.

– Prends mes mains et serre-les aussi fort que tu peux, dit Ida.

Couchée sur le flanc, Rachel observait la scène. Son père s'enfonçait dans la tristesse. Il n'y avait aucune perspective de retour à Jaffa. Que devenait la maison de Naguib-Boustros ? Le magasin ? Le dépôt ? Ils n'avaient pas de nouvelles des Khalifa. Ida se montrait d'une affection immense à son égard. Que se passerait-il si un jour elle découvrait la vérité ? Comment réagirait-elle en apprenant qu'elle s'était dévouée à l'homme qui avait envoyé son père et sa sœur à la mort ? Qu'elle s'était occupé de lui jusqu'à l'aider à faire ses besoins ?

– Et maintenant, tire sur mes bras, reprit Ida.

Rachel regarda son père et eut le cœur serré. Le paludisme avait transformé l'élégant commerçant en vieillard sale et malodorant. Durant leurs premiers jours au kibboutz, ses parents dormaient dans les bras l'un de l'autre, face à face. Désormais, c'était dos à dos. Sa mère ne supportait plus son père. Elle ne se plaignait pas, mais à sa façon de le regarder, on voyait qu'elle ne cherchait pas à cacher son mépris. S'ils se trouvaient dans une situation aussi précaire, c'était bien de sa faute. Elle le lui avait dit, ils auraient dû quitter Jaffa plus tôt. Ils auraient trouvé de la place à Petah Tikva. Plus de confort, aussi. Si elle n'avait pas envoyé Ida charmer Sami, Dieu sait comment ils auraient fait le trajet. Sans parler de l'épisode avec les Turcs… C'était chaque fois elle qui leur avait sauvé la mise. Sans doute, se dit Rachel, que la vie au kibboutz était si intense, si courageuse, si pleine d'hommes et de femmes beaux et forts, acharnés au travail comme si leur vie en dépendait, que dans un tel chaudron, sa mère avait cessé d'être une épouse soumise.

Pour la première fois, Rachel porta sur sa mère un regard admiratif.

Au retour des latrines, Ida aida Daoud à se recoucher et alla s'étendre face à Rachel. Elles dormaient toujours ainsi. Au début, c'était pour chuchoter en se faisant entendre aussi peu que possible des parents et de Sarika, chacune ayant sa bouche sur l'oreille de l'autre. Puis, très vite, cette proximité leur plut infiniment. Elles dormaient en chemise de nuit, sans sous-vêtement, pour faciliter leurs visites aux latrines, et chacune aimait sentir contre elle le corps de l'autre. Rachel admirait celui d'Ida, mince et souple. Ida, elle, aimait se tenir collée à elle. Le corps dur et massif de Rachel la protégeait. Et lorsqu'elles devaient, pour une manœuvre, se retrouver quelques instants l'une au-dessus de l'autre dans l'étroitesse du matelas, Ida voulait que ce soit Rachel qui passe sur elle. Elle entourait alors son dos de ses bras et pressait de ses mains les fesses de Rachel contre son corps, avant de lui permettre de se dégager. Rachel se laissait faire aussi longtemps qu'Ida le souhaitait, quelquefois de longues secondes.

Certains soirs, Ida faisait un même rêve dont elle sortait tremblante et le souffle court. Elle se serrait alors contre Rachel et celle-ci, qui avait pris l'habitude de ces épisodes, répondait à l'étreinte et caressait les cheveux d'Ida jusqu'à ce qu'elle retrouve son calme.

26 avril 1917
Kibboutz Do-Beïtenou
21 heures

Au lendemain de la représentation du *Dibbouk*, une idée était venue à Rachel, qui l'avait liquéfiée : et si elle écrivait une pièce de théâtre ? Une vraie pièce, avec des acteurs, un décor, des costumes, qu'elle demanderait à Iossip de monter dans la Grande Salle… ? Elle pourrait s'inspirer de leur voyage à Do-Beïtenou. Que se serait-il passé si sa mère n'avait pas amadoué les deux soldats turcs ? Ils leur auraient volé tout ce qu'ils avaient. L'un d'eux aurait sans doute tué son père. De quoi déclencher une vengeance terrible… N'y avait-il pas matière à Dibbouk ?

Durant la semaine qui suivit, chaque jour après le repas de midi, les deux filles restèrent dans la Grande Salle. Rachel écrivait fiévreusement ses répliques en arabe et les lisait à Ida. Celle-ci interrogeait Rachel sur le sens de tel ou tel mot et traduisait le texte en yiddish avant de le déclamer comme si elle était sur scène.

Au bout d'une semaine, elles le présentèrent à Ossip.

30 avril 1917
Kibboutz Do-Beïtenou
20 h 30

– Merci à chacun d'être là !
Debout au milieu de l'avant-scène, Ossip savourait par avance la surprise qu'allaient vivre ceux de Do-Beïtenou.

– Notre communauté compte dans ses rangs de jeunes artistes de grand talent, reprit Ossip. En voici la preuve : nous vous présentons ce soir *Le dibbouk de Mehmet*, une pièce de Rachel Alkabès.

Les personnages étaient au nombre de quatre : un récitant, un Juif arabe, un soldat turc, et la femme du soldat. Ida avait demandé à M. Sami d'être le récitant. Le soldat turc serait joué par Ossip, sa femme par Ida, et le Juif arabe par Rachel.

– Place au théâtre ! lança Ossip avant de disparaître derrière un paravent.

La pièce commençait par quelques mots du récitant :

La pièce que vous allez voir, Mesdames et Messieurs, est intitulée « Le dibbouk de Mehmet. » C'est une histoire vraie. Elle raconte les aventures de Moussa, le Juif de Jaffa qui deviendra dibbouk, celles de Mehmet le soldat turc, et celles de sa femme Ayshé. Elle commence lorsque Mehmet arrête Moussa, alors que celui-ci se dirige vers notre kibboutz.

Ossip apparut sur scène, un fusil en bandoulière.

– *Qui es-tu, le Juif ?* lança Ossip.

Dans la pièce, le soldat turc s'exprimait en yiddish. Mais pour le mot « Juif », Rachel avait utilisé le terme dépréciatif qu'utilisaient les Turcs, *Yahudi*, c'est-à-dire : Judas.

D'emblée, il y eut des éclats de rire dans la salle.

– *Je m'appelle Moussa, honorable soldat,* dit Rachel, *je viens de Jaffa et je vais à Do-Beïtenou, comme vous nous avez commandé de faire.*

Rachel était affublée d'une moustache dessinée au bouchon brûlé et d'une calotte, de laquelle ses cheveux débordaient. Elle disait son texte en arabe et Sami le reprenait en yiddish.

– *Donne-moi la pièce d'or que je vois suspendue à ton cou, Yahudi, ou je te coupe la tête.*

– *Cette pièce est un souvenir de ma mère, honorable soldat. C'est mon talisman. Regarde, c'est une pièce turque, marquée « Konstantinia », Constantinople. Elle vient de ton pays bien-aimé.*

– *Donne-la-moi vite, sale Juif, je n'ai pas de temps à perdre !*

– *Prends tout de moi, honorable soldat. Mes babouches, mes habits, mes fausses dents, mais par pitié laisse-moi mon talisman. Il m'est sacré. Sans lui, je crains la mort.*

– *Eh bien je ferai en sorte que tu aies raison. Je te prendrai ton talisman et te trancherai la gorge pour ton impudence.*

À ces mots, Ossip sortit un poignard et mima de trancher la gorge de Rachel, qui s'écroula.

Alors, reprit Sami, *le pauvre Moussa, délesté de son talisman sacré, monta au ciel. Arrivé auprès du Tout-Puissant, il entendit une voix caverneuse lui demander : Cela te plairait-il de retourner dans le monde des vivants ?*

Il avait parlé de manière aussi grave et forte qu'il pouvait.

– *Mais je suis mort, lui répondit Rachel. Que pourrais-je y faire ?*

– *En tant qu'être vivant, rien, dit la Voix. Mais peut-être y a-t-il une autre possibilité...*

– *Je ne vois pas laquelle...*

– *Tu pourrais retourner comme dibbouk... T'installer dans l'esprit de celui qui t'a tué, et faire de lui ce que tu voudras...*

– *Ce que je voudrai ?*

– *Sans restriction !*

Alors Moussa se volatilisa et se retrouva dans l'esprit de Mehmet.

À cet instant, Ossip s'avança vers le devant de la scène et appela :

– *Ayshé ! Viens ici !*

Ida le rejoignit, le regard baissé :

– *Oui, mon maître, que puis-je pour ton plaisir ?*

Ossip fit semblant de charger son fusil :

– *Je vais aller tuer cinq soldats turcs !*

– *Des soldats turcs ? Mais... Mais... Nous sommes turcs, mon maître...*

La salle s'esclaffa.

– *J'ai décidé ainsi ! Et ne discute pas ! Tiens ! Je ne vais pas en tuer cinq. Je vais en tuer dix !*

Ossip se tourna vers la salle :

– *Vingt ! Trente ! Cinquante !*

À chaque mot, il eut droit à une salve d'acclamations.

– *Quelle bravoure, mon maître !* dit Ida. *Tu seras un héros ! Serai-je jamais digne de toi ?*

– *Peut-être*, dit Ossip en faisant semblant de se rouler le bord d'une moustache. *Peut-être…*

– *Dis-moi ce que je dois faire, mon maître, pour être digne de toi, et je le ferai dans l'heure et la minute.*

– *D'abord, ne m'appelle plus Mehmet !*

– *Comment dois-je t'appeler, mon maître ?*

– *Je t'en informerai en temps voulu. Quand je trouverai un beau prénom juif !*

Il y eut un éclat de rire général, suivi de vivats. Des voix fusèrent de la salle : « Isaac ! David ! Moshe ! »

– *J'attendrai respectueusement, mon maître*, dit Ida.

– *Ensuite, pendant que j'irai tuer les Turcs, tu iras au kibboutz de Do-Beïtenou,* dit Ossip*, et tu suivras les cours d'hébreu de ce fameux Ossip.*

Dans la salle, les rires virèrent au délire.

– *Il paraît qu'il est très beau,* dit Ida*, j'irai avec plaisir !*

– *Mais avant,* dit Ossip*, j'attends autre chose de toi !*

– *Dis-moi vite, mon maître, j'ai tant envie de te faire plaisir !*

– *Chante-moi une chanson en yiddish.*

– *Laquelle, mon maître ?*

– *« A yiddishe mamé ».*

Dans la salle, c'était une explosion de joie.

Ida attendit que les cris s'estompent et chanta.

D'un instant à l'autre, l'atmosphère fut poignante. Chacun connaissait l'histoire d'Ida, et toute la salle reprit le refrain en chœur :

A yiddishe mamé,
Es gibt nit beser in der velt.

A yiddishe mamé
Oy vey, vi bitter ven si felt.
Vi sheyn unt lichtig is in hoys
Ven di mameh's do
Vi troyrig finster vert ven Got
Nemt ir oyf oylem habo
Durch vaser unt fayer
Volt si gelofen far ir kind
Nit haltn ir tayer
Dos is gevis di greisteh sind
Oy vi glikech un raich
Is der mensh vos hot
Asa sheineh matoneh
Geshenkt fun Got
Asa altitchkeh yiddishe mamé,
mamé mayn
A yiddishe mamé mayn

Une mère juive,
Il n'y a rien de mieux au monde
Une mère juive...
Comme tout devient amer
Lorsqu'elle vient à manquer
Comme la maison est belle et lumineuse
Lorsqu'elle est présente
Comme tout devient triste et sombre
Lorsque Dieu l'appelle dans l'autre monde
À travers les eaux et le feu
Elle se jetterait pour son enfant
Ne pas la chérir
C'est bien le plus grand péché
Comme il est heureux et riche
Celui qui a
Un si beau cadeau
Ce présent de Dieu
Une toute vieille mère juive
Ma maman
Ma mère juive

Dans la salle, pas un œil n'était sec. Ida fit une révérence et chacun comprit que la pièce était terminée. Ossip, M. Sami et Rachel s'approchèrent d'Ida, tous quatre saluèrent et la salle explosa.

D'un geste de la main, Ossip demanda le silence :

– Mesdames et Messieurs, nous avons eu l'honneur de vous présenter *Le dibbouk de Mehmet*, une pièce de Rachel Alkabès. C'est sa première pièce. Je doute que ce soit sa dernière. Je pense même que c'est la première d'une longue série.

Il tendit le bras en direction de Rachel, et les applaudissements reprirent.

Un sentiment étrange traversa Rachel à cet instant. Elle comprit qu'elle était l'obligée des spectateurs. C'était à elle de s'incliner devant eux pour les remercier de l'occasion offerte.

Lorsque les applaudissements cessèrent, Ossip, Sami, Ida et Rachel s'approchèrent des parents. Tout le monde s'embrassa. Sami semblait le plus ému de tous. Entourant de son bras l'épaule d'Ida, il s'adressa à Daoud :

– Que tu aies repris mes lots de tissus ou non, ma carriole était ta carriole ! Entre Juifs, on ne s'abandonne jamais ! De la même manière que tu as recueilli ce trésor qu'est Ida au sein de ta famille. Que Dieu te bénisse pour cet acte saint.

Daoud ouvrit la bouche, mais aucun son n'en sortit et il s'écroula. Rozika se mit à hurler. Sami s'accroupit, lui tapota la joue et s'écria :

– Tout va bien ! C'est l'émotion.

Ossip aida Daoud à se relever. Ida s'approcha de lui et le serra dans ses bras. Des bravos éclatèrent. Rachel chercha sa mère des yeux et vit qu'elle se tenait à l'écart, l'air perdu.

8 septembre 1917
Kibboutz Do-Beïtenou
11 h 30

– Venez ! Mais venez vite !

Sans attendre que Rachel et Ida réagissent, Rozika quitta les cuisines en courant.

– Il a dû arriver quelque chose à papa, dit Rachel.

Mais plutôt que de se diriger vers leur cabanon, Rozika avait pris la direction d'Abou Kabir et s'éloignait du kibboutz. Au moment où elles la rattrapèrent, elle s'écria : « Là ! Là ! » Rachel sentit son cœur bondir. À une centaine de mètres, Aïcha lui faisait de grands signes. Abdallah serrait son père contre sa poitrine. Mounir courait vers elle. Aïcha se mit à courir, elle aussi, autant que lui permettait son poids, en poussant des cris de joie. Rachel se précipita dans les bras de Mounir, Ida dans ceux d'Aïcha, et ils restèrent ainsi collés deux à deux, jusqu'à ce qu'ils se regardent, troublés par les métamorphoses. Pour la première fois, Ida embrassa Mounir, sur chaque joue. Enfin Rachel se jeta dans les bras d'Aïcha. Lorsqu'elles se séparèrent, Aïcha lui demanda si elle « avait vu »... Mounir se laissait pousser la barbe.

– Il joue au monsieur, maintenant que vous n'êtes plus là pour le remettre à sa place.

Elle partit dans un rire interminable, puis soudain son expression devint inquiète. Elle prit Rachel par les épaules et la fit pivoter. Elle avait fondu ! Mais elle était ravissante ! « Regarde, Mounir, comme elle est ravissante ! »

Elle se tourna vers Ida et eut une moue espiègle. Elle, au contraire, avait pris en épaisseur. Le sang était-il venu ? Ida baissa les yeux.

Aïcha déploya un grand drap à l'ombre d'un olivier et disposa des victuailles qui remplissaient trois sacs et deux paniers :

– Nous voulions vous voir, après tant de mois, dit Abdallah. Dès que nous avons trouvé une carriole, nous sommes venus. C'est Mounir qui a conduit.

– La maison est impeccable, dit Aïcha. J'y passe chaque jour.

Rozika se pencha vers elle et l'embrassa.

– Le dépôt aussi, fit Abdallah.

Daoud hocha la tête en silence.

– Mounir suit les événements mieux que moi, poursuivit Abdallah. Raconte à nos amis.

Mounir se mit à parler avec exaltation. Deux mille chameliers de la révolte arabe avaient pris les Turcs par surprise à Aqaba. Un officier anglais les dirigeait, un astucieux qui était passé par l'arrière-pays, après avoir traversé un désert infesté de serpents et de scorpions. Les chameliers y avaient laissé plusieurs des leurs. Au moment de l'attaque, la flotte britannique avait surgi et bombardé les forces turques.

– À partir d'Aqaba, poursuivit Mounir, Allenby va marcher vers le nord. Jaffa sera aux Anglais très vite.

Abdallah joignit sa voix à celle de son fils. Les Anglais étaient leurs sauveurs. Ils aideraient Fayçal à chasser les Turcs et à reconstituer le grand royaume d'Arabie.

Ida demanda à Rozika si elle allait manger le reste de sa pita. Celle-ci réagit dans la seconde et lui tendit sa demi-galette.

– Rozika… fit Aïcha, l'air désemparé, tu parles hébreu, maintenant ?

– Les cours sont obligatoires, dit Daoud. Une heure par soir.

– C'est normal, dit Mounir d'un ton vif. Tu voulais quoi ? Qu'ils apprennent le grec ? Ils sont Juifs, ils apprennent leur langue.

Après un long silence, Abdallah dit qu'il s'était engagé à rendre la carriole avant le coucher du soleil. Rozika et Aïcha tombèrent dans les bras l'une de l'autre et se mirent à sangloter, Rachel embrassa Mounir, celui-ci tendit la main à Ida en évitant son regard, et ils se quittèrent, tristes de ce qui les attendait.

23 novembre 1917
Kibboutz Do-Beïtenou
20 h 30

Ossip monta les marches de l'estrade d'un pas lent et regarda l'assemblée :

– Cet après-midi, deux membres de notre communauté sont morts.

Il laissa passer quelques secondes et donna les noms des défunts, deux hommes de trente et trente-huit ans. Ils seraient enterrés le lendemain matin à dix heures.

En six mois, le kibboutz avait donné quatorze de ses membres à la malaria. À cette hécatombe, il convenait d'ajouter le prix payé par ceux qui ressortaient de la maladie affaiblis au point de ne pas pouvoir travailler durant plusieurs semaines. Certains finissaient par mourir, piqués à nouveau, ou simplement trop faibles pour travailler. D'autres s'écroulaient à la tâche. L'argent que leur envoyait l'Agence permettait à peine d'acheter les terres dont les fellahs ne voulaient pas. Des marécages ou rien. Pour les assécher, ils avaient planté des eucalyptus par milliers. Mais voilà, les moustiques n'avaient besoin que d'un lopin d'eau pour survivre et se reproduire.

– Nous sommes venus planter nos tentes au paradis, et ce paradis est caché. Il est sous le voile dont parle la

Kabbale. Notre travail est d'arracher ce voile. C'est un travail dur. Un travail de reconquête. Et pourtant c'est notre grande chance. Après deux mille ans, nous nous trouvons aux portes du Royaume. Nous avons asséché nos marais salants. Quasiment tous. Alors pourquoi la malaria ? Parce qu'il suffit d'un rien… Un petit plan d'eau. Un rien du tout de plan d'eau, et voilà que la mort nous guette. Que veut nous dire le Seigneur ? Je l'ai demandé au rabbin, tout à l'heure. Où es-tu, rabbin ?

Celui-ci se fraya un chemin à travers les bancs. Qu'avait-il raconté à Ossip ? Une baliverne, sans doute, du genre : il faut garder espoir, se soutenir, se rappeler que la tâche est sacrée… Oui, c'était ça. Il lui avait dit : « L'important, c'est de ne jamais oublier que la tâche est sacrée. »

Mais là, il ne pouvait pas s'en tenir à ces platitudes. L'occasion lui était offerte de rappeler l'exigence de sa mission, et à cette seconde, l'idée lui vint comme un mot que lui aurait soufflé le Seigneur.

Il scruta la salle, l'œil dur :

– Vous savez combien de marais nous avons asséchés en trente ans ? Je vais vous le dire. Il y en avait pour environ une demi-heure de marche dans chaque sens. Ce qui fait quatre mille *dounam*[1]. Pour cela, beaucoup des nôtres ont payé de leur vie ou se sont abîmé la santé. Et que voit-on ? Que nous disent ces moustiques, lorsqu'ils viennent nous piquer pour nous tuer ? Ils nous disent ceci, mes chers amis : tant que vous n'aurez pas éradiqué la plus petite surface d'eau marécageuse, nous vous ferons la guerre. La moindre parcelle de marécage négligée, et la mort nous guette. Alors, je vous le demande, le message que nous envoie le Seigneur n'est-il pas clair ? Nous

1. Soit quatre cents hectares.

devons assécher les marais sans le moindre compromis ! Vous comprenez ce que j'entends par là ? Sans la moindre défaillance devant nos ennemis ! Sans le moindre fléchissement ! Sur cette terre, il n'y aura pas de partage.

Dans la salle, il y eut des murmures, d'abord quelques-uns, puis de plus en plus, jusqu'à ce que, au moment où le rabbin regagnait sa place, toute la salle se lève et lui fasse une ovation.

Sourire aux lèvres et bras croisés, Ossip jubilait. Il n'aurait pas espéré que le rabbin sache se montrer si opportuniste. Ce qu'il venait de dire lui donnait l'occasion d'enchaîner avec force :

– Eh bien, mes amis, vous n'oublierez pas de sitôt les paroles de notre rabbin, car elles nous préparent de la meilleure manière à la nouvelle réalité. Un nouveau résident nous arrive de Jérusalem. Il apporte deux nouvelles. Je veux que vous les écoutiez de sa bouche. Moyshelé, viens près de moi.

Un homme d'une cinquantaine d'années se leva au fond de la salle et le rejoignit sur l'estrade, l'air épuisé.

– Moyshelé est un membre éminent de la Fédération. Il nous vient de Londres.

Moyshelé avait appris que depuis deux jours, Allenby et ses troupes se trouvaient aux portes de Jaffa.

La salle explosa. Rachel et Ida se regardèrent, les yeux écarquillés, et tombèrent dans les bras l'une de l'autre. Autour d'elles, les gens hurlaient leur joie, trépignaient, s'embrassaient, certains pleuraient.

– Et maintenant, mes chers amis, je vais vous demander un moment d'attention absolu. Un silence comme vous n'avez jamais fait silence. Moyshelé va vous lire une lettre dont il a copié chaque mot, avant de faire le voyage de Londres au Caire, puis à Jérusalem, puis chez nous.

L'homme sortit une feuille de papier de sa poche et la déplia. Elle n'était dactylographiée que sur sa partie supérieure :

– Datée du 2 novembre dernier, la lettre est tapée sur papier du Foreign Office et signée de la main de lord Balfour, ministre britannique des Affaires étrangères. Elle est adressée à lord Walter Rotschild, le représentant des Juifs britanniques. Voici son texte, dans ma traduction yiddish :

Cher Lord Rotschild,

J'ai le plaisir de vous adresser, au nom du gouvernement de Sa Majesté, la déclaration ci-dessous de sympathie avec les aspirations sionistes, soumise au cabinet et approuvée par lui.

Le gouvernement de Sa Majesté regarde favorablement l'établissement en Palestine d'un foyer national pour le peuple juif et emploiera tous ses efforts pour faciliter la réalisation de cet objectif, étant entendu que rien ne sera fait qui puisse porter atteinte soit aux droits civils et religieux des communautés non juives existant en Palestine, soit aux droits et au statut politiques dont les Juifs disposent dans tout autre pays.

Je vous serais obligé de porter cette déclaration à la connaissance de la Fédération sioniste.

Des mots qui semblaient surréalistes. Après deux mille ans… Personne ne savait vraiment ce qu'était un foyer, mais la question était superflue. Les Juifs ne seraient plus chez les Turcs ou les Arabes, mais chez eux. Après deux mille ans… En plus, les Turcs étaient sur le point d'être chassés par les Anglais, puisque le général Allenby était aux portes de Jaffa… La lettre de lord Balfour était donc un engagement crédible.

Dans la salle, le silence dura une longue minute. Les gens se regardaient, incapables de dire un mot.

– Moyshelé, fit Ossip, relis-nous la lettre.

Moyshelé sourit et s'exécuta. Au moment où il prononça les derniers mots, des groupes se mirent à chanter. D'autres poussèrent les tables et se mirent à danser des kora en lançant des cris : « Miracle ! Miracle ! »

– Ce qui arrive, dit Rachel dès qu'elle comprit le sens de la lettre, c'est grâce à ce qu'ont fait tes parents.

Elle serra Ida dans ses bras. Maintenant, tous dansaient et chantaient. Ossip, toujours sur scène, claqua des mains pour rétablir le calme.

– Vous vous souvenez de la brit-milah des jumeaux ? Le rabbin nous avait fait une prédiction qui aujourd'hui se confirme. Allenby à Jaffa, et la lettre du ministre Balfour, c'est bien d'un double miracle que nous gratifie le ciel.

Ses mots furent accueillis par une salve de hourras.

– Rentrons, dit Ida.

Au hangar, elles trouvèrent Daoud debout dans le noir, cherchant la sortie pour se rendre aux latrines. Ce fut Ida qui le prit par le bras.

2 décembre 1917
Kibboutz Do-Beïtenou
23 heures

Daoud dormait seul. Sarika lui avait proposé sa place et partageait désormais le matelas de Rozika. Au fil des jours, ou plutôt des nuits, Rozika et Sarika avaient pris goût à leur nouvelle intimité. C'étaient d'abord de petits soupirs qu'elles laissaient échapper, puis d'autres, plus profonds, plus longs, et enfin des gémissements qu'elles atténuaient à peine, dans un sursaut de décence. Malgré tout, elles se fichaient bien de savoir ce que Daoud ou les filles pourraient en penser.

Cette couche étroite, sur laquelle elles se retrouvaient confinées malgré elles, leur donnait l'occasion d'une promiscuité qu'on ne pouvait pas leur reprocher. C'était bien sûr Sarika qui avait pris l'initiative des premières caresses, en les faisant passer comme la conséquence de l'exiguïté. Voyant que Rozika s'y montrait réceptive, d'autres gestes suivirent, plus précis, dont on pouvait penser qu'ils n'étaient que des marques d'affection entre cousines, une marque de tendresse sur la joue, une autre sur les cheveux ou l'épaule, une main posée sur la poitrine, comme par inadvertance. Le premier vrai baiser vint de Rozika. La sensualité de sa cousine, son savoir-faire, sa douceur naturelle, sa gentillesse, aussi, avaient mis le feu à ses sens. Elle n'en pouvait plus de retenir ses envies de toucher, d'embrasser, de sucer… Alors un soir, elle approcha ses lèvres de celles de sa cousine, les écarta, et les deux femmes devinrent amantes.

Ainsi, durant la nuit, les gémissements de Daoud, les soupirs de Rozika et les grognements de Sarika au moment du plaisir, moins contrôlés que ceux de sa cousine, créaient une sorte de bruit de fond. Rachel et Ida avaient appris à vivre avec ces manifestations. Rachel ressentait de la tristesse lorsqu'elle pensait à son père. Mais lui-même faisait preuve d'une certaine indifférence à l'égard de cette situation, et cela permettait à Rachel d'affermir son admiration à l'égard de sa mère. Le kibboutz avait transformé l'épouse d'Orient en femme indépendante. Sans cesse active, elle avait minci, et l'on pouvait dire qu'elle avait embelli.

– Et si on refaisait une pièce ? chuchota Rachel.

Ida posa la tête sur l'épaule de Rachel. À quoi pensait-elle ?

Le sujet aurait comme toile de fond la « situation ». Les Turcs reculaient sur tous les fronts. Allenby s'approchait de Jérusalem. Et puis, il y avait la déclaration Balfour qui changeait tout. Pour les Juifs de Palestine, les perspectives semblaient enfin favorables. L'enjeu de la pièce serait ce dont avait parlé le rabbin. Le petit plan d'eau qu'il fallait éliminer. En réalité, ce qu'il entendait par là, c'était qu'il fallait chasser les Arabes. Jusqu'au dernier. Ne pas garder la moindre flaque marécageuse. Construire un pays rien que pour les Juifs.

– Mais, poursuivit Rachel, on ne peut pas chasser tous les Arabes. Chasser ceux qui sont d'ici parce qu'ils ne sont pas juifs, ça ne te paraît pas monstrueux ?

Ida resta silencieuse. La Palestine s'était réveillée grâce aux Juifs. Et même, grâce aux Ashkénazes. À ceux qui, comme son père et sa mère, avaient payé de leur vie l'immense travail nécessaire à nettoyer le pays de sa gangue et de ses marais salants. Si les Arabes ne voulaient pas des Juifs, c'était parce qu'ils avaient peur d'être débordés par ces Juifs qui travaillaient pour quatre. Les bonnes nouvelles du front, la déclaration Balfour, tout cela donnait des ailes aux gens du kibboutz. Dans les champs, aux cuisines, à table, ils ne parlaient que de reconquête. Chasser tous les Arabes, avoir un pays rien que pour les Juifs… Le rêve devenait possible.

– J'ai grandi en paix avec les Arabes, dit Rachel.

Ida se serra contre Rachel et colla sa bouche à son oreille :

– Tu crois qu'on s'aimera toujours ?

9 décembre 1917
Kibboutz Do-Beïtenou
20 heures

– Vous vous souvenez de *Mehmet et son dibbouk* ?

La question d'Ossip fut accueillie par des cris de joie mêlés d'applaudissements. Lorsqu'il avait annoncé qu'il y aurait une pièce après le repas, la plupart des kibboutzniks étaient restés.

– Eh bien, c'est encore Rachel qui nous offre un moment de théâtre. Rachel et sa sœur Ida nous proposent ce soir une courte pièce intitulée *Les marécages de l'espoir*.

À nouveau la salle applaudit.

Ils ne savent pas ce qui les attend, se dit Ossip.

Lorsque Rachel lui avait présenté le sujet de la pièce, il avait tenté de la dissuader. Le sujet était trop sensible. Une semaine plus tard, elle lui avait lu son texte. Après un long silence, il s'était résolu à lui dire que c'était « très bien ». Ce n'était pas un mensonge. Le texte avait quelque chose de prophétique. Le mutiler, c'était priver ceux du kibboutz d'une réflexion que les succès d'Allenby les obligeraient à affronter. C'était les obliger à se mettre dans la peau de l'autre.

Les kibboutzniks avaient souvent des altercations avec les agriculteurs arabes qui possédaient les terrains avoisinants. Elles touchaient presque toujours un problème soluble, une bête égarée, une question de limite de propriété, la rupture d'un mur. Jusque-là, les confrontations n'avaient jamais été violentes. Mais elles le deviendraient, Ossip en était persuadé. Et il faudrait alors trouver un moyen de cohabiter… Ces gens ne disparaîtraient pas d'un coup de baguette magique.

– Cette pièce est celle d'un grand écrivain de douze ans, dit Ossip, l'air grave.

Des « Bravo » fusèrent.

– Elle vous offrira un espoir. Elle vous obligera aussi à une réflexion.

Au moins, il les avait avertis, peut-être même calmés, en annonçant qu'ils pourraient ne pas aimer.

– Autre chose, encore, ajouta Ossip. La pièce a été écrite en hébreu. Je n'en ai pas corrigé un mot. Lorsqu'elle est arrivée au kibboutz, Rachel ne connaissait rien de notre nouvelle langue. Elle la parle couramment désormais. Ça aussi, c'est notre miracle. Elle jouera le rôle d'un petit Arabe nommé Farouk, et Ida celui d'Elisheva, une jeune fille de chez nous.

Il y eut quelques acclamations. Ossip descendit de l'estrade et jeta un coup d'œil autour de lui. Les visages étaient graves.

Rachel et Ida apparurent chacune d'un côté de la scène et se rapprochèrent l'une de l'autre. Rachel était habillée en garçon.

RACHEL/FAROUK : *Bonjour.*
IDA/ELISHEVA : *Bonjour. Comment t'appelles-tu ?*
RACHEL : *Farouk. Et toi ?*
IDA : *Elisheva. Où as-tu appris l'hébreu ?*
RACHEL : *Avec des amis du kibboutz.*

Il y eut un silence, interrompu par quelques voix masculines, des murmures dont on comprenait qu'ils étaient désapprobateurs.

RACHEL : *Nous savons que nous ne devons pas être vus ensemble. Mais nous jouons souvent. Pas ici, de l'autre côté, après les vignes. Elles nous cachent.*

Dans la salle, le silence revint.

IDA : *Alors pourquoi tu es venu ici ?*

RACHEL : *Ce lieu appartenait à mon père. Ici se trouvaient les marais salants que mon père a vendus au kibboutz. Il avait aussi le reste des terres. C'est lui qui les cultivait.*

IDA : *Et maintenant que fait-il ?*

RACHEL : *Il est mort.*

IDA : *Mon père est mort. Ma mère et ma petite sœur aussi. De quoi est mort ton père ?*

RACHEL : *Ma mère me dit qu'il est mort de chagrin. Il ne travaillait plus sa terre, alors il est tombé dans la tristesse et petit à petit, il est mort. Il avait beaucoup maigri, il ne parlait presque plus et il est mort.*

IDA : *Mon père aussi est mort de chagrin.*

RACHEL : *Comme le mien ?*

IDA : *Non. Ma mère était déjà morte, de la malaria. Et un matin, ma petite sœur est morte de la malaria. Et quand mon père s'est réveillé et l'a vue morte, il l'a prise dans ses bras, l'a serrée contre sa poitrine, et son cœur a cessé de battre, d'un coup. C'est ce qu'on m'a dit, parce que moi, je dormais. Quand je me suis réveillée, il y avait une dame qui m'a tout expliqué. Une dame très gentille.*

RACHEL : *Tu dois être très triste sans tes parents.*

IDA : *J'ai trouvé un nouveau papa, une nouvelle maman et une nouvelle sœur.*

Prises par l'émotion, les deux filles interrompirent leur dialogue durant quelques secondes.

IDA : *Tu es fâché avec nous parce que ton papa est mort après qu'il nous a vendu ses terres ?*

RACHEL : *Je ne suis pas fâché avec toi. Et je ne suis pas fâché avec mes amis, ceux que je retrouve du côté des vignes.*

IDA : *Alors tu n'es pas fâché ?*

RACHEL : *Si. Je suis fâché parce qu'on me dit qu'il y a beaucoup de Juifs qui viennent en Palestine. Ils sont si nombreux qu'à la fin, ils voudront nous chasser...*
IDA : *On me dit que ce pays est à nous depuis toujours...*

Des vivats éclatèrent, très nourris. Ida attendit qu'ils s'amenuisent et poursuivit, forçant sa voix :

IDA : *... et que le travail que font les Juifs, personne ne l'a fait avant eux...*

La salle applaudit très fort.

IDA : *... nous avons fait pousser une ville là où il y avait du sable... Nous avons asséché des marécages que personne ne voulait assécher... Nous avons planté des forêts d'eucalyptus...*

Chaque fois, des bravos l'interrompaient dans son texte.

RACHEL : *Toi et moi, nous ne pourrions pas être amis ?*
IDA : *Je veux beaucoup être ton amie.*
RACHEL : *Vous n'allez pas me chasser, lorsque vous serez très nombreux ?*
IDA : *Tu es ici chez toi. C'est ton pays autant que le nôtre. Nous devons apprendre à vivre ensemble.*

À la fin de la réplique, Ida et Rachel tombèrent dans les bras l'une de l'autre et restèrent ainsi immobiles pour marquer la fin de la pièce.

Dans la salle, il y eut quelques applaudissements épars, suivis d'interjections :

– Qu'est-ce que c'est que ces sottises !
– Cette terre est notre terre !
– Ces enfants sont des naïfs !
– Justement, ce sont des enfants. Pas de quoi en faire un drame.
– Des enfants dangereux !
– Et des irresponsables !
– Et toi, Ossip, tu es l'irresponsable en chef.

À cet instant, Rachel se détacha d'Ida et s'adressa à la salle en hurlant :
– Que voulez-vous faire d'eux ? Les chasser comme des rats ?

Puis elle éclata en sanglots et quitta la salle en courant. Ida la repéra quelques instants plus tard, qui s'éloignait de la Grande Salle dans la direction opposée à celle du cabanon. Elle la rejoignit, lui passa le bras autour des épaules et marcha à ses côtés, sans rien dire. Après une dizaine de minutes, elle s'arrêta brusquement :
– Nous aurons toujours beaucoup de raisons de nous fâcher, tu ne crois pas ?
Rachel resta silencieuse.
– C'est naturel, dit Ida. Beaucoup de choses nous séparent. Elles ne vont pas disparaître.
Rachel fit oui de la tête.
– Faisons un pacte, reprit Ida. On va toujours s'aimer. Et on va toujours s'aider. De toutes nos forces. Es-tu d'accord ?
Rachel l'embrassa sur les yeux :
– Toujours s'aimer, toujours s'aider.
– Et encore une chose, dit Ida. On va toujours se dire la vérité. Tu sauras tout de moi et je saurai tout de toi.
Rachel sentit son sang se retirer.

– Tu ne dis rien ? demanda Ida, l'air inquiet.

– Je suis d'accord, dit Rachel. Chacune saura tout de l'autre.

*

Elle était piégée. Respecter le pacte, c'était dévoiler les circonstances de la mort de Iakov et causer à Ida une douleur immense. Lui éviter cette peine, c'était trahir.

Elles restèrent éveillées longtemps.

– Demain, je te raconterai mon rêve, chuchota Ida.

12 décembre 1917
Kibboutz Do-Beïtenou
11 h 30

Depuis leur révcil, elles ne s'étaient pas dit trois mots. Rachel savait qu'elle devrait choisir entre trahir et blesser.

Ida aussi était dévorée d'angoisse. Qu'allait-il se passer, lorsqu'elle raconterait son rêve ? Le partager, c'était le sortir de sa lampe d'Aladin… Risquer de découvrir ce qu'il cachait…

Au tri des lentilles, elles avaient laissé passer tant de rebut que la surveillante les avait renvoyées, et Rachel proposa qu'elles aillent se promener du côté du fleuve.

Elles empruntèrent le chemin qui menait aux vignes. À son extrémité, un muret de pierres sèches haut d'un demi-mètre entourait le vignoble et marquait la limite des terres du kibboutz. Elles s'y assirent, le dos tourné au vignoble. À cette période de l'année, le Yarkon commençait à reprendre du volume, mais il avait encore sa couleur brune de l'été. Elles restèrent sans parler une dizaine de minutes, à le regarder s'écouler entre roseaux, eucalyptus et mimosas sauvages.

Les yeux sur les eaux calmes du fleuve, Ida commença de raconter son rêve. C'était toujours le même. Elle voyait un homme dans une posture étrange qui ressemblait à son père. Mais ce n'était pas lui. Il avait les joues gonflées, comme s'il faisait une grimace… Ou qu'il se moquait d'elle. Son père était un homme très doux qui n'avait jamais ce genre d'expression.

Malgré tout, cette ressemblance la terrorisait. À Naguib-Boustros, elle n'avait jamais fait ce rêve. Il revenait désormais toutes les deux ou trois nuits, identique, d'une durée de quelques secondes, le temps de revoir l'homme avec ses grosses joues et sa grimace.

Rachel resta pétrifiée. Ainsi, leurs deux secrets ne faisaient qu'un…

– Toi et moi ne faisons qu'un, dit-elle enfin. Et nous ne ferons qu'un jusqu'à la fin de nos vies. Tu veux ?

– Un jusqu'à la fin de nos vies, répéta Ida. C'est mon plus grand souhait.

Rachel lui entoura les épaules de son bras. Durant une longue minute, aucune des deux ne parla. Puis Rachel lui dit toute la vérité sur la mort de son père : la découverte du corps du père d'Ida par les voisins, la version imaginée par Mme Irina, et comment elle-même avait appris la vérité par Sarika.

– Alors, c'était vrai… dit Ida.

Elle-même était incrédule face à son manque de réactivité. On aurait dit que la nouvelle ne l'étonnait pas…

17 décembre 1917
Kibboutz Do-Beïtenou
21 heures

– Ce soir, je voudrais que ce soit moi qui raccompagne baba, dit Ida.

Rozika l'observa, l'air méfiant. L'accompagnatrice, c'était toujours elle ou Sarika, quelquefois les deux. Que voulait Ida ? Faire l'intéressante ? Dire du mal de sa liaison avec Sarika ? Se plaindre du bruit de leurs soupirs ?

Ida quitta son banc, s'approcha de Daoud et lui prit le bras.

De la Grande Salle jusqu'au hangar, il y avait deux cents mètres en pente douce. Daoud et Ida les avaient parcourus à moitié lorsque soudain elle s'arrêta, se tourna vers Daoud et le regarda d'un air très tendre, les yeux dans les siens :

– J'ai deux choses à te dire, mon baba.

Il lui demanda s'il devait avoir peur de ce qu'elle allait lui dire. Elle secoua la tête :

– Je t'aime, mon baba. Je t'aime infiniment. Je t'aimerai toujours infiniment. C'est la première des choses que je voulais te dire. Et c'est la plus importante.

Les yeux de Daoud se remplirent de larmes.

– Et maintenant la deuxième chose. Je sais dans quelles circonstances est mort mon père. Je sais ce qui s'est passé. Je le comprends. Et je l'accepte.

Elle le prit dans ses bras et sentit qu'il avait le corps secoué de sanglots. Lorsqu'ils se détachèrent, elle lui prit le bras. Mais il se dégagea et voulut qu'ils marchent en la tenant, lui, par la main. Il la serra très fort et ils reprirent la direction du hangar, toujours en silence.

Elle l'accompagna aux latrines, où elle l'assista. De retour à l'intérieur du cabanon, elle l'aida à s'étendre et s'assit en tailleur à son côté. Il lui prit la main et chercha son regard. Lui aussi avait quelque chose à lui confier :

– À Meknès, où j'ai passé mon enfance, j'étais plutôt gentil garçon. Mais j'inventais des histoires. Pour dire les choses simplement, je mentais souvent. Rien de grave. Je recherchais le plaisir d'inventer. C'est de moi que tient ta sœur. Ma mère me connaissait… Alors forcément, elle m'attrapait souvent. Mais lorsqu'elle me grondait, c'était toujours en riant ! Pour se moquer de moi, elle m'appelait *Zaki Pacha*… Le Pacha intelligent… J'ai bien ri quand Aïcha a surnommé ta sœur Rachel Pacha… Bien sûr, je ne l'ai dit à personne, pas même à Rozika. Elle l'aurait raconté à Aïcha, cela lui aurait gâché son plaisir. Enfin… Oui, Rozika… Tu sais, la nuit, je sens, j'entends tout…

Il s'interrompit à nouveau quelques instants et lui demanda si elle aimait Rozika.

– C'est bien… Je te parlais de ma mère… Elle avait un mot que je n'ai jamais oublié. Il est vrai qu'elle me l'a répété si souvent… (Il esquissa un sourire.) Elle me disait : la vérité finit toujours par avoir trop chaud. La première fois, je n'avais pas compris. Et alors, *Zaki Pacha*, s'était écriée ma mère, qu'est-ce que tu fais quand tu as trop chaud ? Tu enlèves tes vêtements ! Et si tu as beaucoup trop chaud, tu te mets à nu. C'est ce que fait la vérité. Elle finit toujours par se mettre à nu. J'ai grandi avec cette conviction. Et je savais, depuis que j'ai appris la mort de ton père, qu'un jour cette vérité-là ne me serait pas épargnée. J'ai imaginé toute sorte de façons dont elle me serait servie. Ou plutôt jetée au visage. Je ne pouvais pas imaginer qu'elle m'arriverait accompagnée par tant d'amour.

Ida s'étendit sur le lit et se blottit contre lui. Il lui caressa les cheveux :

– Ce que je ne pouvais pas savoir non plus, c'est que le bon Dieu me ferait don d'une fille aussi merveilleuse que toi. Enfin… Je dis des bêtises. C'est à tes parents que je te dois. J'espère que là où ils sont, ils me pardonnent.

– Je suis sûre qu'ils te sont infiniment reconnaissants et qu'ils t'aiment, dit Ida. Ils t'aiment comme moi.

Il resta longtemps sans rien dire, puis dit « Je suis fatigué » et ferma les yeux.

27 décembre 1917
Jaffa, église Saint-Pierre
11 heures

– Sois prudent, mon garçon. Ces histoires de Main noire ne me plaisent pas.

Le bras sur l'épaule de Mounir, l'abbé le raccompagna jusqu'au parvis de l'église Saint-Pierre.

Mounir tenta de le rassurer. Des gamineries (il rit). *Harb !* La guerre ! Ils jouaient à la guerre.

– Ce n'est pas ce que l'on raconte.

Mounir lui embrassa le dos de la main et s'éloigna.

Le seul moyen que la Main noire avait à disposition pour rendre la vie des Moskubim insupportable était la violence. Bien sûr, dans *Falastine*, on trouvait des articles formidables, enflammés, enthousiasmants. Mais qui les lisait ? Ceux qui étaient déjà convaincus de la justesse du combat. Pas un seul Anglais. Sûrement pas les Moskubim. Les Juifs arabes comme Daoud non plus. Et peu importait, en fin de compte, de savoir qui lisait et qui ne lisait pas *Falastine*. Lui continuerait d'écrire au journal. La rédaction avait publié trois de ses courriers.

Dans sa prochaine lettre, il allait rappeler que les Palestiniens ne sont pas antisémites. Sa propre famille cohabitait en harmonie avec une famille juive. Y avait-il jamais eu entre eux la moindre dispute ?

Une autre réflexion lui traversa l'esprit. Ce que les Moskubim voulaient faire en Palestine, créer un foyer pour les Juifs… Était-ce dans leur intérêt ? Tous les Juifs du monde n'allaient pas venir en Palestine. Des Moskubim, il y en avait dix fois plus qui étaient partis pour l'Amérique. Quant aux riches Juifs européens, ceux de Vienne, Paris ou Londres, ils n'allaient jamais venir habiter un pays aussi misérable. En définitive, le « foyer juif » ne serait habité que par une minorité d'entre eux… Déjà, tous se plaignaient de ne pas être considérés comme de vrais citoyens dans leur pays. Quand les gens verraient qu'ils avaient leur propre « foyer », est-ce qu'ils ne les considéreraient pas encore plus étrangers ? Il se promit de le souligner dans une de ses prochaines lettres.

Il haussa les épaules. Après tout, c'était leur problème… Quoique… En poussant la réflexion plus loin, on pouvait imaginer le pire… L'existence du foyer allait rendre la situation des Juifs de la diaspora de plus en plus inconfortable. Avec comme conséquence qu'ils viendraient tous s'installer en Palestine…

En définitive, la situation ne pouvait qu'empirer.

Il choisit de descendre jusqu'à la corniche, puis de remonter par l'Hôpital français. Le chemin était plus long, cela lui permettrait de se calmer.

2 janvier 1918
Kibboutz Do-Beïtenou
16 heures

Daoud reprenait des forces chaque jour. Délivrée d'un lourd secret, Rozika était ravie de sa nouvelle vie. Ida prenait conscience du bien qu'elle avait fait à son père adoptif en lui parlant avec franchise. Sarika, par qui Rachel avait appris la vérité sur la mort de Iakov, était soulagée, son indiscrétion n'avait pas été dévoilée. Quant à Rachel, elle était apaisée, n'ayant trahi ni son pacte, ni sa conscience.

Sarika avait demandé à Daoud s'il souhaitait retourner dormir avec Rozika, maintenant qu'il allait beaucoup mieux. Il avait décliné la proposition. Allenby et ses troupes étaient en train de libérer les dernières poches de résistance à Jérusalem, leur retour à Jaffa n'était plus qu'une question de jours, autant laisser les choses en l'état. Daoud se doutait bien que déloger Sarika aurait déplu à Rozika. À Jaffa, se disait-il, les choses rentreraient dans l'ordre.

Trois soirs plus tôt, à l'heure du dîner, Ossip avait annoncé la libération de la ville. La nouvelle avait été accueillie avec un mélange de joie et de mélancolie. Et le jour du départ, on ne savait pas, des cinq, lequel était vraiment triste de partir. Chacun avait pris conscience que si la vie au kibboutz était dure, elle était aussi rassurante. Elle offrait un quotidien à l'abri de toute humiliation. Le kibboutz incarnait la Terre promise, ils avaient le sentiment d'être chez eux. De n'avoir personne à craindre ou à remercier. Cela n'avait pas de prix.

À Naguib-Boustros, à peine la carriole du kibboutz s'arrêta-t-elle devant la maison qu'Abdallah et Aïcha accoururent. « Le plus beau jour de ma vie », s'écria Aïcha avant de se jeter dans les bras de Rozika. Daoud et Abdallah s'étreignirent sans mot dire. Mounir arriva au moment où Rachel et Ida, aidées de Sarika, achevaient de décharger la carriole. Tour à tour, Rachel et Ida le serrèrent fort dans les bras. Il resta muet, très ému lui aussi. Sarika salua tout le monde de sa façon tendre et bavarde. Lorsque vint le tour de Rozika, les deux femmes s'étreignirent en y mettant toutes leurs forces.

Rachel et Ida montèrent dans leur chambre, le temps de déposer leurs affaires, c'est-à-dire peu de chose, leur habit de travail, un tablier gris qu'elles avaient gardé, quelques livres, leurs cahiers d'hébreu et les textes des pièces. Rachel était impatiente de retrouver la place de l'Horloge, la rue Ajami, les vitrines de chez Aboulafia, de passer devant l'école Tabeetha, de descendre au port revoir son bord de mer, la plage, l'horizon, tout !

– À table dans une heure, lança Aïcha avant d'éclater de rire.

Rachel et Ida traversèrent la ville avec un sentiment d'irréalité. Elles montèrent jusqu'à Tabeetha, descendirent vers la mer par l'Hôpital français et remontèrent jusqu'à l'église Saint-Pierre. À l'exception de quelques maisons du bord de mer, atteintes par les obus anglais, la ville n'avait pas subi de dommages. Ses rues n'étaient pas vides. Elle n'avait pas perdu tous ses habitants. Mais elle était silencieuse.

Les deux filles rentrèrent par la place de l'Horloge, virent qu'elles avaient encore quelques minutes et descendirent les marches qui menaient à la plage.

Elles s'assirent côte à côte sur le sable, le regard vers le large. Elles étaient seules. Il n'y avait à l'horizon ni barque ni voilier. Le soleil était encore chaud, mais on aurait dit qu'il se refusait à faire briller la surface de l'eau. Elle était terne.

– Je n'ai jamais connu Jaffa silencieuse, dit Rachel. Il y avait toujours un cocher qui hurlait sur sa bête, un vendeur ambulant qui annonçait son passage, des portefaix qui criaient pour se frayer un chemin à travers la foule.

Ida ne savait pas ce qu'était une ville bruyante. Quand les gens du camp se retrouvaient, ils étaient trop épuisés pour avoir envie de parler. Et si les naissances, les bar-mitzvas ou les petites productions théâtrales offraient des moments de gaieté, l'angoisse du lendemain marquait tant les esprits qu'en définitive, ces instants étaient voilés de tristesse. Elle repensa au camp, à ses parents, à la décision qu'avait prise son père de mourir, et ressentit soudain une immense amertume :

– Pourquoi notre père a-t-il voulu nous tuer ?

– Peut-être qu'il ne savait pas où aller, répondit Rachel après un long silence. Qu'il ne voulait pas voir ses filles vivre avec le souvenir d'un père qui s'est donné la mort. Peut-être qu'il voulait vous voir tous réunis… On peut imaginer mille raisons.

Ida secoua lentement la tête. Est-ce que son père ne la pensait pas capable de se débrouiller seule avec Tatiana ?

– Cesse de t'interroger, dit Rachel. Tu ne sauras jamais ce qui s'est passé dans sa tête à cet instant. La seule chose dont tu peux être sûre, c'est qu'il serait heureux de te voir autant aimée.

Ida s'étendit sur le sable, posa sa tête sur les genoux de Rachel, et celle-ci lui caressa longtemps le front et les cheveux.

2 janvier 1918
Rue Naguib-Boustros
18 h 30

Abdallah fit pivoter la boîte entre ses doigts, examina chacune de ses facettes et se sentit apaisé. Il avait fait son devoir.

La boîte était en argent 900, de petit format, faite pour accueillir des cigarettes de six centimètres de long, le standard de ce qui se fabriquait dans l'Empire ottoman. De style classique et de forme rectangulaire, dotée d'un système de fermeture à languette de sa fabrication, elle reposait sur quatre demi-billes fixées aux coins inférieurs. Sur sa bande frontale, Abdallah avait gravé le nom du lieu : *Église Saint-Pierre.* C'était la quarantième d'une série commencée le 23 février de l'année précédente, au lendemain des bombardements de la flotte anglaise. Soudain, l'impensable paraissait possible. Les Turcs et les Anglais se disputaient la ville comme deux hommes se disputent une femme qu'aucun n'aime vraiment, mais que chacun est prêt à sacrifier pour en priver l'autre. La fiancée de Palestine était violée sous ses yeux par des voyous de passage. Tôt ou tard, les Anglais n'allaient faire qu'une bouchée des Turcs. Après quoi, ils aideraient les Juifs à conquérir le pays. Ils détestaient les Juifs, c'était même pour cela qu'ils allaient les aider, vu qu'à leurs yeux, les Juifs étaient les banquiers du monde, des gens qui manipulaient les gouvernements et ne ressentaient d'allégeance à l'égard d'aucun pays. Ils étaient le diable avec lequel il fallait composer. Mais dans un enchaînement déconcertant, plus les Anglais détestaient les Juifs, plus ils leur attribuaient des pouvoirs maléfiques, et plus ils étaient prêts à les accommoder. Ce qu'ils ressentaient à l'égard des Palestiniens était un mépris d'indifférence.

À leurs yeux, les Arabes étaient des moins-que-rien. Ils pouvaient crever comme des chiens et Jaffa disparaître corps et âme.

Que pouvait-il faire de ses rifloirs et de ses marteaux, sinon ciseler le souvenir de sa ville ? Cela lui prendrait des mois, peut-être des années, mais si un jour Jaffa devait disparaître, un travail de mémoire serait possible grâce à ses boîtes. Les quarante premières représentaient les sites emblématiques : la place de l'Horloge, plusieurs vues du port, la mosquée Hassan-Bey, celle d'Al-Bahr, la synagogue Zichron-Moshe, l'église Saint-Pierre, le Saray du gouverneur turc, la rue Naguib-Boustros vue depuis la place du marché, l'esplanade qui surplombait la plage, la rue Ajami, là où se trouvaient, côte à côte, l'école Tabeetha et celle de Saint-Joseph, l'Hôpital français, situé juste en face…

Il avait dessiné chacun de ces sites dans ses moindres détails, relevant même ceux qui ne pourraient pas être ciselés sur la boîte mais qu'il lui était important de retenir, pour s'imprégner de l'esprit du lieu.

Il remisait les boîtes dans une grande armoire plate qui recouvrait un mur entier de son atelier. À l'intérieur du meuble haut de deux mètres, il avait aménagé des étagères peu profondes et de petite hauteur, vingt-quatre sur une longueur de trois mètres. De quoi accommoder près de trois cents boîtes.

Les deux étagères du haut étaient cachées par une paroi de bois en trompe l'œil qui se débloquait grâce à un mécanisme à ressort de sa fabrication. Le cache se libérait par une pression de la main sur un bouton dissimulé sous la planche de l'avant-dernière étagère. Une fois l'avant-dernière étagère accessible, la même opération appliquée à la planche du dessus permettait de la débloquer à son tour. Les boîtes ciselées étaient remisées sur l'étagère la plus haute, les autres sur l'étagère du dessous.

Il saisit une boîte vierge, la marqua d'un premier trait et la reposa. Personne ne connaissait le secret du cache. Il lui faudrait bien le confier un jour. À qui ? À Aïcha ? Trop volubile pour tenir sa langue. À Mounir ? Un bon garçon qui ne résisterait pas à la tentation, un jour, de vendre les boîtes pour financer la cause nationaliste. Rozika était trop emportée et Daoud trop vieux. La seule personne à laquelle il pourrait dévoiler son secret était Rachel. C'était une forteresse, cette enfant. Il l'aimait, bien sûr. Il aimait tous les enfants. Mais pour elle, il avait de l'estime. Il l'admirait. Elle aurait des difficultés, dans la vie, il en était persuadé. Elle était trop forte, trop entière. Mais elle savait regarder, écouter. Elle comprenait les gens.

C'est à elle qu'un jour il confierait le secret des deux étagères.

2 janvier 1918
Rue Naguib-Boustros
19 h 30

– J'ai fait ce que j'ai pu !

Au marché, Aïcha n'avait trouvé que des pois chiches et de l'ail. Elle en avait fait des fallafels et un grand plat de houmous. Même le pain était à la farine de pois chiches. Elle s'assit et se mit à servir la soupe.

– J'espère que ça vous plaira… Mounir ne va pas tarder… Vous avez vu, tout à l'heure, combien il était ému de retrouver ses petites sœurs ?

Elle avait peur d'arrêter de parler, peur que le silence leur tombe dessus, peur que tout s'écroule.

– Rachel, mon trésor, raconte-moi ce que tu as fait au théâtre. Ta maman m'a dit que tu as eu beaucoup de succès. Et toi, Ida ? Rozika, ma chérie, tu ne veux pas un falafel ? Tu dois reprendre des forces, tu sais ? Pour Daoud, je te laisse le soin de lui dire qu'il doit manger. Vous avez tous fondu, pour l'amour du ciel. Même si les filles, grâce à Dieu, elles n'ont jamais été aussi belles.

Pendant qu'elle tendait les assiettes, elle les observait. Ils étaient tristes. Même les filles. Elle aurait tant voulu les voir joyeux d'être de retour à Naguib-Boustros, de partager un repas avec elle et Abdallah. Elle se tourna vers Rozika. Depuis son arrivée, elle était sans cesse sur le qui-vive. Elle n'avait pas maigri, ou alors à peine, peut-être un ou deux kilos. Elle était mieux qu'avant, plus dynamique, plus moderne… Mais quelque chose n'allait pas. Elle avait perdu de sa douceur. Il n'y avait que les filles qui étaient revenues de l'exil embellies. Rachel, surtout, qui avait beaucoup minci. Et Ida ! Comme elle était gracieuse ! C'était la beauté sur terre. On voyait qu'elles étaient devenues de vraies sœurs. Elles échangeaient à voix basse, en hébreu, bien sûr. Il fallait qu'elle s'y fasse. C'était normal. Et puis, avant l'expulsion, Ida n'avait pas eu le temps de bien apprendre l'arabe. L'hébreu, c'était sa nouvelle langue. Sans doute qu'elles chuchotaient pour ne pas heurter Abdallah.

Elle reprit son babil :

– Pourquoi est-ce que Mounir n'arrive pas ? Avec ses réunions qui se prolongent, qui se prolongent…

Daoud regarda Abdallah, l'air interrogatif.

– La Main noire, dit Abdallah. C'est des jeunes, que veux-tu. Depuis la Déclaration Balfour, ils ont peur.

Rachel chercha le regard d'Ida et lui proposa d'aller dormir.

Restés seuls, les deux couples se sentirent dépassés, perdus devant des platées à peine entamées de fallafels et de humus, à se demander comment ils en étaient arrivés là.

24 janvier 1918
Rue Naguib-Boustros
3 heures

– Daoud ! Tu es devenu sourd ? cria Rozika. Tu n'entends pas ?

Il lui fallut quelques secondes pour retrouver ses esprits. Il se leva enfin, saisit la lampe à pétrole que lui tendait Rozika et descendit d'un pas incertain à la boutique, prenant appui sur le mur de l'escalier. Au dépôt, il lui sembla que tout était en place. Il écarta le rideau et vit que la vitrine du magasin était brisée. Des éclats de verre recouvraient le sol. Sous la grande table, il y avait une pierre grosse comme le poing. Sans doute qu'elle avait été emballée dans la feuille de journal encore en corolle qui se trouvait à son côté. Il la ramassa. C'était une page de *Falastine* sur laquelle on avait dessiné une main aux doigts écartés. Il la plia soigneusement et la mit dans la poche de son pyjama.

19 février 1918
Rue Naguib-Boustros
12 heures

Lorsque Daoud proposa à Abdallah qu'ils aillent « s'asseoir au calme », cela l'inquiéta. Si Daoud avait quelque chose à partager, il venait prendre un café à son atelier. Et si Abdallah souhaitait parler en confidence avec Daoud, il allait le trouver à la boutique. S'il y avait du monde, il attendait ou il revenait. Leurs partages se faisaient en quelques mots.

– Du côté de l'Horloge, ce sera bondé, dit Daoud.

Ils prirent en direction de Neve Tzedek et trouvèrent un grilleur de kebab qui avait trois tables minuscules à l'intérieur de son échoppe. Toutes étaient occupées.

– À l'arrière, fit le tenancier.

Dans un jardinet délaissé il y avait quelques petites tables rondes, la plupart sans chaise. Ils s'installèrent et commandèrent des cafés.

– Hier, j'ai été me promener à Neve Tzedek, dit Daoud. Et puis à Florentine.

Les yeux sur sa tasse, Abdallah hocha lentement la tête, plusieurs fois. Il avait compris. Les Alkabès allaient vivre à Tel-Aviv.

– J'en ai parlé à Rozika hier soir. Comme tu peux l'imaginer, elle a commencé par me dire que j'étais fou, qu'avec vous nous formons une seule famille, que l'un, que l'autre. Alors je lui ai montré ceci. Je le cache dans ma poche depuis trois semaines.

Il déplia la page de *Falastine* marquée d'une main noire. Elle était pochée sur une lettre de lecteur, celle de Mounir :

> *Et qu'on ne nous accuse pas d'être antisémites. Depuis des années, ma famille partage une maison avec des Juifs. Mais ce ne sont pas des Moskubim. Ils sont comme nous, Palestiniens.*

– Cette feuille enveloppait la pierre qui a brisé ma vitrine. Quand Rozika l'a vue, j'ai cru qu'elle allait mourir. Et puis elle s'est reprise. Si la vie n'est pas possible ici, on va ailleurs. Elle a pleuré toute la nuit, mais elle l'a accepté. J'ai décidé de te montrer cette feuille de journal pour que toi aussi tu comprennes pourquoi nous devons partir, malgré l'immense affection qui lie nos familles.

Il chercha le regard d'Abdallah et vit qu'il avait les yeux brouillés.

– N'en parle pas à Mounir. Je ne lui en veux pas. Il a voulu être gentil. Tu avais lu la lettre ?

Abdallah fit oui de la tête.

– Il défend son pays, poursuivit Daoud. Je le comprends.

– Notre pays, fit Abdallah. Ton pays autant que le mien.

Il demanda à Daoud quand il envisageait de partir. Vite, lui répondit celui-ci, cela valait mieux. Déjà, Mounir refusait de se montrer dans la rue avec les filles :

– Lui non plus n'a pas le choix.

DEUXIÈME PARTIE

Tel-Aviv, 1923

15 mai 1923

Tel-Aviv, lycée Herzliya

15 h 30

– Combien de tes pièces ont été jouées, depuis que tu es chez nous ?

Les yeux dans ceux de M. Mossinson, Rachel resta silencieuse. Une demi-heure plus tôt, il lui avait fait porter un billet dont la teneur ne laissait aucun doute quant à ce qui l'attendait : « Rachel Alkabès se rendra au bureau du proviseur dès la fin du cours. » À son côté se tenait Mme Sharett, la responsable des activités artistiques.

– Trois pièces, enchaîna Mme Sharett. Chaque fois montées à l'occasion de la remise des diplômes. La plus importante cérémonie de l'année…

Elle consulta une feuille de papier. En 1920, c'était *Les deux amours de Madame Lila*. L'année suivante, *Retour à Jérusalem*, et en 1922, *Les patriotes*.

– On ne monte les pièces d'aucun autre élève, poursuivit Mme Sharett. Te rends-tu compte de ta chance ?

Au moment de commencer l'écriture de *Rabbi Seligman*, Rachel avait relu les trois pièces. Des niaiseries.

La première racontait l'histoire de jeunes *olim*[1] qui travaillaient dans un kibboutz où une Mme Lila s'occupait des lessives. L'un était rouquin, l'autre brun, et la femme, qui les trouvait beaux tous les deux, ne savait pas lequel choisir. C'était une farce. Les deux autres pièces ne parlaient, elles aussi, que des immigrants, certes sur un mode un peu plus grave, mais enfin, les Arabes n'existaient pas.

À leur relecture de ces trois pièces, elle avait eu honte. Regarder ailleurs, c'était abandonner. C'était donc trahir. Rester silencieux, c'était trahir. Ignorer, c'était trahir. En réponse à ces trois niaiseries, elle avait écrit *Rabbi Seligman.*

– Nous aussi avons de la chance de t'avoir, intervint M. Mossinson. Tes pièces sont vivantes, prenantes ! De petits bijoux ! Tu as un talent fou.

Mais voilà que Rachel leur proposait un texte qui risquait de diviser. Une pièce qui pourrait leur coûter leurs subventions, s'ils faisaient la folie de la monter. Ne savait-elle pas que le lycée Herzliya était l'un des fers de lance du Yishouv ? Qu'une de ses missions était, précisément, de participer à la construction du Royaume ?

Comment aurais-je pu l'oublier ? se demanda Rachel. Il lui suffisait de prendre le chemin du lycée pour s'en souvenir. Sa façade avait été construite sur le modèle du Premier Temple, dans l'intention d'annoncer un futur glorieux. Peu importait que ce dernier fût incertain et douloureux, le gymnase hébraïque de Herzliya devait incarner le nouveau Royaume, là où les enfants

1. Immigrés juifs.

des diverses diasporas allaient se retrouver, se fondre les uns aux autres, engendrer « le Juif nouveau », et rien, pour cela, n'avait semblé aussi puissant et efficace qu'un rappel messianique. Tel était le rôle assigné à l'impressionnante façade. Elle dominait de toute sa hauteur les maisons de l'avenue Herzl qui ne faisaient qu'un ou deux étages.

Rachel continua de rester silencieuse. La réprimande ne la surprenait pas. *Le cri de Rabbi Seligman* était l'histoire d'un immigrant un peu simplet mais très pieux, qui chaque année, dans ses prières de Pâques, remplaçait l'expression sacrée « L'an prochain à Jérusalem » par « L'an prochain à Tel-Aviv ». Non que l'homme remît en cause l'importance de la Ville sainte. Mais il se disait qu'elle faisait partie du passé, d'un passé bien flou, du reste, dont chacun pouvait raconter l'histoire à sa manière. À Jérusalem, les Juifs étaient nombreux, depuis toujours. Mais il y avait pour moitié des musulmans et des chrétiens... Si tous les Juifs de la Diaspora décidaient d'investir la ville, ils devraient chasser d'autres hommes, d'autres femmes, des enfants qui s'y trouvaient bien, qui étaient chez eux. Tandis que Tel-Aviv... Ah ! Tel-Aviv... Le sel de la terre ! Avec tous ces olim, si beaux, si forts, si travailleurs, qui transformaient les dunes de sable en vergers... Qui bâtissaient une ville sortie de nulle part... Le nouveau Royaume ! Une ville aussi juive que pouvait l'être une ville, juive comme l'était Jérusalem deux mille ans plus tôt, à l'époque du Temple... Une ville qui incarnait l'avenir, la liberté, l'honneur du peuple juif... Alors, au moment de la prière, il ne prononçait pas le rappel de Jérusalem mais disait, pour lui-même, ces mots impardonnables : « L'an prochain à Tel-Aviv. » Jusqu'au jour où, pris par l'enthousiasme d'avoir vu une rue entière de Tel-Aviv se construire en quelques semaines, il s'oublia, cria presque la phrase litigieuse à la table du seder et fut convoqué par le Conseil de sa synagogue…

– J'ai voulu honorer l'esprit pionnier, dit enfin Rachel. À Tel-Aviv, nous sommes entre nous. Mais partout ailleurs, il y a des Arabes. Depuis longtemps…

M. Mossinson la regarda en secouant la tête. Tout laissait penser que Rachel avait devant elle un avenir de dramaturge. Mais si elle persistait à remettre en cause « les valeurs fondamentales de l'immigration », cet avenir deviendrait très hypothétique…

– Chacun lutte pour son camp, lança Mme Sharett. Avec ta pièce, tu ne choisis pas le bon.

– Je n'en choisis aucun, rétorqua Rachel.

Elle pensa se reprendre, dire : « Je choisis celui de la justice », ou encore : « Je choisis celui de la coexistence. » Mais elle se dit que ce serait du temps perdu.

Mme Sharett feuilleta un cahier d'écolier et s'arrêta à l'une des répliques de Rabbi Seligman, lorsqu'il s'était trouvé face au Conseil de sa synagogue :

Mes chers frères… Que voulons-nous réaliser par notre retour en terre d'Israël ? Recréer notre Royaume ! Ne plus être tributaires d'autrui. Vivre entre nous ! Dans la dignité ! Comme bon nous semble ! À Tel-Aviv, nous sommes chez nous. Entre nous. À Jérusalem, il y a des Juifs, c'est vrai. Mais il y a aussi des Arabes. Des musulmans et des chrétiens. Faut-il les chasser ? Ils seraient malheureux. Qui mieux que nous pourrait comprendre un tel malheur ? Qui comme nous a subi deux mille ans d'humiliations ? Aucun peuple. Alors je vous le demande, mes chers amis : pouvons-nous construire notre bonheur sur le malheur d'autrui ? Ces mots, « l'an prochain à Tel-Aviv », incarnent à mes yeux une note d'espoir. Une invitation à conquérir sans dépouiller. Tandis qu'aujourd'hui, qu'on le veuille ou non, « l'an prochain à Jérusalem » annonce des tristesses.

– Ces mots ne sont pas compatibles avec notre mission, dit Mme Sharett d'une voix soudain colérique. Ils invitent à un abandon flagrant de nos valeurs ! De notre projet sacré ! Allez, file !

Rachel se leva, dit « Je ne regrette pas un seul d'entre eux », et partit.

Alors qu'elle remontait lentement la rue Herzl en direction de Nahalat-Binyamin, un sentiment étrange l'envahit. Elle était contente. En écrivant *Rabbi Seligman*, elle avait échappé à sa lâcheté. À vouloir que ses pièces soient jouées à tout prix, elle était tombée dans une sorte d'escroquerie morale. Tout va bien, Mesdames et Messieurs. Nous sommes les meilleurs et les autres sont des salauds. En définitive, si le lycée refusait de monter *Rabbi Seligman*, cela prouvait que cette pièce-là avait un sens.

– Je n'ai pas l'impression d'avoir ma place ici, dit Rachel à Ida en arrivant à la maison. Il paraît que je trahis les miens.

Ida la prit dans ses bras. À dix-huit ans, sa sœur était devenue une jeune femme monumentale, puissante, très belle. Très forte, surtout. Elle avait des parents, de vrais parents. Et il y avait Mounir. Il les aimait toutes les deux, bien sûr, mais avec Rachel, c'était autre chose. Elle faisait partie de sa vie. Et puis Rachel était chez elle dans cette Palestine juive et arabe, encore turque malgré le départ des Ottomans, pas vraiment anglaise.

Mais elle ? Ses parents étaient venus fonder le nouveau Royaume et en étaient morts. Avaient-ils eu raison de venir ? Est-ce qu'un jour la vie pourrait s'écouler normalement en Palestine ? Comme dans les autres pays ? Tel-Aviv grandissait, mais des grondements venaient de partout… Le seul point solide auquel Ida pouvait s'arrimer, c'était Rachel. Rachel et sa force. Rachel et son corps-forteresse. Rachel et sa tendresse pour elle. Rachel et son intelligence fulgurante. Rachel et son amour pour les Arabes, pour leur cause, pour Mounir et Aïcha. À côté de Rachel, Ida n'avait d'autre choix que de comprendre. D'essayer de comprendre. Comme cette histoire de Rabbi Seligman, qui ne voulait pas accaparer Jérusalem… Elle avait fini par considérer que c'était une bonne idée.

Elle aussi trahissait les siens.

17 mai 1923
Tel-Aviv, rue Nahalat-Binyamin
17 heures

Comme chaque après-midi, Rachel et Ida rentrèrent du lycée en traînant, main dans la main. Plutôt que de prendre au plus court en suivant la rue Herzl jusqu'à Florentine, elles passèrent par Lewinski et remontèrent Nahalat-Binyamin, la rue des marchands de tissus. Elles y retrouvaient le brouhaha chaleureux de Naguib-Boustros.

Devant la vitrine du Petit Paris, un magasin spécialisé en robes de mariée, Rachel s'arrêta :

– Tu nous vois là-dedans ?

Durant quelques minutes, elles regardèrent la vitrine en silence.

– Tu as peur ? demanda soudain Ida.

Rachel fit oui d'un petit geste de la tête. La veille, Aïcha avait déposé à la boutique une lettre de Mounir. Écrire de Beyrouth à Tel-Aviv aurait pu lui valoir une dénonciation. Alors il usait d'un code, écrivait « *Famille Khalifa* », sa mère comprenait que la lettre était pour les filles et l'apportait fermée à Rozika.

La dernière datait de dix jours :

Mes sœurs adorées,

Pourquoi suis-je si bouleversé lorsque je pense à mon retour ? C'est la quatrième fois que je rentre pour les mois d'été, et jamais je n'ai eu le cœur aussi serré. Depuis deux ans, tout est calme à Jaffa, je devrais en être ravi. Mais je vous l'annonce, cette trêve ne va pas durer. À l'université, la passion souffle. Fayçal est le héros de tous. Une révolte se prépare. Quoi d'étonnant ? Il y a de cela dix jours, j'ai présenté mon mémoire de licence. Le sujet était imposé : « Comment l'Occident voit-il l'Orient ? » En mettant bout à bout les ignominies qui nous ont été jetées au visage, il y a de quoi prendre les armes. On en discutera, bien sûr. En voici quelques bribes. Elles vous choqueront. Je les partage avec vous malgré cela, bien que vous soyez juives, parce que je vous aime, parce que j'ai confiance en vous, parce que vous êtes mes sœurs, mes tendres sœurs.

Juin 1916. Les Alliés signent un accord concocté par deux diplomates, un Sykes, pour la Grande-Bretagne, et un Picot, pour la France. Deux ans avant de conquérir des territoires qui lui seraient étrangers par la distance, la civilisation et le droit, l'Europe confie à des fonctionnaires de deuxième ordre la tâche de partager l'Orient comme on aurait dépecé un animal encore vivant.

L'accord était censé rester secret. Il fut découvert par le régime révolutionnaire soviétique qui en révéla l'existence au pouvoir ottoman. Celui-ci passa l'information au chérif Hussein, de La Mecque. En 1915, les Britanniques lui avaient promis un grand royaume arabe... La Grande-Bretagne devrait s'appeler Royaume du Mensonge et de la Tromperie.

Novembre 1917. La Grande-Bretagne signait la déclaration Balfour, qui tenait lieu de promesse en vue d'établir, en Palestine, un « foyer national juif ». Elle promettait une terre qui ne lui appartenait pas, qui ne lui avait même jamais appartenu, sans le moindre souci d'en référer à nous, ses habitants depuis toujours. De quel droit ? La Grande-Bretagne pourrait aussi s'appeler Royaume du Vol.

Avril 1920. À la conférence de San Remo, le mandat de la Société des Nations stipulait que la mission des États « mandataires » (terme plus élégant que « colonisateurs ») était de mener les peuples qui lui étaient soumis « jusqu'à leur majorité », ces peuples n'étant pas capables « de se diriger eux-mêmes dans les conditions extrêmement difficiles du monde moderne ». Il était convenu de confier leur tutelle « aux nations qui, en raison de leurs ressources, de leur expérience ou de leur position géographique, sont le mieux à même d'assumer cette responsabilité et consentent à l'accepter ». Vous avez bien lu, mes sœurs ? Il revenait au colonisé de remercier le colonisateur qui acceptait de le dépouiller. Les Alliés pourraient s'appeler Alliance de l'Insulte et du Mépris.

Comment ne pas vouloir prendre les armes ?

Vous viendrez à la maison dès mon arrivée, n'est-ce pas ?

Je vous serre contre mon cœur.

Votre frère qui vous aime,

Mounir

P.S. J'ai d'abord ri des mésaventures de Rabbi Seligman au lycée Herzliya. Mais très vite, la tristesse a remplacé le rire. Votre brave rabbin ne fait que révéler l'impasse.

– Alors, lança Ida, tu choisis quelle robe pour épouser ton frère ?

– La même que toi, répondit Rachel en riant. Puisqu'il nous épousera toutes les deux !

18 mai 1923
Rue Naguib-Boustros
19 h 30

Pour la première fois depuis les émeutes de 1921, ils se retrouvaient dans la cuisine de Naguib-Boustros. Les Juifs avaient quitté la ville pour Tel-Aviv. Daoud et Rozika n'y venaient que rarement. Se promener à Naguib-Boustros leur était douloureux. Si les Khalifa avaient été vus en leur compagnie, ils auraient été soupçonnés d'entretenir des amitiés coupables. Les filles non plus ne s'y aventuraient presque pas ; durant leur année scolaire, Mounir était à Beyrouth. Mais qu'il soit là n'aurait rien changé. Déambuler dans les rues de la ville en compagnie de jeunes filles juives n'était pas concevable. Ses amis de la Main noire l'auraient exclu le jour même.

Pressentant que l'atmosphère de la soirée serait nostalgique, chacun s'était efforcé d'y mettre du sien. Daoud avait offert à Mounir une flanelle grise, de quoi se faire un costume trois pièces. Abdallah avait ciselé une boîte en argent pour chacune des filles, avec, gravé sur le couvercle-coussinet, leur prénom, et, en dessous, *En souvenir affectueux de ton oncle Abdallah.* Rozika avait invité Sarika – elle mettra de la gaieté, avait-elle dit à Aïcha – et, comme à son habitude, la couturière s'était montrée généreuse, offrant une écharpe de soie brodée à chacun des enfants. Depuis une semaine, Aïcha allait chaque jour au marché acheter ce qu'on y trouvait de plus délicat comme fruits secs, épices, ou légumes. Abdallah s'était levé avant l'aube deux matinées de suite et avait attrapé quatre dorades et une quinzaine de rougets.

– Quel pays allons-nous laisser à nos enfants ? dit Aïcha pour elle-même.

– Aucun, dit Mounir. Nous allons le perdre.

Il avait parlé d'une voix tendue, les yeux baissés.

– Pourquoi tu parles comme ça ? demanda Rachel.

Elle, Ida et Mounir étaient assis côte à côte, comme du temps où ils habitaient ensemble.

Mounir haussa les épaules :

– À quoi bon se mentir ?

Une fois par mois, il écrivait une *Lettre de Beyrouth* que publiait *Falastine*. Ça ne l'empêchait pas de voir les choses en face. Ils avaient toujours vécu sous domination. Les Turcs ne les gênaient pas. Les Anglais ne les gênaient pas non plus. C'était l'arrivée massive des Moskubim qui les étouffait. Et que faisaient les Arabes pour l'arrêter ? Ils leur vendaient leurs terres et organisaient des congrès.

– Et les Juifs ? demanda Rachel. Que font-ils de mieux ?

Mounir regarda Ida durant quelques secondes avant de poursuivre. Les Ashkénazes n'étaient pas venus en Palestine pour être sous la domination de qui que ce soit. Ils étaient venus pour être chez eux. Ils étaient solidaires, engagés. Ils avaient banni une langue parlée par tous pour en imposer une nouvelle. Et Rachel était bien placée pour apprécier le sens de l'unité dont faisaient preuve les Ashkénazes. Ils avaient censuré son *Rabbi Seligman*...

– Et je les comprends ! J'ai beau ne pas aimer les Moskubim – à l'exception de ma sœur adorée –, je les admire.

Les Arabes devraient prendre pour exemple ces Juifs qui construisaient des villes et transformaient des marais salants en terres fertiles. Il ne pensait pas qu'aux Moskubim en disant cela, encore moins aux Juifs de Palestine comme les Alkabès. Il pensait aux Juifs qui habitaient Londres, Paris, ou New York. Ceux-là faisaient des Anglais ce qu'ils voulaient. Pourquoi n'admirerait-il pas les Juifs ? C'est parce qu'ils étaient admirables qu'il les craignait. C'étaient eux qui allaient chasser les Anglais :

– Et après ils voudront nous chasser, nous qui étions ici avant eux. Mais comme nous n'aurons plus rien à perdre, nous allons nous accrocher à ce lopin de terre.

– Et ? demanda Rachel.

– Et ce sera la guerre jusqu'à la fin des temps.

Ida posa son bras autour des épaules de Mounir et l'embrassa sur la joue :

– Mes parents ne sont pas venus ici pour chasser qui que ce soit.

– Maintenant que Mounir est là, dit Rozika en s'adressant aux filles, vous devriez en profiter. C'est vous, l'avenir de ce pays. Réfléchissez ! Imaginez des solutions ! Viens à la maison, mon Mounir. Les filles ont leur coin. Vous serez entre vous pour discuter, comme lorsque nous habitions tous ici.

Elle voulait y croire. Qui sait si, un jour, la sagesse ne finirait pas par l'emporter ? Qui pouvait jurer du contraire ?

11 juillet 1923
Rue Nahalat-Binyamin
11 h 30

Ils étaient dans la chambre des filles, où l'exiguïté de la pièce ne leur offrait pas d'autre possibilité que de rester étendus sur le lit, côte à côte.

Mounir avait pris goût à ces visites. Il s'installait entre les filles, à les toucher des bras ou des hanches, partageant tantôt l'oreiller d'Ida, tantôt celui de Rachel, et ils restaient des heures durant à bavarder, à se frôler, à tenter de se rassurer. Où seraient-ils dans cinq ans ? Dans dix ans ? En Palestine ? Au Liban ? En Orient ou en Europe ? Que feraient-ils ? Si Rachel voulait écrire des pièces de théâtre à succès, il faudrait qu'elle évite de se retrouver dans des situations du type *Rabbi Seligman*. Mais si elle ne devait imaginer que des histoires qui plairaient aux immigrés, elle quitterait la Palestine. Ida ne se voyait pas ailleurs. Désormais, l'hébreu était sa langue. Si elle voulait être actrice, sa vie serait à Tel-Aviv. Et puis, ses parents étaient morts pour ce pays, elle devait rester fidèle à leur sacrifice. Mounir, lui, avait l'ambition d'une double carrière. Gagner de l'argent et aider son pays. En réalité, il ne s'agissait que d'une seule et même démarche : gagner de l'argent pour aider les mouvements de résistance palestiniens.

Comment savoir ce qui les attendait ? « Des coques de noix sur une mer agitée », dit Mounir, voilà ce que sont nos vies.

– Raconte, quand tu voulais être prêtre, lança Rachel en riant.

Ida baissa les yeux. Rien, jamais, ne ferait disparaître la complicité qui liait Mounir à Rachel. Un mot suffisait pour la renvoyer au rôle de pièce rapportée. Toute la tendresse, tout l'amour que Rachel et Mounir ressentaient pour elle ne pouvait effacer cette réalité.

– J'ai oublié l'histoire, mentit Rachel. Raconte !

À Bethléem vivait son oncle franciscain, un frère de sa mère. Lorsqu'il allait le voir, l'oncle l'amenait déjeuner au restaurant de l'hospice, en contrebas de l'esplanade située devant l'église de la Nativité. Il s'installait toujours à la même table, à l'ombre d'un très vieil olivier. Un jour, Mounir lui demande l'âge de l'olivier. Des centaines d'années, lui répond son oncle. La conversation divergea sur la création du monde, et de fil en aiguille, sur l'histoire de Caïn et Abel, l'offrande que chacun avait fait au Seigneur, et, pour finir, la mort d'Abel par la main de Caïn.

– Il a tué son frère ? avait demandé Mounir à son oncle. On ne tue pas les gens qu'on aime.

– On les tue si on est très méchant, avait répondu son oncle.

Ce jour-là, Mounir prit conscience qu'entre le Mal et le Bien, la lutte se soldait par la mort. Son oncle incarnait le Bien, et il voulait être comme lui, vêtu d'une même robe de bure, en chevalier invincible qui ferait le bien. Tout autre destin lui paraissait médiocre.

Il s'arrêta, le visage éclairé d'un large sourire, et lança :

– Et puis sont les venus les Moskubim !

Il éclata de rire, se tourna vers Ida, la prit dans ses bras et l'embrassa :

– Tu vois, c'est à cause de toi si le monde a perdu un futur archevêque.

– Mounir Khalifa, archevêque de Jérusalem ! lança Rachel en riant. Et qu'est devenu ce méchant Caïn, tu nous le dis ?

– Il a épousé sa sœur !

Ce fut l'hilarité générale.

– Raconte ! lança Rachel.

– Ce n'est pas une blague. Il va à l'est d'Eden et rencontre Awan, qui est sa sœur. Il le sait. Ils le savent tous les deux. Et cela ne leur crée aucune gêne. Ils auront de nombreux descendants. Nous, par exemple !

À nouveau, ils éclatèrent de rire.

– Ici, chacun se voit en Abel, reprit Mounir quand ils se calmèrent. Lui est dans le camp du Bien et l'autre dans celui du Mal. Il n'y a pas la moindre perspective de coexistence. Pas la moindre tentation de comprendre l'autre. De se mettre à sa place. Pour chacun des deux, l'autre reste un animal à abattre.

25 juillet 1923
Rue Nahalat-Binyamin
17 h 30

– Qu'en penses-tu ? demanda Rachel.

Elle avait beaucoup hésité sur la manière de présenter son projet à Ida et s'était décidée de le soumettre devant le Petit Paris. Ida était blanche :

– Où as-tu cherché une idée aussi monstrueuse ? Ce serait une sorte d'inceste !

Les deux filles avaient la hantise de se retrouver mariées selon le schéma « gentil garçon, bonne famille et mariage arrangé » ; offertes vierges à des hommes qui les considéreraient comme leur chose. Si les parents leur préparaient une farce de ce genre, elles refuseraient de s'y plier, voilà tout. Mais il y avait un autre risque, plus insidieux, celui qu'elles tombent amoureuses d'un homme en étant toujours vierges, qu'elles perdent leur pucelage avec lui et qu'ensuite elles l'épousent. Cela les ramènerait à la situation précédente. Ce qu'il fallait, c'était qu'elles ne soient plus vierges au moment de rencontrer le grand amour, que leur mari sache qu'elles avaient connu autre chose, un autre quelqu'un, une ou plusieurs expériences sur lesquelles il n'aurait aucun contrôle, pas plus que sur le souvenir qu'elles auraient laissé. Mais pour perdre leur virginité, il leur fallait un garçon de très grande confiance, beau quand même, mais qui au grand jamais ne pourrait être leur époux. Où le trouver ?

Durant le trajet du retour, elles restèrent muettes. À quelques pas de la maison, Rachel s'arrêta, prit les mains d'Ida dans les siennes et la regarda dans les yeux. N'avait-elle pas toujours admis que ce serait difficile de trouver quelqu'un ?

– Quelqu'un de fiable ! rétorqua Ida. Pas ton frère.

Elles s'installèrent dans leur chambre, chacune sur sa moitié de lit, et jusqu'à l'heure du repas, ne se dirent pas un mot. Après dîner, elles retournèrent dans leur chambre et continuèrent de garder le silence.

Une heure après qu'elles eurent éteint la lumière, Ida rejoignit Rachel dans son lit et chuchota :

– Qu'est-ce qui t'a pris ?

Choisir Mounir les rapprocherait tous trois, pour toujours.

Ida resta silencieuse. Après une longue minute, elle se serra fort contre sa sœur :

– Et après ? As-tu pensé à ce qui se passerait après ? C'est de la folie.

Rachel se détacha d'elle et lui tourna le dos.

*

Le lendemain au réveil, Ida se rapprocha de Rachel et, accolée à son dos, lui chuchota à l'oreille. Elle était d'accord, à la condition qu'ensuite aucune des deux n'ait de rapport avec Mounir. Jamais. Quoi qu'il arrive. Ce serait leur pacte.

– D'accord, dit Rachel. Ni toi ni moi. Quoi qu'il arrive.

29 juillet 1923
Rue Nahalat-Binyamin
9 h 45

Ils étaient tous trois devant le Petit Paris, au milieu de la foule des livreurs, entourés de mulets, de chameaux et de marchands ambulants de toutes sortes. À cette heure de la matinée, la chaleur était déjà suffocante, et il y avait autour d'eux tant de cris, de poussière, d'agitation, de grognements d'ânes ou de dromadaires, qu'ils devaient hausser la voix pour s'entendre. Rachel et Ida avaient les traits tendus. Face à elles, Mounir souriait, mi-figue mi-raisin. L'avant-veille, elles lui avaient demandé de les retrouver devant la boutique.

– Vous regardez les robes de mariée et vous en rêvez ? demanda Mounir en riant.

– C'est tout l'inverse, fit Ida. Explique-lui, Rachel.

Durant une petite minute, Mounir écouta, les yeux écarquillés :

– Vous êtes folles !

Il secoua la tête, incrédule devant la proposition des deux filles. Puis il chercha le regard de Rachel. Pourquoi lui ?

– Ce sera toi et personne d'autre.

Il se remit à secouer la tête. Et après ? Avaient-elles pensé à l'après ?

– Il n'y aura pas d'après, répondit Rachel. Ce sera une seule fois. À tout jamais.

– Et si… ? interrogea Mounir.

– Il n'y aura pas de si. Tu ne resteras pas.

Il la regarda en silence, les yeux à nouveau écarquillés.

– Tu te retireras avant, ajouta Rachel.

Il reprit son lent mouvement de tête, sans rien dire.

TROISIÈME PARTIE

Tel-Aviv, 1936

15 septembre 1936
Rue Naguib-Boustros
11 heures

– Ma vie !

Malgré l'émotion qui lui serrait la gorge, Aïcha avait réussi à hurler le mot. La fillette se précipita dans ses bras et s'accrocha de toutes ses forces à sa robe de chambre. Brune, massive plutôt que boulotte, les cheveux de jais très frisés, elle était grande pour ses sept ans.

– Mon cœur ! criait Aïcha. Que je te voie !

Elle l'éloigna d'elle et l'observa avec une admiration appuyée, ouvrant les yeux tout grands :

– Mon Dieu que tu ressembles à ta maman ! Rachel Pacha, c'est toi ! Dis à ta maman qu'elle t'amène plus souvent, pour l'amour du Ciel ! Depuis quand je ne t'ai pas vue ?

La fillette lui sourit, l'air ravi.

Dans la maison de Naguib-Boustros, Aïcha vivait en exil des siens. Il n'y avait plus Daoud et Rozika, partis à Tel-Aviv. Abdallah était mort. Mounir passait la voir une fois tous les deux ou trois mois, en vitesse. Cette fois-ci, la fillette allait rester vingt-quatre heures. Rachel avait une interview à onze heures avec un journaliste du *Jerusalem Post*, et en fin d'après-midi, elle devait se rendre au Théâtre Ohel pour la première de sa pièce. Elle récupérerait Elisheva le lendemain, lorsqu'avec Karl, Ida et Ossip, ils se retrouveraient à Naguib-Boustros à l'heure du déjeuner.

– Tu me raconteras l'histoire de maman et d'oncle Mounir ?

La fillette s'était exprimée en arabe.

– Mon Dieu que tu parles bien ! Bravo à ta maman de te parler notre langue. Bien sûr que je te la raconterai !

Et pas question de raccourcir le plaisir. Elle commencerait par l'histoire de sa grand-mère Rozika, qui n'avait pas de lait, alors c'était elle, *aamti Aïcha*, tante Aïcha, qui avait nourri sa maman Rachel, comme elle avait nourri Mounir. Et elle lui dirait, tu vois comme j'étais grosse, déjà, avec mes nénés énormes, et là, tu vois ils étaient pleins de lait, et la petite se mettrait à rire. Elle allait même remonter plus haut, ce qu'elle n'avait pas fait depuis longtemps, raconter comment les deux familles s'étaient retrouvées à Naguib-Boustros, et même plus haut encore, comment elle avait connu Abdallah, à qui on l'avait fiancée en quelques minutes…

– Des nouvelles de Mounir ? demanda Rachel.

– Un lettre de Damas, il y a deux jours. Il vend ses perles. Il est content.

*

Au lieu de prendre en direction de Florentine, Rachel bifurqua à droite à la place de l'Horloge et se dirigea vers la petite esplanade qui surplombait le bord de mer. Elle emprunta les escaliers qui menaient à la plage et s'assit sur le sable, tout à droite, dans un coin protégé du soleil, là où avec Ida elles s'étaient assises vingt ans plus tôt, à leur retour du kibboutz. Au loin, deux barques se dirigeaient vers la jetée. Des bateaux de pêche, sans doute. Elle les suivit du regard, jusqu'à ce qu'ils soient assez proches pour qu'elle puisse en percevoir les détails. Sur l'un d'eux, elle distingua deux hommes. Une poulie, située à la proue, déclencha son imagination. Deux cousins qui rentrent d'une pêche à la palangre, se dit Rachel. Ils ramenaient une douzaine de grosses prises, des dorades attrapées à trois ou quatre kilomètres en direction de Gaza, là où soudain les fonds se creusaient jusqu'à cent ou cent cinquante mètres, un endroit difficile, réputé pour offrir du très gros. Les cousins étaient contents. Elle les imagina accoster au port et vendre toute leur pêche dans le quart d'heure, à l'exception des deux plus petits poissons, de belles pièces quand même. Elle imagina la scène. Chacun des cousins remettait une dorade à sa femme. Pas un mot n'était échangé, mais on comprenait, à la simplicité de leurs gestes et à la sérénité de leurs visages, que ce poisson incarnait l'opulence et le bonheur.

Le regard vers le large, Rachel caressa le sable des deux mains, plusieurs fois, et sentit ses yeux se brouiller. Elle aimait follement cette terre.

15 septembre 1936
Rue Lewinski
13 heures

– Impressionnant…

Le journaliste s'approcha de la bibliothèque la tête penchée, de façon à pouvoir lire les titres écrits à la verticale. Tous les livres de Martin Buber semblaient y être…

Rachel l'avait repéré la veille, à la générale. Assis au premier rang, il n'avait cessé de prendre des notes, l'air affairé. Le genre qui fait son travail et assassine en bonne conscience. Elle lui proposa de s'asseoir, mais il n'y prêta aucune attention et continua de scruter la bibliothèque.

« Je m'appelle Irving Feinstein, lui avait dit le journaliste à la sortie de la générale, je suis critique de théâtre au *Jerusalem Post.* » Il voulait qu'elle lui accorde une interview avant la première.

Elle n'aurait pas dû accepter. Cela faisait une minute que le journaliste était arrivé, et déjà elle était à cran.

– Votre mari et lui se connaissaient bien…

Ce n'était pas une question. Brit Shalom, le mouvement de Martin Buber, qui prônait la constitution d'un État binational, avait été un échec. Karl était venu en Palestine pour y jouer un rôle prépondérant.

Feinstein finit par prendre place. Il voulait discuter de la pièce, bien sûr, de sa charge politique, sujette à controverse, mais aussi de Rachel et de sa sœur, de leur enfance à Jaffa, de leurs premiers succès, de ses échecs récents, de la place du théâtre dans sa vie…

Il parlait hébreu avec un fort accent américain. Rachel lui demanda depuis quand il était en Palestine.

– Cinq ans.

Elle lui demanda pourquoi il était venu. Pour vivre dans la dignité. Comme elle…

– Vous venez de Jaffa, vous êtes proche des cohabitationnistes. Pourtant, vous habitez dans un quartier où il n'y a que des Juifs…

Après la première de *Retour à Jérusalem* au théâtre *Beit Ha-Am*[1], un journaliste du *Jerusalem Post* avait écrit : « Rachel Alkabès collectionne les échecs. Reconnaissons-lui le mérite de la constance. Elle porte un regard nostalgique sur un monde qu'elle embellit au fur et à mesure qu'on s'en éloigne. De chacune de ses pièces perce l'antisionisme. Elle nous servira toujours son même slogan : c'était mieux quand il y avait moins de Juifs et que tout le monde parlait arabe. »

Ce n'était pas Feinstein qui avait écrit l'article. Il voulait comprendre quelle vision avait Rachel du judaïsme, de sa dimension universelle, du retour au Royaume. Quel regard portait-elle sur Tel-Aviv, ce miracle juif ?

Elle préférait qu'ils parlent de sa pièce.

– Bien sûr, dit Irving. *Les Perses*… On est toujours dans votre leitmotiv : l'immigration en Palestine est une erreur qui va déclencher les pires maux. C'est très étrange, cet a priori… L'échec de Brit Shalom ne vous a pas fait changer d'avis ?

Elle haussa les épaules. Avec Karl, ils étaient des dinosaures de la cohabitation entre Juifs et Arabes, elle le savait. Le mouvement avait tenu quelques années. Puis, avec l'afflux d'immigrants et le succès d'une Tel-Aviv toujours plus grande, plus forte, les velléités de coexistence avaient été balayées. Elle n'arrivait pas à écrire autre chose que des pièces à contre-courant.

Il lui demanda comment lui était venue l'idée de la pièce.

– Pour raconter le retour de Xerxès en Perse après sa défaite à Salamine, Eschyle crée le théâtre contemporain : il se met dans la peau du vaincu. Il veut comprendre ses émotions, son humanité. Il m'a semblé intéressant de décrire les réactions d'un groupe de Juifs

1. La Maison du peuple.

qui s'apprêtent à monter la pièce d'Eschyle, de comparer la situation des Grecs après la bataille de Salamine à celle qui pourrait un jour être celle des Juifs en Palestine.

Irving consulta ses notes :

– J'ai noté cette réplique : « Les Perses ont perdu la guerre et rentrent chez eux. Ils ont un pays. Mais nous… ? Si nous n'arrivons pas à recréer le Royaume, où irons-nous ? » À quoi un personnage, celui joué par votre sœur, répond : « Et si ce sont les Palestiniens qui perdent la guerre, comment les traiterons-nous ? Avec l'humanité de ceux qui ont connu l'exil ? Ou avec l'arrogance des vainqueurs, dont parle Eschyle ? »

Elle ne réagit pas. La disparition de Brit Shalom marquait la victoire du nouveau Juif. Conquérant. Puissant. Un Juif qui redressait la tête autant qu'il avait dû la baisser par le passé. Quand Buber avait lancé son mouvement, en 1925, Tel-Aviv comptait quarante mille habitants. Dix ans plus tard, rejoints par ceux qui avaient fui le nazisme, ils étaient quatre fois plus nombreux. La ville avait confié son urbanisme à un Anglais qui en avait fait une agglomération puissante, ambitieuse et, surtout, occidentale. Pas question de rechercher autre chose qu'une victoire totale. Ceux de Brit n'étaient que de vieilles barbes.

Et en cas de victoire ? demanda Feinstein. Les Juifs se montreraient-ils charitables ou intransigeants ? Car tôt ou tard une vraie guerre allait éclater, terrible, décisive. Personne, du vainqueur ou du vaincu, ne serait légitimé à chasser l'autre. Mais sur cent Juifs qui avaient fait leur aliyah, quatre-vingt-quinze voudraient expulser les Arabes de Palestine :

– Vos liens étroits à Mounir Khalifa, le virulent éditorialiste de *Falastine*, avec lequel vous avez été élevée, je crois, ont sans doute influencé votre théâtre…

– Avec *Les Perses*, répliqua Rachel d'un ton sec, Eschyle a gagné un grand concours de dramaturgie. Personne ne l'accusa de traîtrise. Son travail consistait à chercher la vérité. Pas à juger.

– Votre précédente pièce, *Retour à Jérusalem*, n'a pas très bien marché. La critique ne vous a pas épargnée, le public n'était pas au rendez-vous, il y a eu des heurts à la première.

Ce journaliste avait raison. Elle n'était qu'une crétine qui défendait une cause perdue.

Elle se leva. Le journaliste resta assis :

– Le pays ne pourra se construire que si nous sommes tous solidaires.

– Qui, tous ? demanda Rachel. Les Juifs ? Que les Juifs ? Et ceux qui étaient là avant nous ?

– Après, corrigea Irving. Après nous.

– Après nous, quand ? lança Rachel, maintenant en colère. Quand ? Il y a mille ans ? Et vous ? Quand êtes-vous venu en Palestine ? Il y a mille ans ? Quand sont venus vos parents ? Il y a mille ans ?

Elle se dirigea vers la porte palière, l'ouvrit, et baissa la tête en attendant que le journaliste quitte l'appartement. Au moment où il arriva au seuil de la porte, le journaliste s'arrêta, dit « j'admire votre courage », et quitta l'appartement.

*

Elle alla s'étendre sur le canapé du salon et balaya du regard les rayons de la bibliothèque. Au fond, tout tournait autour des livres de Karl. Ceux qu'il avait lus. Ceux qu'il avait écrits. Les textes de Buber, les revues juives d'Europe centrale, les magazines de Tel-Aviv, les numéros de *Falastine* qu'elle gardait avec soin, la question juive, la question arabe, la question de la Palestine, le bon, le juste, le faux, les clans, les menaces, les attentats, les morts, les appels au droit, aux Anglais, aux associations juives, aux partisans de Brit Shalom… Tout cela envahissait sa vie, partout, à chaque instant, au salon, dans sa salle de bains, dans sa chambre à coucher, lorsqu'elle faisait l'amour avec Karl, dans la chambre d'Elisheva, lorsqu'elle la mettait au lit ou quand elle allait la regarder dormir, au moment du réveil, quand elle allait faire ses courses, lorsqu'elle se mettait à sa table de travail, lorsqu'elle saluait les gens du quartier, au café avec Karl ou en promenade avec Elisheva le long du boulevard… Rien n'échappait à ces tourments. Ils infiltraient chaque petit espace de sa vie, comme une poudre si fine et prégnante que rien ne pouvait l'arrêter ni la diluer.

Ailleurs dans le monde, les gens vivaient-ils dans une telle angoisse ? Dans cette impossibilité de se sentir le cœur léger, ne serait-ce qu'un peu, de temps en temps ? Étaient-ils comme elle incapables de pouvoir souffler ? De jouir librement d'une caresse, d'un mot tendre, sous peine de se sentir coupable ?

Son regard tomba sur un portrait au crayon d'Elisheva, le seul objet qui occupait un espace de la bibliothèque et qui n'était pas un livre. C'était Ida qui avait dessiné sa fille. Le portrait devait dater de trois ou quatre ans. Rachel n'arrivait pas à le regarder comme une mère regarde une image de son enfant et se sent envahie d'une immense gratitude à l'égard de la vie. Poser les yeux sur le portrait d'Elisheva, c'était déjà convoquer toutes ses angoisses et tous ses démons. Dans quel monde vivrait sa fille ? Où seraient-ils, elle et Karl, lorsqu'elle aurait dix ans ? Quinze ans ? Et Ida ?

Heureusement qu'il y avait Ida. Et Karl, bien sûr. Karl…

– Qui a écrit cette pièce ?

C'était huit ans plus tôt, une fin de soirée au terme d'une répétition à l'Université hébraïque.

L'homme qui avait posé la question était venu à la répétition la veille. Au bout d'une dizaine de minutes, il avait jeté un coup d'œil à sa montre et quitté la salle en vitesse. Ils étaient peu nombreux, ceux qui assistaient aux répétitions. Celui-là, pourtant, Rachel l'avait repéré. Grand de taille, très blanc de peau, il avait le regard fiévreux d'un intellectuel ashkénaze : grande culture et immense doute. Lorsqu'elle l'avait vu revenir le lendemain, son cœur avait bondi. Durant la dernière demi-heure de répétition, il était resté immobile, d'une attention de chaque instant.

– C'est moi, avait répondu Rachel.

Elle avait quitté sa chaise et lui avait tendu la main.

– Le titre ? avait demandé Karl.

Elle avait choisi une phrase de l'Exode, *La maison de ton prochain*.

– Deutéronome… avait dit Karl. Nous ne sommes pas nombreux à penser comme vous.

Ils s'étaient croisés le lendemain, à la cantine.

Karl venait de Vienne, où il avait étudié la philosophie et l'histoire, avant de rejoindre Buber à Francfort, puis d'aller en Palestine, peu après la création de Brit Shalom… L'Université hébraïque lui avait proposé une charge de cours en philosophie.

Durant tout le repas, ils n'avaient parlé que de la pièce et du mouvement. La Palestine devait être une terre modèle, profondément égalitaire, ouverte aux Juifs, aux musulmans et aux chrétiens, quelle que soit l'importance de leurs populations.

« Un exemple pour le monde entier », avait dit Karl. Être le peuple élu, c'était avoir un mandat. Une charge. Ce n'était pas dire : « je suis le meilleur ».

Depuis dix ans, elle et Karl n'avaient fait que cela. Parler. Espérer. Et voir leurs espoirs s'amenuiser, au quotidien. Chaque nouveau quartier de Tel-Aviv, chaque nouvelle rue, marquait la puissance des nouveaux arrivants, creusait les différences avec ceux qui étaient là avant eux, Juifs ou Arabes. De quoi s'interroger, s'angoisser, se désespérer de pouvoir un jour vivre ensemble. Les Juifs ne venaient pas en Palestine dans l'intention de cohabiter avec les Arabes.

Elle pensa au journaliste. Elle avait été sotte de le renvoyer. Il écrirait des méchancetés.

Karl n'allait pas tarder. Elle quitta son fauteuil, se mit à la fenêtre du salon qui donnait sur Nahalat-Benyamin et guetta son arrivée.

15 septembre 1936
Rue Lewinski
17 heures

– Ils étaient combien ?

Rachel observait Karl en souriant. Elle voulait donner de la légèreté à sa question. En réalité, elle était aux aguets. Au cours précédent, il s'était retrouvé avec deux étudiants.

– Cinq ou six, répondit Karl. Selon que tu les comptes au début ou à la fin du cours…
Il mentait. Ils n'étaient que quatre.

Quelques années plus tôt, il donnait son cours devant des auditoires pleins. Les années Brit Shalom... Avec l'arrivée de l'immigration allemande, les équilibres avaient basculé. Les revendications arabes avaient pris un tour plus virulent encore qu'en 1929. Il fallait contrer les Anglais, stopper l'immigration, refouler… Le sujet de son cours, « Je et tu, philosophie de la relation chez Martin Buber », semblait soudain d'une naïveté confondante.

Elle le regarda se débarrasser de son pardessus. À cinquante-trois ans, on n'est pas vieux. On est même dans la force de l'âge. Il était encore beau, ça oui. Mais il était usé. Son cours avait lieu le matin. Il passait la nuit qui le précédait à Jérusalem, dans l'inconfort. Le voyage lui-même était difficile. De Nahalat-Binyamin, il se rendait à pied à la gare de Jaffa. Le trajet en train durait plus de trois heures. À Jérusalem, il fallait compter une heure pour arriver au mont Scopus. Il aurait pu programmer son cours dans l'après-midi, cela lui aurait évité de devoir passer la nuit à Jérusalem. Mais alors il aurait eu encore moins d'étudiants. Donner son cours à dix heures du matin, c'était ce qu'il y avait de plus prestigieux. Il faisait le trajet deux fois par semaine pour l'enseignement, une fois encore pour recevoir ses doctorants, et à la fatigue physique ajoutait la tristesse de l'échec. Brit Shalom était mort. Établir avec les Arabes un rapport humain, entretenir un dialogue, personne n'y croyait plus. Le dernier essai de Karl, *Nos convergences*, n'avait pas trouvé d'éditeur. Les pièces de Rachel étaient jouées quatre ou cinq soirs au mieux. Son salaire du lycée représentait le gros de leurs revenus. Le père de Rachel ne les aidait plus depuis longtemps. Il gagnait mal sa vie, lui aussi. À Neve Tzedek, c'était un Juif arabe mal implanté. Son couple ne tenait que pour la forme. Rozika allait chaque jour coudre chez Sarika.

– Tu ne m'embrasses pas ?

Karl s'approcha de Rachel et déposa un baiser sur son front. Il n'eut pas le courage de l'interroger sur les préparatifs. Le matin même, après son cours, deux des étudiants avaient demandé de faire quelques pas avec lui.

– Nous savons que ce soir aura lieu la première des *Perses*, avait dit l'un d'eux. Les Aigles de Sion vont manifester. Ils considèrent que votre femme trahit la cause.

C'étaient ceux qui avaient saboté la pièce précédente.

– Devine ce qu'Elisheva m'a dit ce matin ! lança Rachel en y mettant autant de gaieté qu'elle pouvait. Elle voudrait voir son père au travail.

– Dans quinze jours, peut-être ? On m'a proposé de donner une conférence.

Pour une fois, il était optimiste. Il avait intitulé sa présentation « Naissance et mort d'un mouvement cohabitationniste : les combats de Martin Buber ». Le mouvement était né d'intellectuels ashkénazes germanophones. Hannah Arendt, Gershom Scholem et bien d'autres avaient participé à sa création. Il essaierait de faire le lien avec la montée du nazisme. Cela allait peut-être faire venir du monde.

Rachel proposa qu'ils y aillent tous les trois. Ils pourraient prendre une chambre à la Pension Bethléem…

Il sourit. C'était là où ils avaient passé leur première nuit, rue de Naplouse, à deux pas de la porte de Damas.

– Tout à l'heure, fit Rachel, il y avait Feinstein, du *Jerusalem Post*.

Karl le connaissait très bien. Il avait suivi quelques-uns de ses cours. S'il n'écrivait pas d'articles politiques au *Post*, c'est précisément parce que ses vues n'étaient pas celles du journal. Il se pouvait qu'il fasse l'éloge de la pièce sur un plan littéraire, mais il s'abstiendrait de la commenter sur le plan des idées :

– Il t'a parlé de son parcours ?

Les Feinstein étaient l'une des premières familles juives qui avaient émigré à la « Bay Area » de San Francisco. L'ancêtre, Joszi Feinstein, avait ouvert une boutique de confection à Market Street. C'était en 1850, deux ans après la découverte des premiers filons d'or dans les collines de la Sierra, à quelques kilomètres de la ville. La famille allait faire fortune dans la fabrication d'habits de travail. Irving Feinstein, fils de grands bourgeois, avait étudié à Stanford avant de travailler pour l'entreprise familiale. Il y était resté dix années. Tout y était facile, abondant, et pour tout dire, ennuyeux. Il avait émigré en Palestine sur un coup de tête.

– C'est du moins ce qu'il m'a raconté, fit Karl.

À Tel-Aviv, Feinstein avait découvert une réalité inattendue. Ce n'était pas « une terre sans peuple pour un peuple sans terre ». Tout autour de la ville, la Palestine était un pays arabe, avec une population, des traditions, en un mot une civilisation faite d'Arabes musulmans, chrétiens ou juifs.

– Ses mots laissaient supposer autre chose, laissa tomber Rachel. On verra à quelle sauce il me mangera.

15 septembre 1936
Tel-Aviv, Théâtre Ohel
19 heures

– Je vais jeter un coup d'œil à l'entrée, dit Karl à Ossip. Tu viens ?

Rachel et Ida se regardèrent, l'air entendu. Ils devaient subodorer un problème. Car sinon, pourquoi aller voir ce qui se passait aux caisses ? Le théâtre appartenait à l'Histadrout, le syndicat des travailleurs. Ses salles étaient toujours pleines.

Ossip et Karl firent quelques pas sur le trottoir. Mais comment distinguer un fauteur de troubles parmi un groupe de spectateurs qui bavardent ?

– Retournons voir les filles, dit Ossip.

Ils trouvèrent Rachel et Ida debout dans les coulisses, les yeux dans les yeux, l'air très inquiet.

– Ton texte est superbe, dit Ossip à Rachel. Pas de raison que tout ne se passe pas bien.

La pièce était tendue de bout en bout, une heure vingt d'interrogations, de doutes et de disputes qui alternaient entre la peur de l'exil et l'espoir de pouvoir vivre un jour en harmonie avec ses voisins.

Ils s'embrassèrent. Ida se dirigea vers le plateau, Ossip resta en coulisse et Rachel et Karl allèrent s'asseoir au premier rang.

*

Peu après le début de la représentation, Ida devait dérouler une première réplique apte à déclencher la controverse.

– *Et si ce sont les Palestiniens qui perdent la guerre, comment les traiterons-nous ?*

– Comme ils le méritent ! lança une voix au fond de la salle.

– Sans pitié ! cria quelqu'un au parterre.

Ida se figea. Les trois autres acteurs se regardèrent, désemparés. Dans la salle, on entendit un brouhaha. Certains des spectateurs se demandaient à voix haute ce qui se passait, d'autres se retournaient pour voir d'où était venue l'attaque.

– Nous les chasserons comme eux rêvent de nous chasser ! cria une femme assise au milieu du parterre.

Karl se leva. Au même moment, il fut touché à l'arcade sourcilière par un projectile. C'était un œuf cru qui explosa à son impact. Croyant que c'était son œil qui coulait sur sa joue, Karl perdit connaissance.

– Lumière ! cria Rachel.

Ossip donna l'ordre de baisser le rideau.

– Vous êtes des traîtres, cria une voix du balcon. Vous n'êtes pas dignes de vos ancêtres.

– Pas de traîtres en Palestine ! hurla quelqu'un depuis le fond de la salle.

Maintenant, les invectives venaient de partout.

– Les Aigles de Sion vous pourchasseront !

– Sans pitié !

– Jusqu'au dernier !

On entendit le bruit d'une échauffourée. Des gens se battaient au fond de la salle, puis au parterre. Parmi les membres de l'Histadrout, certains étaient désireux d'en découdre. Des coups partirent. On entendit des cris. Rachel aida Karl à se relever et nettoya son visage.

Ossip apparut sur scène et annonça que la représentation était annulée. Les spectateurs se levèrent, quelques-uns se mirent à applaudir. Ossip fit ouvrir le rideau et la troupe eut droit à une ovation mêlée de hurlements, dont on ne savait pas s'ils exprimaient de la colère ou de l'admiration.

4 octobre 1936
Rue Lewinski
10 h 30

M. Mounir Khalifa
Hôtel Bristol
Damas

Le 4 octobre 1936

Mon Mounir,

Ta mère m'a annoncé tes derniers succès (j'avais été la voir avec Elisheva qui a passé une nuit dans ta chambre !). « Il ouvre une boutique à Damas, s'est exclamée ta mère, tu te rends compte, c'est la sixième, si l'on compte la nôtre. » Je lui avais demandé : « Mounir, le plus grand marchand de perles d'Orient ? » Elle s'était mise à rire (tu sais comment !), après quoi elle s'y est reprise à trois fois pour me faire la liste des villes où tu as ouvert une boutique. Il lui en manquait chaque fois une. À la fin, elle a réussi à les aligner d'un coup : Damas, Beyrouth, Alep, Bagdad, Constantinople et Jaffa. Elisheva nous regardait, les yeux brillants, comprenant que nous étions toutes deux ébahies d'admiration devant son oncle Mounir ; et ta mère qui chaque cinq minutes, lui disait : « Tu sais combien il t'aime, ton oncle ? Tu le sais ? Il t'aime presque autant que je t'aime. Parce que, autant que moi, il n'y a que ta maman et ton papa. » Et Elisheva, aux anges d'être tant aimée, se précipitait dans ses bras. Sans doute que ta mère avait compris l'astuce et qu'elle lui répétait la phrase pour le plaisir de chavirer, car chaque fois Elisheva se jetait sur elle. « Tu lui ressembles comme si vous étiez des jumelles », répétait ta mère, et je me revoyais, enfant, collée à elle du matin au soir.

À propos de tes succès… « Il ne le fait pas pour l'argent, me dit ta mère, tu le connais. Il le fait pour aider notre peuple. » Je ne sais pas ce que cela veut dire, et je n'ai pas voulu poser la question. Mais comme tu m'as parlé dans ta lettre de ton ami Akram Zuaïter, qui est très engagé au Comité central[1]*, je crois comprendre. Sois prudent, mon Mounir.*

Pour te raconter un peu de ma vie, je ne peux prétendre qu'à un seul succès, mais celui-là est extraordinaire, il s'appelle Elisheva. C'est, je t'assure, l'enfant la plus merveilleuse, la plus tendre, la plus espiègle, la plus belle (je ne devrais pas dire ça, je sais, puisqu'elle me ressemble à son âge !) la plus tout. Tu la vois et tu n'as qu'une envie, c'est de la serrer dans tes bras (quand l'as-tu vue la dernière fois ? Tu ne la reconnaîtrais pas). Je continue de lui parler arabe (Karl lui parle yiddish – quand il lui parle, il ne la voit pas beaucoup – et à l'école elle parle hébreu).

Mis à part le chef-d'œuvre de ma vie qu'est Elisheva, je dois te le dire, je cumule les échecs. Et Karl aussi. Nous sommes tous deux hors course. Je te l'avais dit, la pièce qui avait été montée l'an passé, Retour à Jérusalem, *avait été attaquée dans la presse. Mais enfin, les six représentations s'étaient déroulées dans le calme. Celle que j'ai présentée il y a quinze jours,* Les Perses, *a tenu trois jours. Le soir de la première, elle a été arrêtée par baisser de rideau. Des gens se battaient dans la salle, c'était effrayant. Karl a reçu un œuf sur le front (ne rigole pas !). Sur le moment, nous avons tous*

1. Comité central du Djihad national de Palestine qui, en 1936, est devenu l'organe politique de la révolte arabe de Palestine.

tremblé... C'étaient les Aigles de Sion, tu t'en doutes. Ils avaient décidé de créer le scandale. Le lendemain, ils ne sont pas venus, et la pièce s'est déroulée normalement. Pour l'essentiel, le public vient du Syndicat, il est plutôt de gauche, la salle était pleine, elle a bien applaudi. Mais le troisième jour, les Aigles de Sion sont revenus, encore plus nombreux qu'à la première, une vingtaine, dispersés dans la salle, déterminés à faire cesser la représentation. Ils y sont arrivés, bien sûr. Fini, Les Perses. *Deux jours plus tard, dans le* Jerusalem Post, *Irving Feinstein, leur critique de théâtre, écrivait une chronique qui évoquait les excès des Aigles de Sion, pas la substance de la pièce. En un mot, il ne la défendait pas. Karl me dit que Feinstein partage nos idées, mais enfin lorsqu'il est venu m'interviewer le matin de la première, il s'est bien gardé d'en dire un mot. Je le revois dans trois jours, il veut écrire un article de fond sur mon théâtre. J'ai accepté, espérant que les choses qui me tiennent à cœur seront dites sans esprit partisan, ce qui aujourd'hui en Palestine est très difficile.*

Karl voit peu notre fille, et lorsqu'il la voit, il n'a pas toujours l'élan qu'il faudrait, un peu à cause de son âge, un peu parce que son travail ne lui est pas gratifiant. L'essai sur lequel il a besogné comme un forcené durant dix-huit mois, un texte superbe, je t'assure, intitulé Nos convergences, *qui reprend et développe les thèses de Brit Shalom, ne trouve pas d'éditeur. Un vrai crève-cœur. Il y fait une analyse très lucide de la situation et propose des pistes de réflexion pour qu'au moins Juifs et Arabes entrent dans un processus de dialogue. Il ne parle pas de faire la paix, encore moins de se réconcilier, ne rêvons pas. Simplement de se parler.*

Ses cours attirent de moins en moins de monde. Dans trois jours, il donne une conférence à Jérusalem, et j'avais pensé que ce serait l'occasion pour Elisheva de voir son père, de l'admirer dans ce qu'il fait si bien, parler à un auditoire de ses sujets de prédilection. Elle me demandait l'autre jour ce qu'il faisait, vu qu'elle ne le voit que lorsqu'il rentre de Jérusalem, toujours épuisé par le voyage et attristé par la rareté des étudiants à son cours. Je devais être du voyage, mais je préfère régler mon différend avec Feinstein. Elisheva et Karl feront le voyage en tête à tête, ça leur fera du bien.

Quand te verrai-je ?

Je te serre contre mon cœur,

R.

16 octobre 1936
Dans le train pour Jérusalem
8 h 45

Elisheva leva les yeux sur son père et sourit. Elle était infiniment heureuse d'être en voyage avec lui, confiante en lui autant qu'en elle-même, en sa mère, en tante Aïcha, en Ida et Ossip, confiante que le monde entier ne lui voulait que du bien et qu'elle pouvait l'aimer sans réserve, ce qu'elle faisait depuis toujours. Elle souriait à Karl, les yeux pétillant de connivence, et il émanait d'elle une puissance de petit animal. Voilà ce qu'elle est, se dit Karl, un petit animal, avec ses cheveux ébène impossibles à coiffer, qui lui faisaient comme une crinière. Une sorte de petite lionne noire… C'était cette même force qui l'avait fasciné chez Rachel lorsque pour la première fois il l'avait remarquée en répétition des *Perses*, dix ans plus tôt. Elle dégageait une intensité phénoménale. Il y avait sa force physique, bien sûr, cette masse impressionnante, rassurante, mais aussi ce regard d'une intelligence éclatante, impatient, avide de clarté, un regard qui portait loin, d'une indifférence suprême aux conséquences de ses points de vue.

Elisheva aurait le corps de sa mère, cela se voyait. Un corps-forteresse. Elle aurait son visage, aussi gracieux que le corps était massif, un nez à l'arête fine, une bouche aux lèvres délicates et des yeux noir charbon, immenses et charmeurs.

– Je peux me joindre à vous ?

C'était Avner, un ancien de Brit Shalom.

Il prit place à côté d'Elisheva :

– Tu sais que ton père est un homme très courageux ?

Elle leva les yeux sur Karl, et celui-ci lui fit un clin d'œil, ravi de ce qu'Avner avait dit de lui. Son seul regret, à cet instant, était que Rachel ne soit pas avec eux. L'idée lui traversa l'esprit que peut-être Feinstein lui avait plu. Il l'avait un peu malmenée, lors de sa visite à la maison, sa critique dans le *Jerusalem Post* était assez énigmatique… De quoi la faire vaciller. Peut-être même la séduire… Feinstein ne manquait pas de charme. Ses origines, ses raisons d'immigrer, ses points de vue sur le devenir de la Palestine, tout chez lui avait quelque chose d'exotique. Il était jeune, aussi. Du même âge que Rachel. Tandis que lui… Ni mystère, ni jeunesse, ni succès.

Le train passa Lydda, puis Ramleh, Sajad. À partir de Dayr Abau, il se mit à grimper. Karl quitta ses notes des yeux et caressa du regard le paysage. Pourquoi aimait-il tant cette terre ? Elle était aride, rocailleuse, peu accueillante. Qu'est-ce qui rendait ce paysage si attachant pour que chacun envisage le pire pour le posséder ? La lumière de ses ciels gris ? De tels ciels se retrouvaient ailleurs. L'histoire ? Il ne le pensait pas. Plutôt le sentiment que ce lopin de terre était sacré aux uns précisément parce qu'il était sacré aux yeux des autres. Peut-être était-ce ce mimétisme qui faisait de cette terre l'objet d'un désir aussi effréné.

Il pensa à sa conférence. Brit Shalom, c'était l'histoire d'un échec. Il chercha le regard d'Avner. Pourquoi faisait-il le voyage ? Avner se mit à rire. Parce qu'il était un *méshougué*, lui aussi.

– Qu'est-ce que c'est, un méshougué ? demanda Elisheva.

Avner lui expliqua. Un méshougué était quelqu'un d'un peu fou.

– Nous voulons croire à la paix, intervint Karl. Nous souhaitons que Juifs et Arabes cessent d'être fâchés.

Elle réfléchit quelques instants :

– Qui a raison ?

– Mon trésor, dit Karl, le problème est qu'ici tout le monde a raison.

16 octobre 1936
Rue Lewinski
15 heures

– Vous n'avez pas aimé ma pièce, dit Rachel. Mais vous vouliez me voir quand même…

Elle avait accepté la rencontre dans l'espoir que Feinstein referait un papier sur la pièce, et tant pis pour son voyage à Jérusalem avec Karl et Elisheva. Et puis, elle s'était donné comme excuse que cela leur ferait du bien de se retrouver en tête à tête durant toute une journée.

La qualité de sa pièce était indiscutable, dit Feinstein. Tout y était : un sujet essentiel, traité en profondeur, une dramaturgie claire, des coups de théâtre efficaces, séduisants, une fin à la fois étonnante et crédible, rien ne manquait. La mise en scène d'Ossip, le jeu d'Ida, tout participait à faire de cette représentation un merveilleux moment de théâtre. Tout… sauf une chose, sur laquelle il voulait revenir avec sérénité.

Feinstein partageait ses idées. Il avait suivi certains cours de Karl, participé à un séminaire avec lui sur Buber, oui, il adhérait à leurs idéaux. Mais il différait quant à leurs attentes. Le rêve de Buber resterait un rêve. La preuve était là, sous leurs yeux. Brit Shalom s'était décomposé :

– Chaque jour qui passe, les Juifs ont la main plus haute que la veille. Les Anglais sont antisémites, mais ils se méfient des Arabes encore plus que des Juifs. Ils les méprisent encore plus qu'ils ne méprisent les Juifs. Et puis, vous le voyez, les Juifs qui viennent en Palestine déplacent des montagnes. Les Arabes vont perdre la partie sur toute la ligne. J'aime ce pays. Je le considère mien. J'aimerais tant qu'il vive en paix. Mais je ne peux pas soutenir une démarche aussi utopique que celle de Brit Shalom.

Elle se sentit soudain stupide, vaniteuse, coupable, surtout, de n'avoir pas accompagné Karl et Elisheva à Jérusalem.

– Je voudrais ajouter autre chose, reprit Feinstein. J'espère que vous pardonnerez ma franchise.

À ses yeux, Rachel n'aurait jamais de succès en Palestine. Le grand public ne la suivrait pas. Ceux de l'Histadrout ou du Parti communiste, peut-être. Et encore… Comme si ses pièces étaient conçues pour être rejetées. Non par désaccord, chez les Juifs le goût de la dispute se cultivait dès l'enfance, mais parce qu'elles portaient toujours ce même message : il faut faire confiance à votre pire ennemi. À un pays porté par un élan extraordinaire et qui réalisait un miracle par jour, elle demandait d'être équitable. C'était naïf.

– Et puis, ajouta Feinstein, il y a un aspect de votre théâtre qui me paraît aller à l'encontre de son propos le plus essentiel, qui est de troubler chacun des spectateurs. Faire en sorte qu'il quitte la salle en s'interrogeant, en remettant en cause ses convictions les plus profondes. Vous exposez vos points de vue avec force, avec talent, c'est vrai, mais vous ne laissez pas beaucoup de place au doute…

Il a raison, se dit Rachel. Elle écrivait des pièces à thèse pour un public qui ne partageait pas ses idées et qu'en définitive elle jugeait. Comment pouvait-elle espérer obtenir son adhésion ? Sa démarche était ridicule.

Soudain, elle prit conscience de l'heure. Où étaient-ils restés ?

– La conférence a sans doute eu plus de succès que vous ne l'escomptiez, dit Feinstein en souriant.

Il devait passer au journal, boulevard Rothschild.

Après le départ de Feinstein, elle alla s'étendre sur son lit, honteuse de s'être laissée prendre par sa vanité.

Ils devaient être dans le train du retour. Elle fut certaine, à cet instant, que la conférence de Karl avait attiré beaucoup de monde, que durant toute sa durée, Elisheva avait observé son père de son regard pétillant.

Elle somnola ainsi longtemps, dans le plaisir de retrouver Karl et Elisheva. Elle l'imagina, courant vers elle, prête à se jeter dans ses bras en y mettant toute son énergie d'enfant.

Aux alentours de neuf heures, elle sursauta, se demandant pourquoi Karl et Elisheva n'étaient pas rentrés. Au même moment, la sonnerie de sa porte retentit. Elle courut l'ouvrir, certaine de les voir devant elle, ravis et souriants. C'était Feinstein, tout essoufflé, qui arrivait de son bureau. Le Jérusalem-Jaffa avait été la cible d'un attentat.

16 octobre 1936
Gare de Jaffa
20 heures

Une foule compacte se pressait devant la porte principale de la petite gare. Face à elle, une demi-douzaine de militaires anglais en interdisaient l'accès. Une chapelle ardente avait été dressée dans le hall, où trois civières étaient posées à même le sol et recouvertes d'un drap maculé de sang. Sur l'une d'elles, on voyait, à la forme du drap, qu'il dissimulait le corps d'un enfant.

Rachel agrippée à son bras, Feinstein s'adressa à l'un des militaires en anglais. Après un court conciliabule, les autres s'écartèrent. À l'intérieur du petit hall, Rachel et Feinstein s'approchèrent de la civière dont le drap laissait deviner le plus petit corps. Rachel se mit à trembler. Un militaire s'approcha et se baissa pour soulever le drap. À peine avait-il esquissé son geste que Rachel broya le bras de Feinstein et perdit connaissance.

Jerusalem Post
Édition du 17 octobre 1936
Première page
ATTENTAT SUR LE JÉRUSALEM-JAFFA

Hier en fin d'après-midi, alors que le train qui reliait Jérusalem à Jaffa approchait de sa destination, un individu posté à une centaine de pas de la gare a lancé deux grenades à travers la fenêtre ouverte de l'un des compartiments. Toutes deux ont explosé, faisant trois victimes, deux hommes et une fillette. À l'arrivée du train quelques instants plus tard, le personnel de la gare ne put que constater leur décès. Il s'agissait de deux éminents professeurs de l'Université hébraïque de Jérusalem, Karl Katzenbach et Avner Ben-Zvi, ainsi que de la petite Elisheva Katzenbach, âgée de sept ans, qui avait accompagné son père à Jérusalem.

Les auteurs de la tuerie ont revendiqué l'attentat par un billet reçu au bureau du Post. *Ce sont des membres de la Main rouge, un groupe d'activistes palestiniens qui se considère comme l'héritier armé de l'organisation la Main noire, créée il y a une quinzaine d'années.*

La police militaire britannique procède à des interrogations et n'a pour l'instant arrêté aucun suspect.

L'ironie tragique de cet attentat meurtrier touche à la nature des victimes. Karl Katzenbach et Avner Ben-Zvi étaient tous deux des membres très engagés de Brit Shalom, l'association aujourd'hui disparue qui prônait la constitution d'un État binational dans lequel Juifs et Arabes auraient les mêmes droits. La petite Elisheva était la fille de la dramaturge Rachel Alkabès, elle-même partisane active du mouvement cohabitationniste, et dont la récente pièce, Les Perses, *a fait l'objet d'attaques à l'occasion de sa première (des manifestants des* Aigles de Sion *avaient empêché le déroulement normal de la représentation, comme nous le rapportions dans notre édition du 17 septembre).*

L'attentat du Jérusalem-Jaffa met une fois encore en lumière la difficulté qu'il y a, dans les circonstances actuelles, à cohabiter avec des mouvements arabes toujours plus violents, et le risque de voir une recrudescence des activités de l'Irgoun, déterminée elle aussi à protéger les siens (voir l'interview de Vladimir Jabotinsky ci-dessous).

21 octobre 1936
Rue Lewinski
4 heures

– Mon cœur…

C'était la troisième fois qu'Ida tentait de convaincre Rachel. Il fallait qu'au moins elle s'étende. La veille, elle avait passé la nuit entière assise sur un fauteuil du salon.

Ida s'était installée chez elle la nuit de la mort d'Elisheva. Rachel n'avait pas voulu qu'elle dorme dans la chambre de sa fille, ni au salon, où le canapé était trop court pour qu'elle puisse s'y étendre. Alors, elle dormait à la place de Karl, tandis que toutes les heures de la journée et pour la plupart des heures de la nuit, Rachel restait au salon, assise sur un fauteuil, ne répondant à Ida que par monosyllabes. Seule Aïcha, qui venait la voir deux fois chaque jour, avait droit à quelques mots.

– Je t'aide à te lever, reprit Ida. Tu veux aller dans la salle de bains ?

Rachel se laissa conduire.

– Maintenant que tu es debout, tu ne veux pas que je te change ?

Rachel fit non de la tête. Depuis trois jours, elle portait les mêmes sous-vêtements et la même robe. Elle ne s'était pas lavée.

Lorsqu'elles s'étendirent sur le lit, Ida chercha sa main. Rachel se laissa faire sans répondre aux petites caresses qu'Ida lui faisait de son pouce. Lorsqu'elle entendit Ida pleurer, quelques minutes plus tard, d'abord doucement, puis sangloter, elle ne réagit pas.

Elle était avec Elisheva. Avec Karl aussi, bien sûr. Mais c'était surtout la vie d'Elisheva qu'elle revivait dans une absence totale de réaction, puisque tout était terminé et que devant elle, il n'y avait que le néant.

Elisheva à trois ou quatre ans, qui la regardait, les yeux déjà pétillants. Elisheva, folle de joie, se précipitant dans les bras d'Aïcha. Elisheva à dix-huit ans, entourée, éclatante de force et de beauté. Elisheva comme elle l'avait vue sur la civière, le cou rouge de sang, d'où dépassait encore le fragment de grenade qui lui avait tranché la carotide. Elle passait d'un souvenir à un autre, d'une image de ce qu'Elisheva serait devenue à la vision de son petit corps sans vie. Ils s'étaient mis à deux, un militaire et Feinstein, pour la tenir debout devant la civière où était étendue sa fille. À quoi aurait-elle ressemblé, à trente ans ? À trente-cinq ? À elle-même, sans doute, mais en plus belle. Plus mince, plus élancée, plus gaie, surtout, plus insouciante.

Qu'avait-elle senti de la mort ? Qu'en avait-elle compris ? Avait-elle vu son père, le visage déchiqueté ? Elle se souvint des instants qui avaient suivi la naissance d'Elisheva. Une petite boule couverte de cheveux noirs qui s'était précipitée goulûment sur son sein gauche.

Elle porta la main à son sein et pinça légèrement son téton, cherchant à retrouver la sensation qu'elle avait ressentie à cet instant.

21 octobre 1936
Beyrouth, hôtel Bristol
22 heures

Hôtel Victoria
Beyrouth

Le 21 octobre

Je recommence cette lettre vingt fois depuis deux jours, et vingt fois je ne sais que te dire. La nouvelle m'a semblé impossible. Une erreur du bureau des télégrammes. Ou une erreur de ma mère. Mais fait-on de telles erreurs, ya Rahil ? Alors la nouvelle m'a vidé de tout ce qu'il y avait en moi. Je ne suis plus rien.

Voudras-tu jamais me revoir ?

M.

QUATRIÈME PARTIE

Tel-Aviv, 1938

9 février 1938
Rue Nahalat-Binyamin
12 heures

Six mois environ après la mort d'Elisheva, l'habitude des déjeuners du samedi s'était installée. La première fois, c'était après que Rozika avait dit à Rachel : « Ça te fera une sortie. » Ida, séparée d'Ossip depuis peu, était venue, et les deux sœurs avaient été contentes de se retrouver chez leur mère. Au moment du départ, Rozika avait lancé : « On se voit samedi prochain, d'accord ? » Au fil des mois, l'occasion s'était transformée en habitude, puis en obligation, et pour finir en corvée. La monotonie des déjeuners du samedi s'étendait à tout : les sujets abordés, les mets proposés par Rozika, chaque fois en quantités trop abondantes et qu'il fallait honorer, « reprenez du börek, mes filles, je l'ai préparé pour vous », les reproches qui se voulaient bienveillants, « tu devrais sortir plus souvent, voir du monde… votre père est très seul, maintenant qu'il remet la boutique… ici nous n'avons pas d'amis… », tout concourait à faire des repas du samedi un rendez-vous accablant.

L'encombrement de l'appartement ajoutait au sentiment d'oppression. Trop de meubles, trop de bibelots, de tapis, de napperons crochetés. Trop de souvenirs dans trop peu d'espace.

– Ida n'est pas là ?

– Elle m'a dit qu'elle avait une obligation, répondit Rozika, le regard fuyant.

Rachel regarda sa mère, l'air surpris. Ida était venue la voir la veille. Il lui avait semblé évident qu'elles se verraient le lendemain à déjeuner…

– Bonjour !

C'était la voix grave de Maurice Saltiel, un parent éloigné de sa mère qui reprenait la boutique de Daoud. Rachel n'avait pas compris pourquoi un bourgeois choisissait d'abandonner la vie sucrée de Constantinople pour les duretés de la Palestine, mais les motivations de Saltiel ne présentaient à ses yeux aucun intérêt, et à chacun des repas, elle s'était contentée de répondre par quelques mots polis à ses interrogations. Lui-même s'était montré peu insistant, soucieux surtout, semblait-il, de se montrer d'une courtoisie méticuleuse à l'égard de Rozika. Son intérêt principal semblait être le commerce des tissus. Petit de taille, replet, il n'était pas laid, pas beau non plus. Son seul charme était une belle voix basse qui semblait remonter des entrailles.

Rachel n'avait ni plaisir ni déplaisir à le retrouver samedi après samedi. Si ce n'est que ce jour-là, Ida n'était pas venue, ses parents s'apprêtaient à quitter la maison rapidement, et il lui incomberait de partager le baklava du dessert en tête à tête avec lui… Tout cela sentait le montage. Sa mère craignait sûrement que la perspective de se retrouver seule avec Saltiel ne pousse Rachel à faire faux bond… Sans doute avait-elle dû lutter pour obtenir la complicité d'Ida.

– Mangez, mangez, dit Rozika dès qu'ils prirent place. David et moi avons une obligation. On vous abandonnera pour le baklava.

Rachel l'avait remarqué, en présence de Saltiel, sa mère appelait toujours son mari par son prénom français. Cela ne l'avait pas surprise. Sa mère ne voulait sans doute pas passer pour une Juive arabe aux yeux de la famille. Quelque éloignée qu'elle fût, Rozika tenait à ce que son image ne soit pas associée à ceux qui voulaient « chasser les Juifs de Palestine ».

Aussitôt les cafés posés sur la table, Daoud et Rozika s'éclipsèrent comme s'ils craignaient de rater leur train.

– Pardonnez-moi d'être direct, dit Saltiel, je sais ce que vous avez vécu. Et je ne suis pas très habile. Je souhaitais vous dire deux mots à propos de ma présence chez vous, en Palestine.

Il était né à Roustchouk, en Bulgarie ottomane, d'où ses parents étaient partis pour Istanbul dix ans plus tard. Son père avait racheté un commerce de tissus au *Kapalitcharshi*[1], et à quatorze ans, il l'avait rejoint.

– Jusqu'à très récemment, mon monde, c'était le bazar, dit Saltiel. Vous êtes une intellectuelle, je comprends que cela ne vous intéresse pas, mais je vous le dis, parce que vous avez grandi avec un père marchand de tissus, et vous savez combien on peut être pris par la beauté des étoffes.

Le souvenir revint à Rachel. Son père lui prenait la main et la passait sur les tissus, lui faisant découvrir la finesse des alpagas, la douceur des soies… Et ces teintes… Regarde ces teintes et dis-moi laquelle tu préfères… Les rouges surtout ? Les soies sauvages

1. Le Grand Bazar d'Istanbul, littéralement : le marché couvert.

rouge vif, les imprimés cramoisis, les velours couleur brique… ? Oui ! Tu as raison ! C'est la plus belle des couleurs !

– Je me suis marié il y a vingt-cinq ans. Beki et moi étions très attachés l'un à l'autre. Nous n'avons pas eu d'enfants. Beki travaillait aussi au Bazar, elle avait une boutique de pantoufles pour dames.

Le Bazar, c'était le cœur de Constantinople, quatre mille commerces dans un dédale de soixante rues couvertes et à tout instant des dizaines de milliers de clients.

Les femmes de la bourgeoisie stambouliote passaient une partie importante de leur temps chez elles, à se recevoir entre amies. Les pantoufles étaient un accessoire important de leur garde-robe.

Durant l'hiver 1934, sa femme avait attrapé une pleurésie. Elle était morte très vite, et il avait pris la décision d'émigrer en Palestine. Bien sûr, il savait que la vie serait plus dure qu'à Constantinople. Mais il voulait changer d'horizon. Depuis la chute de l'Empire ottoman, les Juifs de Turquie étaient victimes de poussées nationalistes. Un parent lui avait dit qu'à Tel-Aviv, le mari d'une cousine voulait remettre son magasin, et il était venu.

– Cela me ferait très plaisir que nous nous retrouvions un après-midi, pour prendre le thé, ou pour écouter un concert, ou simplement faire une promenade.

19 février 1938
Rue Lewinski
14 h 45

Elle était devenue l'objet de petits complots. Sa mère, Ida, Saltiel, son père aussi, sans doute, peut-être même Aïcha, tout le monde se concertait pour la sortir de son deuil. Cela aurait mérité une réaction de colère. Elle n'en avait ni la force ni l'envie.

Elle resta étendue sur son lit, les yeux fermés, incapable de dormir, l'esprit agité malgré l'immense fatigue.

Une voix de femme hurlait à l'un des étages. Rachel se dit qu'elle aurait voulu être à sa place. Cette femme avait une envie. Celle de gronder son mari, ou son enfant, ou une voisine, peu importait. Au moins, elle souhaitait quelque chose. Rachel, elle, ne ressentait aucun désir de vivre l'heure qui venait, ou les mois et les années qui allaient s'écouler dans une lenteur terrifiante. Tout cela n'avait plus le moindre sens.

Elle repensa à sa discussion avec Ida quelques jours plus tôt. Elles étaient assises au salon. « Tout est inutile », avait murmuré Rachel. « Pense à ce que tu m'as dit à propos de mon père, lui avait lancé Ida sur un ton vif. Il avait préféré voir ses filles mortes, plutôt que de savoir qu'elles allaient vivre avec le poids de son suicide. » Rachel avait baissé les yeux.

Vingt fois, elle avait imaginé la découverte de son corps par Ida, dont le chagrin serait immense. Elle se chargerait de l'annonce à ses parents, à Aïcha, à Mounir… Lui aussi aurait une peine immense, elle le savait. Elle visualisa son enterrement, les mots du rabbin. Partie trop tôt… Très talentueuse… Quel dommage… Le retour à la maison. La prière du soir, durant une semaine, Aïcha, les collègues du lycée, les voisins. Mais pourquoi ? Nous aurions pu l'aider… Quel gâchis !

Elle s'assoupit dans un demi-sommeil, revit Elisheva qui lui souriait de ses yeux espiègles et sursauta à l'écoute de la sonnette. Qui pouvait bien venir à l'heure du repas sabbatique ? Elle n'ouvrirait pas. Un deuxième coup de sonnette ne la fit pas changer d'avis. Puis un troisième. Enfin elle entendit le cliquetis de la serrure. Des pas précipités s'approchèrent de sa chambre. C'était Ida, essoufflée, l'air défait :

– Tu m'as fait peur.

Elle s'assit sur le lit et resta ainsi longtemps, sans dire un mot.

22 février 1938
Rue Lewinski

M. Mounir Alkabès
Hôtel Bristol
Damas

Le 22 février

Mounir,

Pas un jour ne passe sans que je relise ta lettre. Elle est là, sur ma table de travail, dépliée depuis dix-huit mois sans que jamais je n'aie posé dessus aucun papier, aucun livre. Certains jours, je la prends en main, d'autres, je la lis de loin. Elle est toujours près de mes yeux. J'en connais chaque mot. La lire ou me la réciter, cela revient au même.

J'espère que cette lettre te parviendra, c'est à ta mère que je dois ton adresse à Damas. J'imagine qu'elle t'a donné de mes nouvelles. Je travaille toujours au lycée, et cela m'a aidée infiniment, par toutes les contraintes que le travail m'a imposées. Grâce à elles, j'ai pu m'extirper du fauteuil dans lequel j'ai passé trois mois. Tu te souviens de Mme Sharett, celle qui avait refusé mon Rabbi Seligman *? C'est elle qui m'a demandé de lui succéder. Elle savait, pour l'attentat, bien sûr. Elle m'a dit : « Je pense que mon travail peut vous aider. C'est pour ça que j'ai refusé votre pièce, il y a treize ans. Parce qu'elle aurait semé la division. Notre force, c'est la solidarité. » Oui, heureusement qu'il y a le lycée, avec ses chausse-trappes, ça aussi tu peux l'imaginer, lorsque je vois, assis devant mes yeux, un enfant qui a d'Elisheva le sourire, ou les yeux espiègles, ou les cheveux fous, ou l'allure… Dans de tels moments, c'est comme si l'on me plantait un pieu dans le cœur. Je me ressaisis tant bien que mal et fais en sorte que mes traits ne s'affaissent pas trop.*

Je n'écris plus, si ce n'est des niaiseries que les enfants montent au lycée. L'écriture ne me manque pas.

Ida vient me voir plusieurs fois par semaine. Elle fait son chemin, on lui propose des rôles, elle est contente. Elle a sa vie. J'imagine que tu ne l'as pas vue depuis longtemps. Tu devrais passer la voir, c'est ta sœur. Elle est devenue une femme magnifique. Je lui dois énormément.

Tu le sais peut-être par ta mère, elle et Ossip se sont séparés. Ça s'est passé peu après la mort d'Elisheva et Karl. Ossip s'est radicalisé dans son rapport aux Arabes. Cela ne t'étonnera pas. Il n'était pas à l'aise avec mes pièces, mais il jouait le jeu, il y avait Ida, et puis, les pièces, c'est du théâtre. La mort d'Elisheva l'a ramené à ses idées de départ, celles qu'il avait au temps de Do-Beïtenou, des idées conquérantes qui sans doute ne l'avaient jamais quitté. Je ne le vois plus.

Fais-moi signe quand tu viens. Nous discuterons.

Ta sœur qui t'embrasse,

R.

27 février 1938

Rue Herzl, Wiener Café

21 heures

– C'est difficile pour moi, la Palestine.

– C'est difficile pour tout le monde, dit Rachel.

– J'entendais : c'est difficile par comparaison avec là d'où je viens, ajouta Saltiel.

Il l'avait invitée à une représentation de la *Traviata*, à l'Eden. Elle s'en était d'abord étonnée, certaine qu'il lui aurait proposé d'aller voir une pièce de théâtre. Mais à la réflexion, elle s'était dit que ce choix dénotait de la délicatesse. Elle avait cessé d'écrire depuis presque deux années, aller au théâtre aurait pu la rendre nostalgique.

Sur scène, les voix étaient un peu poussées, mais l'orchestre jouait avec sentiment. « Pour la plupart, les musiciens viennent de Russie ou d'Ukraine », lui avait dit Saltiel, des gens nés avec un violon dans les mains.

Après la représentation, il lui proposa de prendre un chocolat chaud au Wiener Café, sur la rue Herzl, et elle accepta, « si on ne fait pas trop long ».

La salle était bondée et on leur proposa une table ronde déjà occupée par deux autres couples qui parlaient yiddish.

Saltiel se montra attentionné, réservé, elle se sentait à l'aise.

– Les Turcs laissent les Juifs en paix par intervalles, dit Saltiel, sauf quand ils les considèrent comme une cinquième colonne. On a toujours ce sentiment d'être en sursis. Mais on vit bien.

Il s'arrêta, sourit :

– Sans doute que pour me sentir très heureux en Palestine, il aurait fallu que je sois comme ceux qui viennent de Pologne ou de Russie. Ils ont tout subi, alors forcément…

Rachel hocha la tête :

– C'était un beau spectacle, dit-elle en se levant.

Saltiel la pria de rester. Il avait des choses importantes à lui dire. Elle se rassit et, durant une dizaine de minutes, l'écouta faire sa déclaration :

– Ce que vous venez de dire me touche infiniment, j'en suis très honorée. Mais nous ne nous reverrons plus. Chez ma mère, ce sera toujours avec plaisir, mais ainsi, en tête à tête, non. Je veux vous dire pourquoi.

Depuis qu'ils s'étaient retrouvés devant le cinéma Eden, puis durant toute la représentation, durant toute leur conversation, et à cet instant même où elle lui parlait, elle n'avait été avec lui que par petites fractions de seconde. Pour le reste, elle était avec Karl et Elisheva. Si ce qu'il lui avait dit concernant ses sentiments était vrai, ce dont elle n'avait aucune raison de douter, alors l'idée de le revoir lui était impossible. Leur relation se serait transformée en farce.

Elle se leva, ajouta « Je suis désolée », et quitta le café.

2 mars 1938

Beyrouth, hôtel Victoria

23 heures

Hôtel Victoria,
Beyrouth

Le 2 mars 1938

Ma chère sœur,
Je serai à Jaffa dans une quinzaine de jours.
J'espère que tu accepteras de me voir.
Je t'embrasse,
Ton frère

Mounir

9 mars 1938

Rue Lewinski

23 h 30

M. Mounir Khalifa
Hôtel Victoria,
Beyrouth

Le 9 mars

Viens.

R.

15 mars 1938
Rue Nahalat-Binyamin
19 h 30

– Mounir arrive dans quelques jours.

Rozika avait dit ces mots en servant Ida, histoire de se donner une contenance. Autour de la table, chacun ne pensait qu'à ce retour. Daoud aurait aimé dire : « c'est un bon garçon ». Mais trop d'obstacles empêchèrent ces mots d'atteindre ses lèvres. Bien sûr qu'il était un bon garçon. Il l'avait vu grandir. Il l'avait élevé en oncle, de la même manière qu'Aïcha avait élevé Rachel. Mais voilà, Mounir avait écrit une drôle de lettre à *Falastine*, disant qu'il habitait avec des Juifs. Il avait voulu bien faire… Et ses amis de la Main noire avaient brisé la vitrine de son magasin, le poussant lui, Daoud, à quitter Jaffa, où Juifs et Arabes vivaient en paix depuis toujours, et à s'installer à Tel-Aviv, où il n'y avait pas d'Arabes. Quinzc ans plus tard, dans le souci de défendre son peuple, Mounir avait financé la résistance palestinienne. Et celle-ci avait commis un attentat aveugle, tuant Elisheva et Karl. Bien sûr que Mounir était un bon garçon. Daoud le croyait profondément. Mais le dire lui était impossible.

Rozika, qui avait mis Mounir au monde de ses mains, avait perdu sa petite-fille, et ne savait pas quoi faire de ces deux réalités. Pour la première fois depuis deux mois, Maurice Saltiel n'était pas venu au déjeuner du samedi. En temps normal, son absence aurait suscité de nombreuses interrogations. Pourquoi n'est-il pas là ? S'étaient-ils fâchés, avec Rachel ? Mais par comparaison avec la venue prochaine de Mounir, l'absence de Saltiel n'avait aucune importance, et Rozika ne la commenta pas. Alors, après avoir servi Ida, elle fit de même avec Rachel, puis avec Daoud, se servit, et s'assit sans ajouter un mot.

Ida fut la seule à accorder plus d'importance à l'absence de Saltiel qu'à l'annonce de la venue prochaine de Mounir. Lorsqu'elle avait demandé à Rachel comment s'était passé le rendez-vous avec Saltiel, celle-ci avait répondu « Un rendez-vous inutile », et Ida n'avait pas insisté.

Rachel ne disait rien non plus, terrifiée à la perspective de revoir Mounir. Comment allaient-ils se saluer ? Quels seraient leurs premiers mots ? Réussiraient-ils seulement à se parler ?

23 mars 1938
Rue Lewinski
19 h 30

À son arrivée, ils s'étaient embrassés en silence, se frôlant à peine la joue. Ils avaient pris place au salon, Mounir sur le canapé, Rachel sur l'un des deux fauteuils, tremblants, incapables de prononcer un mot. Elle avait bien pensé préparer quelque chose, quelques gâteaux, du thé. Mais non.

Mounir fut le premier à parler, pour dire qu'il repartait le lendemain pour Damas.

Rachel hocha la tête plusieurs fois, par de petits mouvements, les yeux baissés.

Ils restèrent sans rien se dire durant de longues minutes.

– À quoi penses-tu ? demanda enfin Mounir.

À Naguib-Boustros. Là où tout était si naturel. Où l'amour coulait d'un flot paisible, si souterrain que personne n'en prenait conscience. Elle pensait au jour où il était venu les trouver dans leur chambre, Ida et elle. À Nahalat-Binyamin.

– C'est vieux.

Elle se dit qu'il n'avait sans doute pas vécu l'expérience de la même manière qu'elles. C'était normal.

Il voyageait beaucoup, à Constantinople, à Bagdad, à Beyrouth, au Japon, aussi, tous les six mois, pour les achats. Elle lui demanda s'il aidait toujours les siens. Il eut un léger mouvement des épaules, comme pour dire : bien obligé.

À nouveau, il y eut un long silence.

– Et toi, demanda Mounir, tu écris ?

Elle ne répondit pas. Du temps d'Elisheva, déjà, écrire lui était devenu difficile. Alors maintenant…

Elle se dit qu'ils tournaient autour du pot. Que ce rendez-vous prenait des allures ridicules. Dans trois minutes, Mounir allait quitter le canapé sur lequel il était assis et c'en serait fini de leurs retrouvailles.

– Si on ne parle pas d'Elisheva, cette rencontre est inutile.

Il baissa la tête. Elle ne voulait pas le blesser. Pas lui faire le moindre mal. Elle l'aimait infiniment. Pourtant, à cet instant, elle aurait voulu le frapper. Le gifler. Lui déchirer le visage et le prendre dans ses bras. Le serrer contre elle, pleurer dans ses bras et le consoler de la mort d'Elisheva comme elle aurait voulu qu'il la prenne dans ses bras, la serre contre lui et la console.

Elle le regarda, assis sur la canapé, tête baissée, épaules voûtées et bras ballants, et vit, aux mouvements de sa poitrine, que sa respiration s'amplifiait, jusqu'à ce qu'il laisse échapper un cri, cherche son souffle et se mette à pleurer en hurlant, par longs sanglots.

Elle le laissa pleurer jusqu'à ce qu'il tente de dire quelques mots qu'elle ne comprit pas. Elle quitta son fauteuil, vint s'asseoir à son côté et lui caressa les cheveux.

Il tenta à nouveau d'aller au bout de sa phrase, sans succès. Il s'y prit une troisième fois et, entre deux sanglots, elle comprit :

– Je ne sais pas comment vivre après ça.

Elle continua de lui caresser les cheveux :

– Il fallait qu'on en parle, c'est fait.

– Je voudrais que tu me pardonnes, fit Mounir.

Elle cessa de lui caresser les cheveux et ferma les yeux.

– Tu ne voudras jamais me pardonner.

Elle lui passa le bras autour des épaules et l'attira contre elle, jusqu'à ce qu'il pose la tête sur son épaule :

– Bien sûr que je te pardonnerai. Reprends-toi, on en a discuté, ça y est.

Il se mit à sangloter de plus belle.

– Je te pardonne, Mounir. Regarde, je te prends dans mes bras. Tu vois ? Tu es dans mes bras. Je te serre contre moi. Tu vois comme je te serre ?

Elle fit baisser la tête de Mounir jusqu'à ce qu'elle soit collée à sa poitrine.

– Je te serre contre mes seins, Mounir, contre ces seins qui ont nourri Elisheva. Sens-les, contre ta tête. Sens mes seins. Tu vois, je te pardonne.

Elle se mit à nouveau à lui caresser les cheveux. Il leva la tête, la regarda, et posa ses mains sur ses seins.

– Je te pardonne, mon Mounir.

Elle s'étendit sur le canapé et se dénuda le bas du corps :

– Pose ta tête contre mon ventre. Contre ce ventre qui a porté Elisheva. Prends-le de tes mains, prends-le de ta bouche.

Elle l'aida à s'étendre sur elle :

– Prends mon âme, mon Mounir. Prends mon âme d'où est sortie Elisheva.

24 juillet 1938
Rue Nahalat-Binyamin
19 h 30

– Qu'est-ce qui nous attend, pour l'amour du ciel…

Les traits tirés, Rozika allait et venait entre la cuisine et la salle à manger, marmonnant sans cesse. Elle posait deux plats, s'arrêtait de parler, repartait, revenait avec deux autres plats, reprenait son murmure… Les Arabes multipliaient les attentats. La veille, elle et Daoud avaient appris la mort des Gulterman, Samuel et sa femme Loti, des amis qui habitaient à Qiryat Haroshet, sur la route qui allait de Haïfa à Nazareth. Un vrai massacre, perpétré par une centaine d'Arabes armés jusqu'aux dents.

Les restes calcinés de Loti Guterman avaient été retrouvés dans sa maison. Elle était recroquevillée sur le corps de sa fillette âgée de dix-huit mois.

Rozika continuait d'aller et venir d'une démarche heurtée, comme si la manière dont elle se déplaçait avait pour propos d'exprimer sa colère. Daoud, Rachel et Ida se tenaient debout, tête baissée, n'osant ni lui parler ni lui proposer de l'aider. Lorsqu'enfin ils prirent place, Rozika reprit son monologue sans attendre :

– Vous avez vu Mounir ? Quelqu'un a vu Mounir ? Il est venu, il est parti, et voilà.

– Il devait être occupé, dit Daoud. Il a des affaires importantes.

– Peut-être qu'il était gêné, intervint Ida. À cause de Qiryat Haroshet.

– Pourquoi devrait-il être gêné, répliqua Rachel, parce qu'il est arabe ?

Ida posa sa fourchette et regarda sa sœur, l'air stupéfait :

– Qu'est-ce que j'ai dit de mal ?

– Elle est triste parce qu'il n'est pas venu la voir, lança Rozika, voilà tout.

Rachel posa la main sur celle de sa sœur :

– Je ne sais pas ce qui m'a pris. Pardonne-moi.

24 juillet 1938
Damas
22 h 30

Rachel,

Je t'ai écrit deux lettres ces dix derniers jours. J'espère qu'elles te sont arrivées, que tu les as bien accueillies. En voici une encore, si jamais tu n'as pas reçu les deux précédentes, pour te dire et te redire ma gratitude. Elle est infinie.

Ton frère qui t'aime,
Mounir

25 juillet 1938
Rue Herzl
9 h 45

Elle était fatiguée. Fatiguée d'avoir peur. Fatiguée de marcher. Fatiguée de se demander comment elle allait s'en sortir. Fatiguée de tout.

Cela faisait trois fois qu'elle passait devant la boutique dans l'espoir d'y apercevoir Saltiel seul. Il était chaque fois en train de servir des clientes.

Elle avait patienté une dizaine de minutes entre chaque passage, durant lesquelles il fallait bien qu'elle continue de rôder, à faire du lèche-vitrine, entre Nahalat-Binyamin, la rue Herzl et la rue Lilienblum, à s'efforcer de paraître normale.

Il n'y avait que Saltiel comme solution.

Et si Saltiel refusait ?

Au quatrième passage, il était seul. Elle entra, coupa court aux formules de politesse et demanda s'ils pouvaient se voir.

Il la regarda, l'air perdu, se réfugiant dans les manières excessives des Stambouliotes : mais bien sûr, voyons-nous, avec grand plaisir…

Que voulait Rachel ? L'émotion de Saltiel était si forte, son contentement si grand, qu'il ne s'attarda pas à chercher de réponse. Elle voulait le revoir et déjà c'était un cadeau, qu'une femme aussi exceptionnelle vienne jusqu'à lui, jusque dans sa boutique, le solliciter pour un entretien :

– Quand vous voulez, ma chère Rachel, quand vous voulez. Je ferme à sept heures. Retrouvons-nous à sept heures et quart au Wiener Café, là où nous étions l'autre fois, en espérant qu'ils nous donnent une table pour nous tout seuls cette fois-ci, n'est-ce pas (il émit un petit rire), si cela vous convient, bien sûr.

Elle hocha la tête, lança « C'est parfait », et quitta la boutique, le laissant mal à l'aise d'avoir trop parlé.

Elle retourna chez elle, s'étendit sur le canapé, finit par s'endormir et se réveilla une demi-heure après sept heures.

Elle se demanda si cela avait encore un sens d'aller au rendez-vous, finit par se lever et prit le chemin du Wiener Café d'un pas lent. Marcher plus vite lui était impossible. Le rendez-vous serait sans doute manqué… sans doute le plus important qu'elle ait jamais eu… Saltiel prendrait ombrage de son retard, mais elle ne pouvait pas marcher plus vite.

Dès qu'elle franchit la porte du café, elle l'aperçut devant une petite table située au fond de la salle. Elle s'approcha de lui lentement, lui tendit la main et prit place.

– Je peux vous offrir quelque chose ? Un thé, un café, un jus de fruits ? Une pâtisserie ?

À nouveau, il s'en voulut. Il devait apprendre à être moins bavard.

D'un geste impatient, Rachel fit non de la tête. Elle voulait simplement savoir s'il était dans les mêmes sentiments qu'il avait exprimés la dernière fois qu'ils s'étaient vus.

Soudain, Saltiel se ressaisit. La conversation quittait le terrain de la courtoisie. Elle prenait un tour sérieux, profond, qui appelait toute sa concentration de commerçant. Il lui avait parlé de choses essentielles. Il était quelqu'un de très sérieux. Jamais il n'aurait dit de telles choses à la légère. C'est donc qu'elles n'étaient pas éphémères.

– Dans ce cas, dit Rachel, je vais vous faire une proposition. Je serai aussi sincère avec vous que vous l'avez été avec moi. Les circonstances de la vie ne sont pas toujours celles que l'on souhaite, nous le savons.

Il arrivait aussi, poursuivit Rachel, qu'elles ne soient ni attendues ni agréables, mais qu'on décide de les accueillir sans animosité. Telle était sa situation depuis quelques jours. Elle était enceinte. Elle n'avait aucune attache sentimentale à l'égard de l'homme. Elle ne le reverrait pas, elle s'y engageait.

– Voici ce que je vous propose, poursuivit Rachel, Je me donne à vous, de la façon la plus complète, la plus sincère qui soit. Je serai votre femme, sans réserve, loyale dans mes actes et dans mon cœur, si par impossible vous vouliez de moi dans l'état où je me trouve. Je vous demanderai alors de penser à cet enfant, de l'élever, de le chérir et de le choyer comme s'il était de vous. Je vous demanderai de ne jamais révéler, à quiconque, qu'il n'est pas de vous. Je vous demanderai de ne pas chercher à savoir qui est l'homme dont je vous tais le nom. Et si vous acceptez ma proposition, je vous demanderai que nous quittions la Palestine.

CINQUIÈME PARTIE

Istanbul, 1942

16 août 1942
Bazar couvert d'Istanbul
16 heures

La cliente ferma les yeux et caressa le crêpe de Chine. C'était un gris perle, si soyeux qu'il lui glissa entre les doigts. Elle saisit une soie fuchsia, la chiffonna et caressa à nouveau le gris perle :

– Vous avez raison, celui-ci a plus de tenue.

Elle s'était exprimée en ladino.

– Il est plus lourd, dit Rachel dans la même langue. Le fuchsia, c'est de la soie-foulard. Le tissu va se chiffonner et la robe n'aura pas d'allure.

Elle saisit à son tour le crêpe gris et le caressa. Effectivement, il aurait un meilleur tombé.

La cliente le froissa une fois encore : il était très doux, malgré son poids, il n'y avait rien à dire. Mais gris, pour un mariage… ?

Rachel eut un mouvement des épaules. Le gris était très chic…

La cliente jeta un coup d'œil sur le comptoir, où huit ou neuf crêpes de Chine avaient été déroulés.

– J'ai autre chose qui pourrait vous plaire.

Rachel se rendit au fond du magasin où un escalier métallique étroit et raide menait à une petite mezzanine. Maurice l'appelait « le galetas ». Là étaient rangés les tissus légers, crêpes georgette, mousselines et soies. Ils venaient en petits rouleaux de quatre-vingt-dix centimètres, cent dix pour quelques-uns. Aucun ne pesait plus de trois kilos et les déplacer était facile. Rachel repéra une mousseline turquoise et retourna auprès de la cliente :

– Celui-ci fait cent grammes au mètre.

La femme caressa le tissu et ferma à nouveau les yeux :

– Un rêve… Vous vendez du rêve, ma chérie…

– Vert turquoise pour un mariage, c'est très élégant… La couleur vous irait merveilleusement.

La femme continua de triturer la mousseline turquoise durant quelques instants, reprit le gris, passa au fuchsia…

– J'en ai d'autres, fit Rachel, un très léger, couleur ivoire. Je vais le chercher. Je pourrais en même temps jeter un coup d'œil aux autres rouleaux…

Elle ne demandait que cela. Travailler dur. Être débordée. S'épuiser à faire des va-et-vient sur l'échelle métallique, à chercher des rouleaux, les défaire, les enrouler, les remonter par deux ou trois, descendre les laines qui se trouvaient à l'entrée du magasin, pliées sur planchettes et entreposées sur des rayonnages qui montaient jusqu'au plafond… Rachel y accédait par deux longues échelles de bois dont les crochets s'appuyaient sur une barre de laiton posée à trois mètres du sol, sur toute la longueur des murs latéraux. Les planchettes pouvaient peser jusqu'à cinq ou sept kilos. Il fallait les descendre, les dérouler, les déplier, puis les plier et les rouler à nouveau, les remonter… Travailler. S'esquinter. Surtout, ne pas penser.

– J'aime bien le fuchsia… dit la femme.

Une fillette d'environ quatre ans passa derrière le comptoir, s'approcha de Rachel et lui tendit un dessin.

– Oh que c'est joli ! fit la cliente. C'est un bateau, n'est-ce pas ? Un voilier ? Quelles magnifiques couleurs ! Tu es une artiste, ma chérie ! Laisse-moi voir de près ce beau bateau… Qu'en dites-vous, Rachel ? Vous devez être fière de votre petite Rebecca.

« Nous l'appellerons Rebecca, en mémoire de Beki. » Ce furent ses premiers mots à Maurice après l'accouchement. Une façon d'exprimer sa gratitude. Une façon aussi d'annoncer la couleur, de faire comprendre à ce petit être que son prénom, déjà, ne la rattachait pas à sa mère mais à une dette, presque une faute. Que jamais elle n'aurait dans son cœur la place qu'avait Elisheva.

– C'est très joli, ma chérie, fit enfin Rachel. Et maintenant retourne faire un autre dessin. Je dois travailler avec Madame.

Elle disait « je dois », jamais « maman fait ceci » ou « maman fait cela ».

La fillette reprit son dessin et se dirigea tête baissée vers le fond du magasin, où, dans le coin droit situé en dessous de la mezzanine, Maurice lui avait aménagé un petit espace où elle venait dessiner certains après-midi.

– Et Maurice, demanda la cliente, que pense-t-il de la situation ?

Elle le chercha du regard, vit qu'il était occupé à saluer une cliente et se retourna vers Rachel :

– Avec tout ce qui se passe, je ne sais même pas si le mariage aura lieu.

Maurice s'approcha :

– Nous sommes inquiets, bien sûr. Mais enfin, jusqu'ici, ils nous ont plus ou moins bien traités. Si vous comparez à ce qui se passe en Allemagne ou en Italie…

– Et en France ! Regardez ce qui se passe en France ! Vous croyez qu'ils vont nous laisser tranquilles ?

Il ne le croyait pas, bien sûr. Durant l'été, une campagne de presse très violente s'en était prise aux Juifs, « accapareurs des richesses du pays ». Quelque mois plus tôt, au printemps, un décret excluait les citoyens turcs de confession juive des postes en ministère. Beaucoup de Stambouliotes juifs étaient partis, comme les Farhi ou les Mitrani, très heureux d'avoir obtenu un visa pour la France. Ils s'étaient installés à Paris avant la guerre, avant d'être déportés en Allemagne. Alors par comparaison, s'il faisait le bilan de ce que les Juifs avaient dû subir… Le problème, c'est qu'il n'y avait presque plus d'Arméniens ou de Grecs. Les Juifs se retrouvaient en première ligne pour incarner les étrangers aux yeux des nationalistes d'Ismet Pacha, qui les surnommaient *Kanun-Türkü*, « Turcs par la loi », jamais *Öztürk*, « Purs Turcs », comme l'étaient les musulmans. Des citoyens de deuxième rang.

On veut bien de vous, disait l'expression, mais n'oubliez pas que vous restez des étrangers. Vous habitez notre pays. Rien de plus. Et ce n'était pas l'épaisseur d'un fil qui séparait le premier rang du second. C'était un monde.

La cliente continua de hocher la tête. Maintenant, son regard exprimait l'angoisse. Elle resta silencieuse de longues secondes, les yeux sur le comptoir où étaient déroulées les soies, l'air angoissé. Elle froissa nerveusement le tissu gris, puis le fuchsia, et finit par lancer :

– Je prends le gris et fuchsia.

– Bravo, dit Maurice. Il faut réagir.

– C'est tout ce qu'il nous reste à faire, dit la cliente. Je ferai la robe de mariage avec le crêpe gris… Mais l'autre tissu est plus gai, vous ne trouvez pas ?

– Pour l'été à Büyükada, on ne peut rêver mieux.

Rachel calcula le métré et inscrivit le total sur une souche de carnet vierge.

– Vous me ferez quelque chose, n'est-ce pas ?

Rachel lui proposa un chiffre.

Elle aurait pensé à un effort plus conséquent. Avec ce qui les attendait…

Il y avait eu le mouvement « *Vatandaş, türkçe konuş* », « Citoyen, parle turc ! ». La campagne ne cherchait pas tant à inciter les Juifs et les quelques Grecs qui étaient restés à parler turc. Son propos était d'humilier. De jeter au visage des citoyens d'origine étrangère qu'ils parlaient mal une langue qui n'était pas la leur et qu'ils ne méritaient pas. Et maintenant, ces rumeurs effrayantes d'un impôt confiscatoire qui viserait les minorités…

Elle se tourna vers Maurice :

– Que pensez-vous du *Varlik Vergisi*[1] ? On dit qu'il sera beaucoup plus lourd pour les Juifs que pour les *Vedrès*[2]. Est-ce possible, pour l'amour du ciel ?

Maurice chercha à la rassurer. S'il fallait croire chaque ragot…

1. Impôt sur la fortune.
2. Vedrès : surnom méprisant donné par les Juifs aux Turcs musulmans.

15 septembre 1942

Istanbul, immeuble Le Günesh

22 heures

Comme à chaque lettre qu'elle recevait d'Ida, Rachel ouvrit l'enveloppe d'un geste fébrile.

Ma sœur adorée,

Ton dernier courrier nous a remplis de joie. Et je ne parle pas de la photo. Rebecca est le portrait de notre maman. D'ailleurs, dès que je la lui ai montrée, elle s'est exclamée : « Ça saute une génération ! » Mêmes cheveux châtains, mêmes yeux brun-vert, même expression... Quelle merveille d'enfant !

Comme j'aurais aimé que Rebecca et notre Elias grandissent ensemble, comme frère et sœur... Enfin, le destin en a voulu autrement.

Ici, aussi étrange que cela paraisse, la situation est calme. Tout le monde tremble en écoutant ce qui se passe en Europe. Pour une fois, les catastrophes ne viennent pas jusqu'à nous. As-tu suivi ce qui s'est passé à l'hôtel Biltmore, à New York, où le Congrès juif mondial s'est réuni le mois dernier ? « We look towards America », a dit Ben Gourion. Nos nouveaux alliés...

Quand avec Mounir nous parlons de toi, c'est comme si tu étais là, tout près de nous. Le plus douloureux est que tu n'as jamais vu notre Elias. J'aurais donné dix années de ma vie pour qu'il reçoive ton amour, ton attention, qu'il grandisse sous ton regard, qu'il s'enrichisse de ton intelligence...

Rachel se souvint. Deux mois après son arrivée à Istanbul, elle avait reçu une lettre d'Ida :

Ma sœur adorée,

Je tremble en t'écrivant ces mots. J'ai malgré tout l'espoir que la nouvelle que je vais t'annoncer te rendra heureuse. Mounir et moi partageons désormais le même lit. Il voulait avoir de tes nouvelles ; il t'a écrit et tu ne lui as pas répondu, ou alors tu n'as pas reçu sa lettre (ou ses lettres, je n'ai pas bien compris), ou tu étais simplement débordée, avec ton installation à Istanbul, le début d'une grossesse difficile et le reste. Voilà. Que te dire ? Ton départ, ta grossesse, maintenant Mounir, tout cela bouleverse ma vie.

Ni toi ni moi ne devions avoir d'autre rapport avec Mounir que celui pour lequel nous étions tombées d'accord. Je viole ce pacte et t'en demande pardon.

Rachel n'avait pas eu de réaction. Elle avait vécu trop de tristesses, reçu trop de coups du destin. D'autres l'attendaient, sans doute. À qui ressemblerait son enfant ? Si cela devait être un garçon copie conforme de son père, que deviendrait-elle ? Où pourrait-elle aller se cacher ? Aux enfers, peut-être.

Elle reprit sa lecture.

Écris-moi plus souvent. Tu ne peux pas savoir combien je chéris chacune de tes lettres.

Quand nous verrons-nous ? Où en es-tu de ta nouvelle pièce ?

Ta sœur qui t'aime
Ida

20 septembre 1942
Istanbul, pâtisserie Markiz
17 heures

– Et pour *kütchük hanoum*[1], ce sera ?
– Un *ekmek kadayif*, répondit Rachel au garçon.
Elle avait laissé tomber ces mots d'un ton las avant de se tourner vers Rebecca et lui dire, d'un ton toujours détaché :
– C'est bien ce que tu veux, n'est-ce pas ?

Rebecca hocha la tête plusieurs fois, le regard pétillant.

Une ou deux fois par semaine, Rachel emmenait Rebecca chez Markiz. La pâtisserie était fréquentée par la haute bourgeoisie stambouliote, mais aussi, pour d'obscures raisons, par les milieux intellectuels, des écrivains, surtout, qui avaient leur coin, une table située en mezzanine, au fond de la salle. Rachel cherchait à s'asseoir dans son voisinage, non pas pour suivre les conversations, son turc ne la menait pas si loin, mais pour écouter le ton de leurs voix, pour leurs regards et leurs gestes. Cette atmosphère lui rappelait celle qu'elle avait connue avec Karl. Du reste, ces hommes lui rappelaient Karl, et même le meilleur de Karl, celui des premières années, quand il y avait encore un espoir de voir la situation évoluer dans le bon sens. Ils étaient comme lui, entiers, forts, brillants, à l'opposé des gens qu'elle côtoyait à la boutique, dont elle méprisait l'indolence. Ils créaient un climat qui la consolait des heures passées au Bazar à écouter des balivernes. Elle était très injuste, elle le savait. Petite, dans la boutique

1. Petite dame, en turc.

de son père, elle en écoutait, des balivernes, et même beaucoup. En plus, elle aimait cela, infiniment. Mais la situation n'était pas la même. Les clientes de son père parlaient arabe, la langue de tout le monde, alors que la communauté stambouliote parlait ladino, baragouinait à peine le turc, et portait en elle sa différence et sa faiblesse, une communauté brave et travailleuse, apeurée à tout instant. Il aurait fallu que Rachel l'aime encore plus pour cela, elle le savait. Mais elle n'y arrivait pas.

Pour Rebecca, l'ekmek kadayif de chez Markiz était devenu un rituel. Pour rien au monde elle n'aurait troqué sa pâtisserie contre une tasse de chocolat chaud, la spécialité de la maison qu'elle connaissait pour y avoir goûté, une fois, dans la tasse de sa mère. Elle le savait riche et tendre, onctueux sous la langue, enivrant de douceur. Mais la douceur du kadayif et son rituel l'apaisaient des instants où, seule avec sa mère, leurs yeux se croisaient et d'un coup elle se sentait perdue, tant le regard de sa mère se transformait, sans qu'elle sache pourquoi, devenait froid et dur, sans la moindre tendresse, comme si sa mère s'était elle-même transformée en quelqu'une d'autre. Dans de tels instants, elle sentait son cœur se serrer, c'était comme si elle perdait pied, et il n'y avait alors rien qu'elle puisse faire si ce n'est hurler d'angoisse, pour que sa mère la prenne dans ses bras et la rassure. Avec Fotini, la bonne grecque, elle savait toujours à quoi s'en tenir. Avec sa mère, jamais.

– Et voilà pour toi, *kütchük hanoum*, dit le garçon en posant devant Rebecca un ekmek kadayif monumental.

Rachel observa sa fille. Elle semblait aux anges devant la pâtisserie. Elle se mit à la manger avec un soin de chaque instant, alternant les cuillerées de crème vanille et celles de la pâte gorgée de sirop au miel. Oui, Rebecca était bel et bien au paradis en dégustant cet ekmek. Au paradis, se répéta Rachel. Là où se trouvait Elisheva.

Comme souvent lorsqu'elle observait sa fille vivre un plaisir qu'Elisheva n'avait pas connu, un sentiment de haine la saisissait, violent, aveugle. Pourquoi fallait-il que ce soit Rebecca qui prenne tant de plaisir à déguster ce kadayif ? Pourquoi elle ? Pourquoi pas Elisheva ?

Rebecca continuait de faire un sort au gâteau et la haine de Rachel se transformait en révolte devant tant d'injustice. Elle sentit son corps se tendre tout entier. Rebecca avait usurpé la place d'Elisheva. Voilà ce qu'elle était. Une usurpatrice et rien d'autre. Quelle idée, aussi, d'avoir voulu garder cet enfant ! Elle aurait dû se faire avorter. Point final.

Maintenant, c'étaient les traits de son visage qui se déformaient sous l'effet de sa haine.

Rebecca interrompit sa dégustation, leva les yeux sur elle et vit sa mère, la bouche en grimace et les yeux gonflés de larmes.

Elle hurla :

– *Annedjim !* Petite maman !

Rachel quitta brusquement la confiserie. Sur l'avenue de l'Indépendance, une dizaine de passants l'entourèrent. Quel malheur avait frappé cette jeune femme pour qu'elle sanglote si fort ?

À l'intérieur de la pâtisserie, Rebecca continuait de hurler à pleins poumons.

Elles rentrèrent à pied, Rebecca marchant aussi vite qu'elle pouvait pour suivre sa mère qui la tirait par la main.

Au moment où elles arrivèrent place Taksim, Rachel s'arrêta, regarda sa fille en silence, puis ouvrit les bras et la serra contre elle.

24 septembre 1942
Le Günesh
22 heures

Mon Ida,

Tes lettres me comblent de bonheur. Tu ne peux savoir la joie que je ressens à chacune d'entre elles. La joie... et la tristesse d'être éloignée de toi.

Tu me demandes des nouvelles d'Istanbul.

La vie y est douce. Pour l'instant, il n'y a pas de violences à l'égard des Juifs. Pourtant, il flotte dans l'air un je-ne-sais-quoi qui me fait peur. Hier matin, dans le hall d'entrée de notre immeuble, Rebecca croise une petite voisine. Toi, tu n'es pas turque, lui dit la voisine. Tu es juive. Pour le mot juif, elle ne dit pas moussevi mais yahoudi, Judas, avec la manière dépréciative qu'ont les Turcs de nous désigner. Au Bazar, les clientes musulmanes sont moins chaleureuses. Elles craignent d'être trop aimables, dit Maurice. Comme si bientôt, on pourrait le leur reprocher. Ou alors elles se disent qu'en se montrant trop gentilles, les Juifs en déduiraient que ce sont de vraies amies, et que demain, si les choses devaient se gâter, ils risquaient de les solliciter.

Je continue d'aller à l'Alliance française tous les jours. Depuis un mois, on lit des nouvelles de Maupassant. La Parure, La Maison Tellier, Boule de Suif... *Je ressors apaisée de ces deux heures de littérature.*

Je repense à ce que nous disait Ossip, à notre arrivée au kibboutz. Pas à toi, non, à nous Juifs arabes. Il nous disait : « Enfin vous comprenez ce que c'est d'être Juif en milieu hostile. Jusqu'ici vous avez vécu dans la paix. Maintenant que les Turcs vous ont chassés, vous allez voir les choses autrement. » À Constantinople, je suis devenue une Juive de la diaspora. Et lorsque je relis les pièces que j'écrivais en Palestine, j'éprouve un malaise. Qui étais-je pour dicter aux Juifs qu'ils doivent vivre au milieu d'Arabes qui ne veulent pas d'eux ?

Tu me demandes de te parler de Rebecca.

Rachel posa son stylo et relut sa lettre. Puis elle se saisit des quatre feuillets, les regroupa et les déchira.

25 septembre 1942
Le Günesh
15 h 30

Elle aurait pu s'asseoir dans la véranda du salon. À cette heure de l'après-midi, le soleil disparaissait derrière les hauteurs d'Andrinople, et sous l'effet de ses rayons qui tombaient en oblique, l'eau de la Corne d'Or était couverte de paillettes dorées. D'un seul coup d'œil, Rachel aurait embrassé les collines de Beşiktaş qui descendaient jusqu'à Galata, le pont qui liait la partie moderne de la ville à ses quartiers anciens, puis, à l'est, le Bosphore, les îles de Marmara, et plus loin encore la mer Noire, immense, une suite de mondes féeriques dont on ne pouvait pas dire où commençait l'un ni où terminait l'autre. Plus tard, les reflets d'or se transformeraient en une couche de feu et donneraient au bras de mer qui séparait les deux parties de la ville une allure encore plus irréelle.

Mais Rachel se refusait un tel bonheur. Elle préférait s'installer dans la petite véranda attenante à sa chambre à coucher, qui donnait sur une cour intérieure minuscule et mal entretenue.

Elle entendit le bruit de la porte palière qui s'ouvrait, puis les pas de Rebecca, qui courait le long du corridor.

– Nous étions au parc de Yildiz !

Le regard inquiet, la fillette attendait que sa mère l'accueille. Couchée sur l'unique divan de la véranda, Rachel s'assit lentement, esquissa un sourire et enfin ouvrit les bras. L'enfant se blottit contre elle et s'agrippa à son dos.

– Tu me fais mal ! s'écria Rachel.

Avec Elisheva, elle prenait une grosse voix : « Mais je vais te dévorer tout entière, Mademoiselle, si tu me fais subir tes tortures ! » Après quoi elle poussait un rugissement, toutes deux éclataient de rire et se serraient encore plus fort.

L'enfant se détacha d'elle et la regarda, l'air inquiet.

– Tu sais que tu es très forte ? dit Rachel.

Le visage de Rebecca s'illumina :

– Avec Fotini, nous avons bien joué !

Rebecca la regarda, à nouveau, l'air inquiet.

Enfin, Rachel sourit :

– Et maintenant tu vas aller prendre encore plus de forces. Ton goûter doit être prêt.

L'enfant tourna le dos à sa mère et courut en direction de la cuisine. Rachel s'allongea sur le divan, ferma les yeux, et resta ainsi immobile.

Elle se perdait en comparaisons. La vivacité, l'intelligence, le sens de l'humour, le brio, la force… Elisheva…

Les choses se seraient-elles passées autrement si Rebecca lui avait ressemblé ? Elle ne le savait pas.

Rebecca avait les traits de Rozika, qui elle-même ressemblait à Maurice. Une faveur du destin. Rebecca passait pour une Saltiel.

Une seule chose rapprochait Rebecca du souvenir d'Elisheva. Sa peau avait la même odeur que celle de sa sœur, et cela bouleversait Rachel chaque fois qu'elle tenait Rebecca contre elle. Dans de tels instants, il lui arrivait tantôt de serrer Rebecca très fort, tantôt de la rejeter d'un geste brusque, et cette imprévisibilité plongeait chaque fois sa fille dans l'attente inespérée d'un de ces instants où, par miracle, sa mère aurait eu envie de la serrer contre sa poitrine.

Elle n'arrivait à s'y résoudre que rarement. Cajoler Rebecca, c'était trahir.

« Tu es heureuse à Istanbul ? » Maurice lui posait sans cesse la question. « Très », lui répondait Rachel.

25 septembre 1942
Le Günesh
16 h 45

– Ma douce enfant !

C'était chaque fois avec les mêmes mots que Zübeyde accueillait Rachel.

À quatre-vingt-cinq ans, *Zübeyde Hanoum*, Madame Zübeyde, ne recevait plus grand monde, quelquefois des arrière-petits-enfants, et encore, rarement. Eux aussi devaient se plier aux contraintes du protocole de leur aïeule. S'ils souhaitaient venir sans préavis, cela ne pouvait être qu'aux heures du thé. C'était une femme haute de taille, mince et droite malgré son grand âge, auquel il lui semblait impératif de résister par une coquetterie de grande bourgeoise et une discipline militaire. Chaque jour aux alentours de quatre heures en automne ou en hiver, cinq à la belle saison, elle s'installait au salon, et, toujours vêtue avec élégance, se faisait servir un thé « à la turque ». Evanthia, sa gouvernante grecque, qui était à son service depuis l'âge de douze ans et connaissait tous ses goûts, descendait tous les deux ou trois jours à Pera acheter chez Hadji Bekir les pâtisseries préférées de sa patronne.

Son appartement, situé au-dessus de celui de Rachel, occupait deux étages entiers. L'un était consacré aux pièces de réception et au logement du personnel de cuisine. Au-dessus se trouvaient les chambres à coucher, celle de Zübeyde, trois autres pour la famille, si elle venait, et celle de la petite Evanthia. Les meubles marquetés, les portraits de Zübeyde en tenue d'apparat, les tentures de soie lourde – tout donnait à l'appartement des airs de palais. Rachel avait été surprise par l'accueil que lui avait réservé sa voisine, pensant qu'il s'agissait d'une sorte de déploiement pour lui faire comprendre qui était qui, au Günesh, Le Soleil, comme s'appelait l'immeuble. Mais non, la gentillesse de Zübeyde était sincère.

Quatre ans plus tôt, quelques jours après l'arrivée de Rachel dans l'immeuble, Evanthia avait sonné chez Rachel :

– Zübeyde Hanoum vous attendra pour le thé.

Depuis cette invitation, deux fois ou trois chaque semaine, Rachel montait prendre le thé.

Zübeyde s'était attachée à sa nouvelle voisine, une personne hors du commun, à la fois si forte et si triste.

Pourquoi une femme si charmante s'occupait-elle si peu de sa fille ? On aurait dit que chaque occasion lui était bonne de s'en éloigner. Quel drame cela cachait-il ? Quel était le secret de cette femme si brillante qui travaillait au Bazar à vendre des tissus ? Qu'était-elle venue faire en Turquie, à une époque où les Juifs d'Istanbul ou de Smyrne émigraient en Palestine ? Et ce mari, qu'elle traînait derrière elle… Ce n'était pas un homme pour elle ! Il lui fallait un intellectuel, comme son premier mari, ou alors un artiste, un révolutionnaire ! Pas un brave Maurice…

– Il faut que je te raconte mon nouveau conte, dit Zübeyde pendant que Rachel prenait place. Je vais te le lire, ce sera plus facile pour toi.

Depuis toujours, Zübeyde écrivait des contes pour enfants. Elle les faisait publier ici ou là, dans des éditions dominicales de *Cumhuriyet* ou de *Yeni Sabah*, quelquefois même dans le *Süreli Yayin*, un mensuel culturel d'Ankara. Il s'agissait souvent d'enfants qui se retrouvaient séparés de leurs parents, et Zübeyde se demandait, à chaque lecture, si son histoire allait pousser Rachel à la confidence. Elle était venue à Istanbul pour cacher quelque chose, Zübeyde en était sûre. Ou pour fuir.

– Et après, reprit Zübeyde, je te parlerai d'un monsieur que je veux te présenter. Ça va t'intéresser. Mais d'abord, faisons notre promenade.

Elle quitta son fauteuil et s'approcha de la baie vitrée. C'était devenu leur petit rituel, quelques instants de contemplation que Zübeyde Hanoum voulait partager avec Rachel.

Des deux côtés du pont de Galata, d'innombrables barques, peut-être une centaine, pêchaient le maquereau, la sardine et quelquefois, par chance, une bonite. Sur le pont, voitures et carrioles tâchaient d'éviter des portefaix chargés, courbés, qui se faufilaient entre les véhicules et les effleuraient sans les heurter, chaque fois un miracle. Sur le détroit du Bosphore, trois gros navires remontaient vers la mer Noire. Au loin, sur la droite, les minarets de Suleymanié, la mosquée de Soliman, prenaient le dernier soleil du jour. Plus à l'ouest, on apercevait ceux de la Mosquée bleue.

– Tu n'imagines pas combien j'aime Istanbul, dit Zübeyde, le regard sur la baie. Et j'espère qu'avec le temps, tu l'aimeras autant que moi.

À ses yeux, sa ville incarnait la civilisation idéale. L'œuvre d'un grand peuple. Conquérant. Fort. Dur à la tâche. Simple et fier. D'une fierté sans égale. *Türküm, doğruyum, çalişkanim. Je suis Turc, je suis droit, je suis travailleur.* Des mots que les enfants des écoles répétaient chaque matin, au lever du drapeau. Les Turcs avaient tout perdu. Avec une succession de sultans faibles et face à des Alliés pervers comme ces filous de Britanniques, les choses n'avaient pas pu tourner autrement.

Elle retourna s'asseoir :

– Vous n'étiez pas bien, en Palestine, du temps où ça nous appartenait ?

– Très, dit Rachel d'une voix ferme. Juifs, Arabes… nous vivions tous en harmonie. Jusqu'à ce que viennent les Anglais.

Elles restèrent silencieuses.

– Nous n'étions pas comme ça, dit soudain Zübeyde. Quand l'Europe chrétienne pourchassait les Juifs, nous les recevions dignement. Désormais, nous voyons des ennemis partout. Les Juifs se sont toujours montrés loyaux, les voilà devenus notre bête noire. Beaucoup nous quittent, et ceux qui restent vivent dans la terreur.

– C'est vrai que les gens sont inquiets, à propos du Varlik.

Ils avaient raison de l'être, poursuivit Zübeyde. Le mari de sa fille était un constitutionaliste réputé, c'était à lui qu'Ismet Pacha avait soumis le projet de loi.

Des jours sombres attendaient les Juifs. Du temps d'Atatürk, les choses se seraient passées autrement. Lui ne se serait pas abaissé à détrousser les minoritaires pour restaurer les finances du pays. Il avait le sens de l'honneur… Elle l'avait bien connu ! En 1923, son mari et son gendre avaient été ses principaux conseillers en droit constitutionnel. Un seigneur… Pas comme ce pauvre Ismet Pacha.

– J'espère de tout cœur que tu trouveras ton bonheur dans ce pays, ma douce enfant. Mais les jours s'annoncent sombres… Ismet Inönü est un petit chef… Allez, parlons de choses plus gaies. Je t'ai dit que je voulais te présenter un homme très intéressant…

25 septembre 1942
Le Günesh
22 h 30

Comme chaque soir après dîner, Rachel se rendit dans son coin d'écriture, une petite alcôve qu'un simple rideau séparait du salon. Depuis son arrivée à Istanbul, elle y avait écrit cinq pièces, en hébreu ou en arabe, puis les avait toutes traduites en turc et en français, pour pratiquer ses nouvelles langues autant que pour ne pas avoir à subir des discussions sans intérêt avec Maurice. Elle écrivait jusque très tard et, souvent, dormait sur le petit canapé de l'alcôve, « pour ne pas te réveiller ».

La proposition que lui avait faite Zübeyde la décontenançait. Connaître quelqu'un qui lui ferait de ses pièces une critique éclairante la tentait infiniment. Mais voilà… Le mystérieux ami était le consul de France à Istanbul. Un homme au service d'un gouvernement qui envoyait les Juifs dans les camps…

Entamer un échange courtois avec un tel personnage, c'était trahir les siens. Elle en avait l'habitude… Elle avait trahi Ida, Mounir, ses parents, la mémoire d'Elisheva… Elle trahissait Rebecca à chaque seconde. Et ce pauvre Maurice, qui avait accepté l'inacceptable, qu'elle continuait d'abandonner la nuit et qui ne se plaignait de rien…

Elle n'était plus qu'un mensonge.

Alors, n'ayant plus aucun honneur à défendre, elle accepta la proposition de Zübeyde.

28 septembre 1942
Du Bazar au Günesh
16 heures

Elle quitta le Bazar par la rue du Marché-aux-Poulets, dans l'idée de retomber vite sur l'avenue de la Maison-du-Vizir. Mais elle trouva la ruelle si encombrée de portefaix qu'elle rebroussa chemin et prit par l'avenue des Janissaires.

Encore une belle arrogance… Depuis que couraient les bruits à propos du Varlik Vergisi, ce nom de rue lui rappelait le goût des Turcs pour la violence.

Cet après-midi, pourtant, toutes ses pensées étaient chez Zübeyde qui l'attendait à l'heure du thé, en compagnie de François-Xavier Rey-Coste, consul général de France. « Tu verras comme cet homme est raffiné. Imagine-toi qu'il a fréquenté les surréalistes… lui avait dit Zübeyde. Vous vous entendrez à merveille. »

Il lui sembla que l'avenue était plus bruyante et encombrée que jamais de ses marchands ambulants. *Camci... Eskici... Sucu... Zerzavatci*[1]...

À Eminönü, elle chercha un *dolmuş*[2], n'en trouva aucun et décida de passer le pont de Galata à pied, remonta à toute allure l'avenue de l'Encouragement et arriva au Günesh en nage.

28 septembre 1942

Le Günesh

17 h 15

– Lisez-nous quelque chose ! lança Zübeyde. Un petit poème, n'importe lequel ! Ne vous faites pas prier.

– Par comparaison avec les merveilleux dialogues de Mme Alkabès, mes vers sont bien pâles, dit François-Xavier Rey-Coste.

Il avait parlé d'une voix douce, en homme sûr de son effet. Il portait beau et le savait. Grand, athlétique, il avait des cheveux blonds et drus qu'il peignait juste ce qu'il faut, et cela lui donnait un air à la fois impétueux et distingué.

– Cela me ferait très plaisir, fit Rachel.

1. Vendeur de vitres, de vieilleries, d'eau, de légumes.
2. Prononcé « dolmouche », taxi collectif.

– Vous voyez ! s'exclama Zübeyde. Tout le monde vous le réclame.

Elle sortit de son sac un recueil qu'elle tendit à Rey-Coste, tourna la tête en direction de Rachel et vit que celle-ci observait le consul avec une attention particulière pendant qu'il feuilletait son recueil.

– Je vous lis le plus court.

C'étaient quelques vers libres intitulés *L'absente*, qui se terminaient par ces mots :

Seul reste le vide.

Puis il se souvint du drame qu'avait vécu Rachel en Palestine, dont Zübeyde lui avait parlé, et referma le volume :

– Non, vraiment, cela me gêne. Ce sont des vers de rien du tout, de ceux que composent des diplomates dans les salons qui ne sont pas les leurs, lorsqu'ils s'y ennuient ferme. Après avoir lu vos répliques de *Mehmet et ses trois chèvres*, ce serait ridicule.

– Alors rendez-moi votre plaquette, fit Zübeyde. Rachel la lira tranquillement ce soir.

Elle prit le petit livre des mains de Rey-Coste et le tendit à Rachel. Le regard ailleurs, celle-ci laissa tomber le volume.

– Vous voyez ! Sans même lire votre poème, vous nous troublez toutes les deux.

– Je n'imagine rien de plus merveilleux, dit Rey-Coste, les yeux sur Rachel.

– Alors chacun va sagement lire le texte de l'autre, et après ? demanda Zübeyde. Vous allez vous revoir, j'espère !

– Discuter de mes pauvres poèmes avec Mme Alkabès serait un grand honneur, si elle le veut bien.

Avait-elle jamais eu tant d'intuition à présenter deux personnes que tout opposait ? Une dramaturge juive, arabe de surcroît, peu encline aux manières de salon, une sorte d'animal puissant, et un aristocrate français, fin lettré, ancien de Polytechnique, homme de sérail, collaborationniste et sans doute antisémite viscéral… Pourtant, chacun avait subjugué l'autre, elle en était certaine.

28 septembre 1942
Le Günesh
20 heures

– On va s'en sortir, dit Maurice. Il faut préparer le terrain, prendre quelques mesures, et tout va bien se passer.

Cela faisait cinq minutes qu'il parlait comme si Rachel l'écoutait avec attention :

– Un de ces quatre matins, le Varlik Vergisi sera soumis au vote. Il obtiendra l'unanimité, je te le signe d'avance. Et tu verras qu'au moment de l'application, ce sera la loterie. Et comment faire lorsque les Vedrès jouent à la loterie avec nous ? C'est simple. Il faudra avoir un bon billet. Je ne dis pas celui qui va gagner le gros lot, mais enfin, un bon billet.

Selon les bruits qui couraient, l'impôt s'appliquerait aux citoyens turcs selon leur origine, et de façon très inégale :

– Une violation flagrante, mais flagrante, des principes de la Constitution. Du temps d'Atatürk, les choses ne se seraient pas passées ainsi. Enfin… Ils n'auront aucun intérêt à nous ruiner. Nous sommes leurs poules aux œufs d'or ! Ils ne l'oublieront pas ! Ils ne sont pas si bêtes.

Il avait son idée. Ils allaient faire comme les Akman, leurs voisins de l'étage en dessous, qui avaient changé de patronyme. Ils ne s'appelaient plus Levi mais *Akman*, c'est-à-dire *Homme pur*. Il avait pensé à *Öztürk*. *Pur Turc*, en signe de loyauté. Ou alors *Özkan*, *Sang pur*.

– Pourquoi pas, laissa tomber Rachel.

– Tu vois, poursuivit Maurice, ravi de son idée, il y a moyen de réagir. Il n'est pas exclu que nous nous retrouvions dans une catégorie de « minoritaires bons citoyens ». Ce serait naturel qu'ils récompensent un geste fort, comme celui d'abandonner une part de notre identité pour se rapprocher d'eux.

Il observa Rachel. Elle était ailleurs. Inquiète. Il la comprenait… L'équilibre économique de sa famille était en péril. Son devoir, à lui, était de tout faire pour le préserver. Mais aussi pour la rassurer… Une autre idée lui vint à l'esprit. Il allait parler à quelques voisins du Bazar… À ceux qui étaient des Öztürk, vraiment. Il leur demanderait de témoigner en sa faveur. De dire combien il s'était toujours montré solidaire du pays, dans chacune des discussions qu'ils avaient eues sur le seuil de leurs boutiques, dans la rue des Tailleurs. Cette idée lui plut infiniment. Dès le lendemain, il leur parlerait. Et avant même de se rendre au Bazar, il s'occuperait du changement de nom. Est-ce qu'elle avait une préférence ?

Ils n'étaient pas des Öztürk, lui fit remarquer Rachel. Tout le problème était là. Choisir un tel patronyme, n'était-ce pas pousser le geste trop loin ?

– Peut-être, fit Maurice, l'air pensif. Özkan serait sans doute plus subtil…

Elle ne donna pas suite. Maurice était la bonté même, un homme attentif et généreux. Mais cette histoire d'aller chercher un nom de famille qui flatte le pouvoir dans l'espoir d'un traitement de faveur lui semblait d'une naïveté sans nom.

Surtout, cette discussion l'irritait. Elle voulait rester dans le souvenir de sa rencontre avec Rey-Coste. Un homme qui savait sans doute se montrer délicat dans ses gestes avec une femme… Cela se voyait à sa manière d'être, de bouger, de regarder, de parler… Tout chez lui était dans la retenue. Dans l'élégance. Presque dans la grâce.

– J'ai fait la connaissance du consul de France.

Maurice ne réagit pas de suite, tout entier dans l'échange qu'il aurait le lendemain matin avec ses voisins du Bazar.

– Oui, finit-il par murmurer. C'était intéressant ?

– Je crois qu'il peut beaucoup m'aider, fit Rachel. Zübeyde suggère que nous nous revoyions après qu'il aura lu ma pièce.

Il hocha la tête :

– Demain soir déjà, j'y verrai plus clair.

Elle pensa aux mots que Rey-Coste avait eus en quittant l'appartement de Zübeyde, « J'espère à très vite ». À sa manière de lui serrer la main en la gardant dans la sienne plus longuement que ne l'auraient voulu les convenances…

Elle se leva, dit « Je vais écrire », et se dirigea vers la petite alcôve.

30 octobre 1942
Bazar d'Istanbul
17 h 30

Les yeux rivés sur une feuille de papier bleu qu'elle tenait des deux mains, Rachel marchait à pas lents le long de l'allée. Elle aurait pu s'inquiéter d'être aperçue. « J'ai vu Rachel, qui m'avait l'air très perturbé… » Elle risquait aussi de bousculer un passant, de buter sur une marchandise déposée au pied d'une vitrine… Mais de tout cela, elle n'avait que faire.

Une demi-heure plus tôt, elle avait remarqué un jeune homme qui faisait les cent pas devant leur boutique. À peine vingt ans, proprement mis. Un coursier, sans doute, ou un employé de bureau. Occupée à servir une cliente, puis une deuxième, elle l'avait observé à travers la vitrine. Il la regardait par petits coups d'œil, puis tournait la tête brusquement, s'éloignait, revenait, s'éloignait encore, mais dans la direction opposée, et ainsi de suite. Elle avait eu l'idée d'alerter Maurice, mais celui-ci était occupé avec un client bavard, et après tout, le jeune homme avait l'air plus inquiet qu'inquiétant.

Après que sa deuxième cliente eut quitté le magasin, elle avait fait deux pas le long de l'allée et s'était trouvée face à lui.

– De la part de François-Xavier Bey, lui avait-il dit en turc, avant de lui remettre une enveloppe.

D'un geste furtif, elle l'avait cachée sous sa blouse, avant de retourner à la boutique et de lancer à Maurice :

– Je m'absente quelques minutes.

Faisant mine d'observer les vitrines, elle s'était éloignée du magasin d'un pas nonchalant. Arrivée à l'intersection de l'allée avec la rue des Merceries, elle avait retiré la lettre de sa blouse.

Chère Madame,
Et avec votre permission, chère Rachel,

Ne sachant pas comment vous joindre de la manière la moins dérangeante, je me permets de vous faire porter ces lignes par l'un de mes commis. J'espère qu'elles vous sont bien parvenues et que leur réception ne vous a causé aucun embarras.

La lecture de votre pièce a été pour moi un moment de grand bonheur. En faire un commentaire de quelques lignes ne serait pas lui rendre justice. Auriez-vous une petite heure à consacrer à un admirateur ?

Elle arrêta sa lecture en bas du feuillet, craignant que la suite ne la déçoive. Les yeux fermés, elle laissa passer quelques secondes, relut la lettre depuis son début et plaça le second feuillet bleu au-dessus du premier.

Mon commis repassera demain à environ la même heure devant votre boutique. Il attendra le temps qu'il faudra. Vous pourrez, si vous en avez le loisir, lui remettre votre réponse. Si elle devait par grand bonheur être positive, peut-être accepterez-vous alors que nous reprenions notre discussion au consulat, une fin d'après-midi.

Dans cette attente, je vous présente, chère Madame, chère Rachel, l'expression de mon admiration dévouée.

François-Xavier Rey-Coste

Elle aurait voulu danser.

3 novembre 1942
Istanbul, consulat de France
17 h 30

Au consulat, on la fit patienter dans un petit salon. « Monsieur le consul général arrive. »

Une minute plus tard, Rey-Coste franchit le seuil de la pièce, s'approcha d'elle, puis d'un coup s'arrêta, les yeux dans ceux de Rachel :

– Cela fait trois jours que vous ne quittez pas mes pensées.

Elle s'approcha de lui, sembla hésiter, puis soudain l'embrassa sur la bouche avec douceur.

Lorsqu'ils se séparèrent, il la regarda durant quelques secondes, puis chuchota :

– Un soir ?

Elle fit oui de la tête.

– Après dix-neuf heures ?

À nouveau elle hocha la tête :

– Demain, à la résidence. Venez par Nuri Ziya, ce sera plus simple.

La petite rue descendait de l'avenue de l'Indépendance et donnait sur l'arrière du palais.

Elle l'embrassa, cette fois avec plus d'abandon, puis se détacha brusquement et quitta la pièce.

4 novembre 1942
Le Günesh
19 h 45

– On a beaucoup ri chez Markiz, avec maman.

La bouche pleine, Maurice leva les yeux de son assiette et sourit à Rebecca.

Rachel avait voulu se rattraper. Montrer de l'attention. De la tendresse. Se convaincre qu'elle pouvait être une meilleure mère. Elle s'était appliquée à raconter des histoires de Nasreddin Hodja, personnage à la fois sage et falot du folklore turc. Toutes sonnaient faux, mais Rebecca était dans une telle attente de voir sa mère heureuse qu'à chaque mot, elle riait aux éclats.

Pendant que Rachel regardait sa fille manger sa pâtisserie, elle s'imaginait dans les bras de Rey-Coste.

– Ce n'était pas un de ces moments où tu penses au passé ? demanda Rebecca.

– Exactement. Je n'y pensais pas.

– Des fois tu y penses fort et d'autres moins fort, n'est-ce pas ?

– Oui, ma chérie, répondit Rachel. L'autre jour, j'y pensais très fort.

– Arrêtons cette discussion, intervint Maurice en s'efforçant de paraître gai. Tout va bien maintenant, ma chérie, ta maman ne pleure pas, tu ne pleures pas, je ne pleure pas… Est-ce que tu vois quelqu'un qui pleure ?

Rebecca éclata de rire.

– Et toi ? demanda Rachel à Maurice. Comment a fini ta journée ?

Le magasin n'avait pas désempli, mais il n'avait presque rien vendu. Les clients se trouvaient dans une telle angoisse que personne n'osait rentrer seul chez lui. Les nouvelles d'Europe étaient effrayantes. Le *Cumhuriyet* du matin faisait une description détaillée du ghetto de Varsovie et parlait pour la première fois des camps de Pologne. Mais tout cela était loin. Ce qui préoccupait ses clients était la perspective du Varlik Vergisi. Chacun voulait écouter des propos rassurants. La loi ne pouvait tout de même pas avoir pour but de mettre à mal la colonne vertébrale du pays ! C'est-à-dire ceux du Bazar ! Les vrais porteurs de l'économie ! C'était absurde. Enfin, ils en sauraient plus dans une semaine, au moment du vote.

Lui-même avait quitté le magasin en étant convaincu que personne n'avait intérêt à ce que l'impôt soit fixé à des niveaux déraisonnables.

Alors, il répondit à Rachel que la journée s'était bien terminée.

– Tu sais que le consul aime beaucoup ma pièce ? demanda soudain Rachel. Nous avons eu un très bon échange.

Elle s'était renseignée. Elle irait à Taksim en dolmuş. En suivant Istiklal jusqu'à Nuri Ziya, elle en aurait pour dix minutes.

– Pourquoi pas ? dit Maurice. Tu écris des pièces merveilleuses.

Il se tourna vers Rebecca :

– Tu sais que ta maman écrit des pièces merveilleuses ?

– Le consul a un frère qui dirige un théâtre à Paris.

– C'est une bonne nouvelle, fit Maurice. Mais est-ce qu'à Paris on joue des pièces écrites par des Juifs ? Cela m'étonnerait…

Elle ne le savait pas. Elle ne savait même pas si Rey-Coste avait un frère. Il lui fallait un alibi et celui-là lui semblait imparable : Rey-Coste allait l'aider dans sa carrière. Qui pourrait lui faire le reproche de le rencontrer à de nombreuses reprises ?

Elle n'avait pas pensé à l'histoire de la salle de théâtre, et soudain elle était folle de joie. Elle avait trouvé l'astuce. Elle pourrait le revoir à sa guise.

– Zübeyde est une femme formidable, dit Maurice. Elle a une immense affection pour toi.

Rachel se sentit défaillir. Si jamais Maurice la croisait dans le hall d'entrée et remerciait Zübeyde d'avoir présenté à sa femme un consul dont le frère dirigeait un théâtre à Paris, son mensonge serait étalé au grand jour…

Il fallait qu'elle mette Zübeyde au courant. Mais comment ? Elle ne pouvait pas aller sonner chez elle et lui dire : « Vous savez, avec M. Rey-Coste, nous envisageons de devenir amants. La chose n'est pas encore faite, mais elle se présente plutôt bien. À propos, si jamais vous croisez mon mari et qu'il vous demande… »

Elle s'enfonçait.

6 novembre 1942
Istanbul, consulat de France
23 h 30

Quand le bonheur est trop violent, il terrasse et laisse démuni, sans voix ni raison, et l'on se retrouve incapable de comprendre ce qui arrive, de se ressaisir, dans l'impossibilité de dire, ne serait-ce que d'un mot, combien on est heureux. Voilà ce qui m'est arrivé tout à l'heure, Rachel, ma chère Rachel, lorsque vous m'avez aimé, me laissant tremblant et muet devant tant de force et de douceur.

Depuis trois heures vous avez quitté le Saray et vous êtes encore dans mes bras. Je revis chacune de vos caresses, je repense à chacune des miennes, mon Dieu ce qu'elles étaient hésitantes, brusques, malhabiles, trop peu nombreuses.

Dois-je vous dire que je voudrais ajouter mille choses à ces pauvres mots et que je n'ose pas ? Que déjà je vous attends ? Encore et encore, je vous embrasse,

Je suis à vous,

C.

7 novembre 1942
Le Günesh
22 h 40

Mon chéri,

Hier, lorsqu'enfin je t'ai retrouvé, je ne suis pas sûre d'avoir répondu au bonheur comme il l'aurait mérité. Nous vivons dans la terreur du Varlik. Qu'en sera-t-il de nous deux ?

Bien sûr, je viendrai demain.

R.

12 novembre 1942
Le Günesh
5 h 30

Cela faisait des semaines que Maurice se tenait le même raisonnement. Qui étaient les grands commerçants du Bazar ? Les Juifs, les Grecs et les Arméniens. Enfin, ce qu'il en restait. Si le gouvernement les mettait sur la paille, comment le commerce du pays pourrait-il fonctionner ? Les Vedrès étaient bien incapables de prendre le relais.

Il fallait qu'il reste serein. Il y aurait un impôt à payer, comme chaque impôt il serait douloureux, après quoi la vie reprendrait son cours.

Pourtant, depuis trois nuits il ne trouvait pas le sommeil. Durant la dernière, en particulier, il n'avait pas fermé l'œil.

Heureusement, Rachel appréhendait la situation avec sérénité. Elle avait dormi plusieurs heures, il l'avait compris à son souffle apaisé. Sans doute qu'elle voyait les choses avec plus de justesse. C'était une femme solide. Une femme de valeur. Il pouvait le dire, c'était la chance de sa vie. Et Rebecca, sa fille, sa fille à elle, était tout autant sa fille à lui. Une merveille d'enfant. Et ce cadeau qu'elle lui avait fait… Cette extraordinaire marque d'amour, d'avoir donné à sa fille le prénom de la femme avec laquelle il avait été si heureux… Rebecca aussi avait de la chance d'avoir une mère si forte.

Tout allait bien se passer. Il en serait quitte pour quelques mauvaises nuits, voilà tout.

La veille en fin de journée, le parlement avait voté la loi à l'unanimité. La radio l'avait annoncé avec des accents triomphalistes, sans rien dire de ses modalités. Seraient-elles gardées secrètes ? Le gouvernement avait le goût de l'autorité. Lorsqu'il s'agissait de questions touchant les minorités, le goût pouvait se transformer en obsession.

À six heures du matin, il enfila un pantalon par-dessus son pyjama, mit son manteau et quitta l'appartement pantoufles aux pieds. Sur la place de l'Encouragement, le vendeur de journaux s'activait à garnir son étal. Il devait se douter que la moitié du quartier viendrait aux aurores, le cœur battant, acheter un journal ou deux, et même trois, dans l'espoir d'en savoir un peu plus.

Devant le kiosque, ils étaient une dizaine qui patientaient dans le froid pendant que le vendeur coupait les ficelles qui attachaient les différents journaux et les empilait en bon ordre. Tous l'observaient pendant qu'il constituait ses piles, se poussant du col, essayant de capter, d'un coup d'œil, les titres des quotidiens déjà disposés sur son étal. Ils apparaissaient tous en gros caractères, souvent rouge vif, comme s'ils voulaient annoncer là violence de ce qui avait été décidé.

Maurice salua quelques voisins d'un petit geste de la main, comme s'il avait honte de se retrouver à six heures du matin, par un matin de novembre froid et venteux, dans un accoutrement qui dévoilait son désarroi.

L'un de ceux qui attendaient quitta la queue et s'approcha de lui. C'était Albert Salmona, un vague cousin, vendeur d'or au Bazar. Sans doute que ses voisins n'avaient pas les mots qu'il souhaitait entendre et qu'il comptait sur Maurice pour le rassurer :
– Tu crois qu'ils veulent notre peau ?
– Je ne vois pas ce qu'ils gagneraient à nous mettre à terre, répondit Maurice.

Son tour vint. Il n'acheta que le *Cumhuriyet*, *La République*. Il n'allait pas passer sa matinée à lire vingt journaux. Il fallait qu'il garde son calme.

Il paya le vendeur et fit trois pas en direction du Günesh, tout en dépliant le journal. Sur toute la largeur de sa une, le *Cumhuriyet* titrait : *Başvekilin Mecliste Mühim Beyanatı. Déclaration très importante du*

Premier ministre au Parlement. Sur la partie droite, il y avait trois sous-titres. Le premier disait : *Un impôt va être perçu auprès des citoyens fortunés.* Juste en dessous, il lut : *La perception unique du Varlik Vergisi commence de suite.* Enfin, un troisième sous-titre ne manqua pas de l'étonner, qui disait ceci : *1 600 000 employés à revenus fixes recevront des vivres à bas prix.* Ces mots l'inquiétèrent plus que le reste. Quel pouvait être le lien entre cette déclaration et la loi elle-même ? Fallait-il en déduire qu'elle serait confiscatoire ? Au-delà de toute décence ? Que le gouvernement voulait s'assurer du soutien de la population en lui faisant miroiter un revenu inespéré ?

Il se mit à trembler, certain d'un coup que la loi serait d'une sauvagerie dont les Vedrès avaient la spécialité. Celle qu'ils avaient fait subir aux Arméniens. Puis aux Juifs de Thrace. Puis à tous les minoritaires, comme avec leur monstrueuse loi-travail, pour laquelle ils arrêtaient les hommes dans les rues et les envoyaient dans des camps d'Anatolie « casser des cailloux » sans même leur donner la possibilité d'avertir leur famille, sans considération pour leur âge ou leur état de santé. Ces Vedrès n'étaient que des sauvages.

Il lut la première page en diagonale. Elle ne disait rien quant aux termes de la loi. Qui viserait-elle ? Quels minoritaires ? À quel taux seraient-ils taxés ? Sous quel délai ? La perception « commençait » immédiatement, soit, mais le journal n'indiquait pas la date à laquelle l'impôt serait dû. Il feuilleta fébrilement le journal. La page quatre, tout entière consacrée à la loi, ne faisait que relater les débats. Le reste du journal ne lui apprit rien de plus.

Il ne fallait pas qu'il remonte dans cet état à l'appartement. Il devait réagir. Avoir plus d'informations. Où en était sa demande de changement de nom ? Peut-être était-ce là que se trouverait leur salut. À peine habillé, il irait s'enquérir du statut de sa demande à l'état civil de Galata.

13 novembre 1942
Istanbul, consulat de France
18 h 30

– Tu es inquiète ? demanda Rey-Coste.

Rachel ne répondit pas. Elle n'était pas inquiète. Elle était honteuse. Depuis une heure, elle trompait un mari qui se trouvait au fond du gouffre avec le représentant d'un pays qui chassait les Juifs avec la même tendresse que l'on chasse les rats. Elle était même doublement honteuse. Comment allait réagir l'homme dont elle était amoureuse si elle lui demandait : « À propos, les Juifs, tu en penses quoi ? » Cet homme nu dans ses bras était certainement antisémite jusqu'à la moelle des os.

Elle s'assit sur le lit, tête baissée :

– Je ne sais pas quand je pourrai revenir. Je ne sais pas même si je pourrai revenir.

Elle regarda sa montre. Presque sept heures et demie.

Il l'embrassa sur la bouche, longuement. Elle se dégagea, dit « Je t'écrirai » et quitta le lit.

À Taksim, elle héla un dolmuş. Il restait une place sur le siège avant.

– Rachel, quelle surprise ! dit une voix depuis la banquette arrière. Qu'est-ce qui t'amène à Péra à cette heure-ci ?

C'était une bonne cliente, du genre à raconter : « Imagine-toi qu'hier, je prends un dolmuş à Péra et je tombe sur Rachel Alkabès. Pour te dire la vérité, elle ne m'a pas semblé être dans son assiette. »

Qu'elle raconte ce qu'elle veut, se dit Rachel.

15 novembre 1942
Istanbul, hôtel des impôts de Sirkeci
9 heures

À Sirkeci, une centaine de personnes attendaient leur tour aux portes du bâtiment des impôts. Ceux qui en sortaient étaient assaillis de questions. « Est-ce qu'ils ont fait des listes ? », « Est-ce qu'il y a des chiffres ? », « Quand est-ce que l'on connaîtra les montants ? ».

Maurice reconnut Albert Salmona. Il était d'une nervosité extrême :

– Ils enverront des commissaires au Bazar. Ce sont eux qui fixeront les montants à payer.

Albert lui résuma ce qu'il venait d'apprendre. Il n'y avait aucun document à fournir. Les commissaires allaient passer à chaque boutique et estimer la fortune globale de chacun, au jugé. À ces montants serait appliqué un pourcentage de cinq pour cent pour les vrais Turcs, le double pour les convertis, et vingt fois plus pour les Juifs et les Arméniens.

Maurice devint blanc :

– Tu racontes n'importe quoi. Vingt fois cinq, cela fait cent. Tu veux dire qu'ils veulent tout nous prendre ? C'est impossible !

Albert le corrigea : à son avis, ils exigeraient le cent pour cent de leur estimation. Cela pouvait être deux ou trois fois leur vraie fortune. Et ce n'était pas tout. Le délai pour régler l'impôt était de quinze jours, pas un de plus. S'ils n'arrivaient pas à réunir la somme dans ce délai, ils bénéficieraient de quinze jours supplémentaires, assortis d'un intérêt, cinq pour cent.

– Et si tu n'as toujours pas payé ?

Albert le regarda, l'air terrifié. Ils seraient déportés.

Maurice le reprit. Ils s'étaient toujours montrés des citoyens modèles. Ils n'étaient pas turcs de souche, mais enfin ils étaient turcs quand même ! Ils n'avaient jamais rien fomenté contre l'État, trop heureux de vivre en paix dans le pays qui avait accueilli leurs ancêtres. Tôt ou tard, le gouvernement reviendrait à la raison.

– Tu te fais des illusions, dit Albert. Tu les connais aussi bien que moi.

Ils seraient saisis jusqu'à leur dernière cuillère. Tous leurs biens partiraient aux enchères et si les sommes récoltées n'atteignaient pas le montant désiré, les chefs de famille seraient envoyés construire une route à Aşkale, sur le plateau d'Anatolie, où en hiver les températures descendaient à moins trente degrés :

– Les commissaires ont pleins pouvoirs. Et il n'y aura pas de recours possible. C'est dans la loi.

Ils restèrent silencieux, les yeux dans les yeux.

– Rentrons, dit Maurice. Au moins que nous soyons au magasin lorsqu'ils viennent.

– Je n'ai pas la force de monter jusqu'au Bazar, dit Albert.

Ils prirent un taxi collectif qui dut s'arrêter à deux cents mètres de l'entrée, tant il y avait de foule. Alors qu'ils s'approchaient de la porte de Beyazit, ils remarquèrent que de nombreux commerçants s'éloignaient du Bazar, chargés comme des mules. Tapis roulés et portés à même le dos, habits empilés sans façon, objets emballés à la va-vite ou portés à bout de bras, chacun fuyait dans la panique, histoire de cacher un peu de ses biens aux yeux des commissaires.

À la boutique, Rachel les informa que les commissaires avaient commencé leur travail, deux magasins plus haut.

15 novembre 1942
Bazar d'Istanbul
12 h 30

– Bien sûr que nous témoignerons, dit le voisin. Pour autant que le commissaire nous le demande. Car si nous lançons une phrase en l'air, du genre : « À propos, vous savez, notre voisin Maurice, oui, Saltiel, du reste, il va changer de nom, il a même fait sa demande, il veut s'appeler Özkan, vous voyez, c'est un patriote de premier ordre », ça risque d'aller à contre-propos. Le commissaire trouverait ça bizarre. Il se demanderait ce que cache tant de sollicitude de ma part. Du coup, il pourrait me dénoncer, dire : « Halis, à qui va ta loyauté ? » Tu comprends, mon ami ?

C'était le troisième commerçant de l'allée auquel Maurice demandait d'apporter un témoignage spontané en sa faveur. Il s'était dit que pour la première fois de leur vie, les commissaires se trouveraient en situation de toute-puissance, et qu'ils en retireraient une vanité vertigineuse. À leur pouvoir de ruiner s'ajouterait le droit de gracier. Autant chercher à les amadouer par l'intervention d'un Turc de souche…

Mais les trois voisins auxquels il s'était adressé avaient tous réagi de la même manière. Pas question d'initier une telle démarche. Nous voulons bien t'aider, pour autant que le commissaire nous demande notre opinion.

Le seul moyen qu'il lui restait pour amadouer les commissaires était la modification de son nom de famille, une marque de loyauté indiscutable, quoi qu'on dise. On n'abandonne pas un patronyme vieux de plusieurs siècles sans motif. Il est vrai que le chagrin qu'il en ressentait n'était pas si grand… Enfin, il pourrait jouer là-dessus.

À l'état civil, la règle était d'attendre six semaines. Et cela ne faisait que quinze jours… Mais il n'avait pas le choix. S'il voyait que l'employé se montrait aimable, il lui proposerait quelque chose. « Passe au Bazar quand tu as un moment, j'ai des gabardines magnifiques. Crois-moi, tu auras un manteau pour la vie. »

Il quitta le Bazar et héla un dolmuş. Pendant que la voiture descendait en direction d'Eminönü, il pensa à son échange avec Albert. C'était un vendeur d'or habitué à tout mesurer au milligramme près, pas un candide. Il avait sur toute chose un regard lucide. « Tu les connais aussi bien que moi », lui avait-il dit, en parlant des Vedrès...

Au moment où le dolmuş passait le pont de Galata, Maurice ressentit soudain une fatigue immense. Où trouverait-il la force de se battre ? De trouver une solution ? De permettre à Rebecca et Rachel de vivre dignement ? Rachel était solide, c'est vrai. Dure à la tâche. Mais que pourrait-elle faire s'il n'y avait plus que trois rouleaux de tissu en magasin ? Ou même, plus de magasin du tout ?

Il repensa à leur discussion au Wiener Café de Tel-Aviv. Il s'était dit qu'il n'y avait pas deux femmes sur terre à avoir un tel aplomb. Rachel respirait la force et la franchise. Il y avait une formidable noblesse dans sa démarche. La proposition qu'elle lui avait faite était la chance de sa vie. Et il ne regrettait pas de l'avoir saisie.

Malgré tout, quelque chose lui échappait dans l'attitude de Rachel. Elle ne l'interrogeait jamais sur ce qui allait se passer. Elle l'écoutait parler de leur situation comme si elle la vivait à distance, en parallèle de lui. Était-ce sa pièce qui la préoccupait ? Un homme très distingué, lui avait dit Zübeyde en parlant du consul, un Monsieur. Toutes choses que lui n'était pas.

Enfin, si cet homme pouvait l'aider… Le théâtre avait été le centre de la vie de sa femme. Il ne l'était plus, elle avait l'occasion d'y retourner, elle le faisait avec passion, c'était naturel.

Et si elle était tombée sous le charme de cet homme, dont on disait tant de bien ? L'idée, la simple idée de douter de Rachel lui parut soudain insupportable, et il se sentit honteux de s'être laissé aller à l'envisager.

À l'état civil, on lui annonça que son nouveau patronyme était désormais Özkan, et qu'il avait été communiqué à l'administration du Varlik Vergisi :

– Quel que soit ton patronyme, lui lança le préposé sans rire, tu n'échapperas pas à l'impôt.

15 novembre 1942

Le Günesh

18 h 30

– Des jours douloureux vous attendent, mes bons amis, dit Zübeyde.

À Ankara, la machine à broyer ceux qui n'étaient pas turcs de souche était prête à fonctionner. L'administration s'apprêtait à ruiner les Juifs, les quelques Grecs qui étaient encore là après les expulsions massives, et les Arméniens encore en vie. La presse faisait preuve de sa servilité habituelle, et tout le pays soutenait le mouvement. On allait ratiboiser. Humilier. Blesser au cœur et au corps, par mille moyens. Il y aurait des déportations.

Maurice la remercia de les recevoir. Ils lui devaient beaucoup, déjà, il en était conscient, et reconnaissant au-delà des mots. Savait-elle quand ils seraient taxés ? À quelle hauteur ? Fallait-il déjà qu'il se prémunisse contre un prélèvement confiscatoire ? Qu'il vende de la marchandise en douce ? Que leur conseillait-elle ?

Elle n'en savait rien. Elle aimait son pays, profondément, d'une tendresse immense. Elle aimait sa terre. Elle aimait ses compatriotes tels qu'ils étaient, de braves gens, la main sur le cœur. Mais elle devait bien admettre qu'il arrivait à ses dirigeants de perdre la tête :

– L'empire s'est construit dans la violence, et il s'est terminé dans l'humiliation.

La chute était récente. Vingt ans… Les mêmes personnes qui avaient été battues se retrouvaient en position de pouvoir humilier à leur tour. Et à leur tête, Ismet Pacha…

– Le ressentiment est immense, violent… Que vous soyez juif, grec ou arménien, que vous fassiez preuve de la plus éclatante des loyautés, vous serez toujours des étrangers. Comme l'étaient ceux qui ont démembré l'Empire ottoman…

Elle avait écouté Atatürk en 1923, dans une réunion publique, peu de temps après la promulgation de la République. « Les Arméniens n'ont aucun droit dans ce pays prospère, avait-il dit, ce pays est à vous, les Turcs. Il sera éternellement turc. » Les Grecs étaient des ennemis déclarés, depuis des siècles. Quant aux Juifs, ils n'étaient bons qu'à amasser de l'argent en baragouinant leur ladino de malheur. Et quand ils se mettaient à parler turc, il y avait de quoi se boucher les oreilles :

– Maurice Bey, tu me pardonnes ma franchise. Tu sais que je ne pense pas comme ça.

Maurice baissa la tête. Il parlait mal le turc et n'était pas une exception. Pour de nombreux Juifs, la langue des Vedrès ne méritait pas d'efforts, au-delà du strict nécessaire.

Rachel l'observa. Il était à terre.

– Vous êtes, de tous les minoritaires, les plus loyaux. Vous n'avez de patrie que la Turquie. Mais tout le monde ne voit pas les choses ainsi.

Elle répétait souvent ce mot de sa grand-mère, qui venait d'Alexandrie et ne s'était jamais faite à Istanbul : « Pour tuer la mite, le Turc brûle la couverture. » C'était bel et bien ce qui les attendait. Il y avait aussi cette amitié terrifiante avec l'Allemagne… Une fraternité dans la haine des races… Maurice savait-il qu'un général d'armée avait déclaré que, pour un Juif, parler turc était un viol ? Dans le même temps, une campagne d'affichage hurlait dans tout le pays : *Citoyen, parle turc !*

– Pour ce qui est de la date à laquelle les taxations seront affichées, il faudra lire le *Cumhuriyet*. Chaque matin…

Et le stock ? Que lui conseillait-elle ? Devait-il anticiper ? Vendre, avant que le marché ne soit inondé de marchandises ? Après, ne serait-il pas trop tard pour en tirer un prix décent ?

Elle lui suggéra la plus grande prudence. La loi considérait ses biens comme une garantie de sa dette à venir. S'il était dénoncé par l'un ou l'autre des commerçants qui attendaient de tout rafler à vil prix, il risquait la prison.

– Et si nous n'arrivons pas à payer l'impôt ? demanda Rachel. Que va-t-il se passer ?

Zübeyde eut un geste d'impuissance :

– Je ne sais pas, mon trésor…

Elle le savait très bien. Elle et Rebecca seraient à la rue et Maurice envoyé aux travaux forcés à Aşkale, au fin fond de l'Anatolie.

Rachel s'approcha d'elle et l'embrassa.

– Que Dieu vous garde, lui dit Zübeyde.

Elle resta longtemps assise, les yeux dans le vague. Depuis son retour de Büyükada, à la fin de l'été, elle se sentait bizarre. Ce n'était pas de la fatigue, ni une douleur sur laquelle il lui aurait été possible de mettre le doigt, pour ensuite appeler son médecin. Il aurait fait un saut dans l'heure. « Je ne vous demande pas de me guérir, aimait lui dire Zübeyde d'un ton quoi n'appelait pas de discussion, je vous demande de me rassurer. »

Ce qu'elle ressentait était autre chose. De la tristesse. Peut-être était-ce cela, vieillir. Ne pas réussir à retrouver une légèreté. Chercher des excuses à son amertume. La bêtise de l'un, la méchanceté, de l'autre, la situation… Et ce rat d'Ismet Inönü… *Milli Şef*, qu'il se faisait appeler… Le chef de la nation… De quoi rigoler. Après Atatürk, il devait se hisser du col. Et il avait trouvé la solution. Spolier ceux qui faisaient fonctionner l'économie et les pousser à fuir le pays.

20 novembre 1942
Bazar d'Istanbul
11 h 30

Ils étaient deux à la porte de la boutique :
– C'est pour l'estimation.

Celui qui avait parlé s'approcha d'une des parois où étaient entreposées les laines et se mit à compter les rouleaux, pendant que l'autre menait un interrogatoire serré de Maurice. Détails comptables du magasin : ventes, bénéfices, valeur du stock, liquidités placées en banque. Où ? Combien ? Appartement : surface. Estimation du mobilier. Bijoux. Autres propriétés. Craignant qu'en plus de lui prendre tous ses biens on ne l'accuse de fraude, Maurice ne cachait rien. Rachel les regardait en silence, et, à cet instant, sut qu'elle et Maurice et Rebecca n'existaient plus. Que tout pouvait leur être imposé. Elles comprit ce qu'avaient fui les Ashkénazes qui venaient en Palestine : le sentiment de n'être rien. Et que pour effacer ce sentiment, atroce, déplacer des montagnes semblait une tâche légère.

Le commissaire demanda des indications complémentaires sur les tissus empilés à l'entrée du magasin. Maurice s'exécuta, puis ajouta, en pointant du doigt la mezzanine au fond du magasin :
– Et là, nous avons les tissus légers, des soies, surtout.

Il s'arrêta. Pouvait-il proposer quelques mètres de tissu à chacun des deux ? Le risque était immense. Il respira profondément, hésita, puis finit par dire, le souffle coupé :
– Nous avons de belles choses.

– Je l'avais remarqué. Je suis content pour toi que tu ne nous l'aies pas caché. C'est très bien.

– J'ai toujours été un citoyen loyal, dit Maurice.

– Sois content, répondit le commissaire, tu auras bientôt l'occasion de le démontrer.

La visite n'avait pas duré une demi-heure.

20 novembre 1942
Le Günesh
22 h 30

Mon amour,

Tout s'écroule.

Hier, j'ai vu Zübeyde Hanoum. Mon mari voulait l'interroger sur ce qui nous attend. Nous n'avons pas appris grand-chose. Mais j'ai bien compris, à sa mine, que l'État va tout nous prendre, que le pire nous attend. La ruine, la rue et la faim. Cela me semble irréel.

Je cours déposer cette lettre au consulat. Je prie le ciel de ne pas t'y croiser, ce serait trop douloureux. Et je prie le ciel de t'y voir, ne serait-ce que de loin. De sentir tes yeux posés sur moi, comme lorsque, d'un regard tendre, tu caresses mon corps.

Je ne te verrai plus.

Je t'aime au-dessus de mes forces.

R.

22 novembre 1942
Consulat de France
23 h 45

Mon amour,

Ton mot m'a anéanti.

Je sais, je vois, j'entends ce qui se prépare. Cela ne fait qu'augmenter mon désarroi. Y aura-t-il une fin au cauchemar ? Un lendemain ? Je veux l'espérer, de toutes mes forces, espérer, surtout, que les événements ne te blesseront pas trop, qu'ils ne t'obligeront pas à quitter ton confort et ta dignité. Je le souhaite de tout mon cœur. De toute mon âme. Comment t'aider ?

Sais-tu combien tu vas me manquer jusqu'à ce que vienne ce lendemain ? Combien je vais souffrir ? Le sais-tu ? Eh bien moi, je ne le sais pas, et je ne veux pas le savoir. Car je crois qu'alors, devant tant de douleur, je perdrais toutes mes forces, tout espoir de te serrer à nouveau dans mes bras, de pouvoir, à nouveau, couvrir ton corps de baisers, de caresses et de tendresses, d'être embrassé par toi, d'écouter ta voix me dire des mots qui me sont nouveaux. Je les ai entendus, déjà, mon âge te le dit, mais soudain je découvre, dans ton souffle, qu'ils me pénètrent comme jamais et m'étourdissent de bonheur.

Pris par la folie de notre amour, nous n'avons pas parlé de ce qui nous a permis de nous rencontrer. Si j'ai été confirmé à ce poste par mon gouvernement, c'est qu'il considère que je lui suis loyal. Pourquoi ne m'as-tu pas interrogé ? Craignais-tu d'en savoir trop sur mon compte ? Tout n'est pas présentable de mon passé. Ni de mon présent, du reste. Je veux te dire, ici, ma vérité tout entière. Si un lendemain de bonheur devait nous arriver, qu'il ne vienne pas à un moment où tu aurais épuisé ton amour en maudissant ceux qui font subir l'indicible à ton peuple.

Nous sommes nombreux, dans mon pays, à nous être retrouvés là où nous ne pensions jamais arriver, après avoir milité à gauche, longtemps, avec conviction, pour être d'abord déçus, puis impatients, puis désespérés par l'inaction, la passivité, pour ensuite glisser, insidieusement, vers d'autres idéaux, comme celui de préserver notre pays, de « sauver les meubles », de nous retrouver complices de lois contre lesquelles, il fut un temps, nous nous serions battus au prix de notre vie. J'étais proche des surréalistes, tu le sais, un mouvement aussi iconoclaste qu'on peut l'imaginer. Et je me suis retrouvé à rédiger les discours de notre Maréchal... Je n'y étais pas seul. Mon ami Berl, mon vieil ami, Juif de haute lignée, m'y accompagnait. Sans doute est-ce cela, le surréalisme. Militer durant des dizaines d'années à gauche et se retrouver à écrire les discours du Maréchal. Berl et moi fréquentions un autre de tes coreligionnaires, le plus brillant homme qui soit, un Pierre Mendès France, avec lequel nous collaborions aux Cahiers bleus, *une revue engagée. Nous fréquentions Drieu, un écrivain, qui a épousé une jeune Juive avant de se transformer en antisémite féroce. Notre monde était devenu fou, il nous enivrait de sa folie, et nous nous retrouvions sans boussole.*

Autorise-moi à te dire ceci : j'aime mon pays d'un amour immodéré. J'ai toujours agi au plus près de ma conscience, pour son bien, ou, si l'on veut, pour atténuer son malheur autant que je pouvais. Et dans le même temps, j'ai toujours ressenti à l'égard de ton peuple la plus haute estime et la plus grande admiration. Il y a longtemps, très longtemps, j'ai été fiancé à une jeune fille juive, Ariane Mandelbaum. Son frère, Gilles, était mon camarade de promotion à Polytechnique. Il m'avait présenté sa sœur à l'occasion d'un bal ; quelques semaines plus tard, j'étais convié à déjeuner chez ses parents. La rupture n'est pas venue de moi.

Il y a de cela quatre ans, j'ai aidé trois familles juives de Constantinople à émigrer en France. Des gens de qualité que j'avais bien connus. Les Mitrani, les Manasse et les Farhi. Nous étions liés d'amitié.

Deux ans plus tard, le gouvernement turc décidait de retirer la nationalité à de nombreuses familles qui avaient quitté le pays. Des trois familles que j'avais aidées, les deux ont perdu leur citoyenneté, les Farhi et les Mitrani. Ils ont été pris dans les rafles. Neuf personnes... J'avais cru bien faire en les aidant. Les Manasse, eux, avaient réussi à garder leur passeport. Je n'y étais pas pour rien, j'ose le dire, j'avais fait une intervention auprès de notre ambassadeur à Ankara, Gaston Bergery. Il connaissait bien von Papen, l'ambassadeur allemand. C'était lui qui avait œuvré auprès du ministère des Affaires étrangères turc, il y avait ses entrées. À Paris, les Manasse ont obtenu un visa pour l'Espagne et ils ont sauvé leur peau.

Je voulais que tu saches cela.

Tu ne sais pas combien je t'aime. Et moi non plus.

F.-X.

23 novembre 1942
Bazar d'Istanbul
17 heures

Tantôt sur une jambe, tantôt sur l'autre, le jeune homme semblait perdu, scrutant l'intérieur du magasin, puis l'allée, puis la vitrine à nouveau, comme s'il attendait quelqu'un sans savoir d'où il viendrait.

Celui-là, se dit Maurice, je l'ai déjà vu quelque part. Sûrement un espion. Un petit employé aux ordres des commissaires qui essaie d'en savoir plus sur notre travail, histoire de nous taxer plus fort. Un peu trop bien mis pour un employé de l'administration. Peut-être le fils d'un personnage haut placé qui fait ses premières armes dans l'art de terroriser les minoritaires.

Il l'observa, le cœur battant, attendit une longue minute, puis une autre, puis une autre encore. Pas question d'approcher la boutique tant qu'il était là.

Soudain le jeune homme s'éloigna de la porte. Une cliente que Maurice reconnut quitta le magasin. Elle avait à peine fait deux pas que le jeune homme porta son regard à l'intérieur de la boutique et fit un signe de la main. Rachel passa la porte et s'approcha de lui. Sans qu'ils n'échangent un mot, il lui tendit une enveloppe et s'éclipsa. Maurice vit Rachel enfouir l'enveloppe sous sa robe, se précipiter à l'intérieur du magasin et monter les escaliers de la mezzanine pendant qu'elle ouvrait l'enveloppe d'un geste fébrile.

Il entra, s'approcha de la mezzanine et leva les yeux. Rachel tenait des deux mains une petite liasse de feuillets bleus. Lorsque leurs regards se croisèrent, ils restèrent muets, épouvantés de ce qu'ils venaient de découvrir.

– C'est de chez toi ? demanda Maurice.

Elle fit non de la tête et descendit lentement de la mezzanine.

– Nous avions un pacte, dit Maurice.

Elle resta muette, les yeux sur ceux de Maurice.

– C'est le Français ?

Elle ferma les paupières.

Ils étaient perdus tous les deux, Maurice incapable de concevoir qu'un tel malheur puisse s'ajouter à ce qu'il subissait, et Rachel abasourdie que sa liaison avec François-Xavier ait été découverte, comme s'il s'agissait de quelque chose qui ne regardait qu'elle.

23 novembre 1942
Du Bazar au Günesh
18 h 30

Ils quittèrent le magasin sans un mot, tête basse, incrédules.

Sur l'avenue des Janissaires, elle héla un dolmuş, mais d'un signe de la main Maurice fit comprendre au chauffeur qu'il devait poursuivre sa route. Dans le taxi collectif, ils auraient pu se retrouver avec des connaissances.

Ils marchèrent l'un derrière l'autre jusqu'à Eminönü, où Maurice arrêta un taxi et prit place sur le siège avant.

– À Maçka.

– À Maçka où ? demanda le chauffeur du taxi.

– Au Günesh.

– Au Günesh, où, grand frère ?

À peine avait-il donné l'adresse au chauffeur qu'il se mit à sangloter. Assise derrière lui, Rachel posa la main sur son épaule et la garda ainsi durant tout le trajet.

Au Günesh, ils traversèrent le hall de l'immeuble en silence, les yeux baissés, elle à deux mètres de lui. Dans l'ascenseur, chacun détourna le regard. Lorsque Maurice referma sur eux la porte palière de l'appartement, Rachel lui demanda :

– Je vais dormir sur le divan ?

Elle avait dit ces mots d'un air mal assuré, comme si elle hésitait entre ce qu'elle espérait et ce à quoi elle devait s'attendre. Maurice baissa les yeux, les traits défaits, dit « bonne nuit » et se dirigea vers leur chambre.

Elle fit un pas en direction de la chambre de Rebecca. Maurice se retourna et, d'une voix soudain forte, dit « Non ! ».

23 novembre 1942
Le Günesh
23 h 30

Elle lui avait demandé s'il voulait faire l'amour, et il avait refusé. « Que cet enfant vienne au monde avec autant de pureté et de sérénité qu'il est possible. Alors une nouvelle vie débutera pour toi comme pour moi. Et nous ferons l'amour. » Elle lui avait répété les mots du Wiener Café : « Cet enfant sera ton enfant et je serai ta femme autant qu'une femme peut être à un homme. »

Ils avaient fait l'amour pour la première fois dix mois plus tard. Maurice tenait à ce qu'ils soient mariés, qu'ils s'installent à Istanbul, qu'elle accouche de Rebecca, qu'elle se repose, se reprenne. Il s'était montré d'une délicatesse bouleversante. Oui, Maurice était le plus attentionné des hommes. Le plus brave et le plus généreux. Il suffisait à Rachel d'observer la joie de Rebecca lorsqu'à l'occasion de tel ou tel jeu, elle se jetait dans ses bras. Maurice l'accueillait avec gentillesse, sans excès, comme si cet amour ne lui était pas dû. Il s'était montré, de tous les hommes, le plus fidèle à sa parole. Le plus assidu à son travail. Le plus sincère en toute chose. Elle se souvint de son regard, lorsque pour la première fois il l'avait posé sur Rebecca, âgée d'à peine une demi-heure, pendant que Rachel lui donnait le sein.

Mais c'était aussi l'homme le moins brillant qu'elle ait connu. Le moins intéressant. Le plus ennuyeux. Et pour sûr, l'un de ceux qui savaient le moins bien faire l'amour.

François-Xavier n'avait pas les qualités de cœur de Maurice, mais mon Dieu qu'il était séduisant, et brillant et charmant et distingué, le plus cultivé, le plus intéressant, le plus élégant, le plus éclatant, en un mot, le plus irrésistible qui soit. Le plus beau, aussi. Et au lit, un amant d'une inégalable délicatesse. La perspective de ne plus retrouver ses bras, son corps, ses lèvres, son sexe, l'anéantissait.

Sa vie continuait de se déliter par sa faute, morceau par morceau. Karl et Elisheva étaient morts par sa faute. Ida, perdue par sa faute. Mounir ? Perdu par sa faute aussi, tout comme la tendresse d'Aïcha. Comme elle lui manquait, Aïcha… La reverrait-elle jamais ? L'amour de Rebecca, aussi, impossible par sa faute. Pour l'instant, elle était petite. Elle essayait de comprendre de quoi il retournait, cela se voyait à ses yeux, sans cesse dans l'attente d'une explication. Pour l'amour du ciel qu'on me dise ce qui se passe, disait le regard de sa fille. Elle se doutait bien qu'un jour, Rebecca lui présenterait la facture pour ces moments de désarroi.

Elle s'assit sur le divan et se mit à écrire :

Tu élèves notre enfant avec plus d'amour qu'on ne peut l'imaginer. Tu fais pour notre famille ce que personne ne ferait. Tu es un être exceptionnel.

J'avais pris un engagement et je ne l'ai pas respecté. Je ne te demande pas de me pardonner, ma faute est impardonnable.

Dis-moi ce que je dois faire et je le ferai.

Je t'aime infiniment.

Elle se dirigea vers leur chambre à coucher, glissa le feuillet sous la porte et retourna à la petite alcôve. Quelques minutes plus tard, elle entendit un frottement et alluma la lumière. Une feuille de papier avait été glissée sous la porte.

Les moments à venir seront très difficiles.

Pour toi et moi, bien sûr. Mais surtout pour notre enfant.

Si tu oublies ce qui s'est passé, je l'oublierai à mon tour.

17 décembre 1942
Devant Le Günesh
6 heures

Ils étaient une trentaine à faire la queue sous la neige.

– C'est pour ce matin.

Maurice se retourna. C'était Albert. Depuis deux semaines, chaque matin avant l'aube, ils se retrouvaient devant le petit kiosque :

– J'ai lu les titres en vitesse.

– Et ?

– Des slogans, rien de plus.

Maurice se mit à trembler. Il avait oublié de mettre son manteau. Il quitta la queue, dans l'idée de remonter chercher de quoi se couvrir, mais la perspective de croiser Rachel le fit changer d'avis. Il se mit à se frotter les bras des deux mains, mais rien n'y fit, il tremblait sans arrêt, de peur autant que de froid.

– Je te jure que je suis content, reprit Albert. On va régler cette histoire et après on pourra travailler à tête reposée.

Le *Cumhuriyet* en main, ils eurent confirmation que leur attente prendrait fin bientôt. Le journal titrait en première page :

On en sait plus
sur le Varlik Vergisi

Les listes étaient désormais établies. Le journal indiquait les bureaux de perception où les noms et les montants seraient affichés : Alemdar, Beşiktaş, Beyazıt, Emınönü, Eyüb, Fatıh, Galata, Galatasaray, Kadıköy, et ainsi de suite jusqu'à Sirkeci, Tophane et Üsküdar.

L'article de première page laissait espérer que les contribuables pourraient se renseigner « directement et aisément » auprès des préposés de chacun des bureaux. Il indiquait également ce que l'État pensait récolter comme contribution.

– Il n'y a que quelques noms, fit Maurice, déjà à la page trois. Les grosses huiles. Et là, regarde, la dernière colonne.

Le journal donnait des précisions sur l'application de la loi. Le délai de paiement était fixé au 4 janvier. Un délai supplémentaire de quinze jours pouvait être obtenu, moyennant un intérêt de deux pour cent.

Au 20 janvier, les biens des « mauvais citoyens » seraient saisis et mis aux enchères.

Ils se regardèrent, perdus.

– Allons à Sirkeci, fit Albert. Qu'est-ce qu'on perd ?

Maurice se dit que son cousin n'avait pas toute sa tête. Il ne s'agissait pas de savoir s'ils avaient ou non quelque chose à gagner ou à perdre. L'État était à leurs trousses. Un État déterminé à en finir avec ses minoritaires. Quoi qu'il lui en coûte. En définitive, cette histoire de Varlik Vergisi était une histoire de purification ethnique. *Être turc, c'est une question de sang.* Le *Cumhuriyet* reprenait les mots du Premier ministre Saracoğlu. Toute l'affaire se résumait à cela : comment chasser du pays les vermines non-turques. Si au passage, cela laissait un quelque chose aux caisses de l'État, c'était bon à prendre.

Ils descendirent en direction de Beşiktaş et marchèrent un quart d'heure à la recherche d'un dolmuş avant d'en trouver un qui ait deux places libres et se dirige du côté de Sultanahmet. Du fait des chaussées couvertes de neige, la voiture roulait au pas. Ils n'arrivèrent qu'une heure plus tard à Sirkeci, où un attroupement s'était formé devant le bureau des contributions. La neige tombait à gros flocons et les listes avaient été affichées à l'intérieur. L'endroit ne pouvant accommoder plus d'une trentaine de personnes, ils en avaient pour une heure au moins, à attendre dehors.

– Moi, je reste, dit Maurice.

– Et moi je vais travailler. Si tu vois mon nom, tu me diras ce qu'ils veulent me prendre.

Une minute plus tard, Maurice fut pris de violents tremblements. Malgré tout, il préféra rester. Autant savoir, enfin.

Combien avait-il gagné au cours de l'année qui se terminait ? Pas plus que l'année précédente, sans doute.

Environ dix mille livres. Sans compter les amortissements qu'il devrait porter sur certains de ses lots et qui viendraient en diminution du bénéfice. Il y en avait bien pour quatre ou cinq mille livres. Encore faudrait-il que cela lui soit reconnu. Mais par qui ? Les décisions des commissaires étaient sans appel… La loi fixait le taux d'imposition par une simple fourchette. De cinquante à soixante-dix pour cent sur le bénéfice de l'année écoulée. Cela lui ferait entre cinq et sept mille livres. Il avait en banque douze mille livres, plus environ trois mille cinq cents livres en pièces d'or. Il paierait ce qu'il faudrait et la vie reprendrait. Il avait de quoi s'en sortir.

Avec un peu de chance, ils lui reconnaîtraient les amortissements et le taxeraient aux valeurs basses. Sans doute son nouveau nom de famille jouerait-il un rôle, cela ne serait que justice. Il en aurait sans doute pour deux mille cinq cents livres. Il pourrait même en rire avec le *memur* des contributions. *Memur Bey,* lui dirait-il, *je te paierai « seve seve »*… C'était l'expression qu'avait utilisée le maire d'Istanbul. Il voulait que les citoyens paient leur impôt *seve seve. En aimant le faire…*

Peut-être que tout cela était un mal pour un bien. Il voulait le croire de toutes ses forces. Plus que tout au monde ! Bien sûr que cette aventure finirait par être un mal pour un bien. Il en ressortirait plus fort, il en avait la conviction.

Il pensa à Rachel. Il lui avait fait une proposition en or. Qui d'autre que lui se serait montré aussi généreux ? Qu'elle oublie et il oublierait. Sans doute qu'au terme de toute cette angoisse, quelque chose de très beau ressortirait. Une relation plus forte. Plus ouverte. Et une autre, plus forte également, avec son pays. Il portait désormais un patronyme magnifique ! Özkan… Sang pur ! Il aurait payé une dette importante, de bon cœur et très vite. Il ferait plus. Il s'arrangerait pour être dans les tout premiers à verser l'impôt.

Dans la queue, les gens s'interrogeaient. Chacun partageait ses suppositions, donnait des chiffres pour se rassurer, déterminait ce à quoi il pouvait s'attendre, *el más posible, yani, le plus, j'entends*, mélangeant mots espagnols et turcs. Comme si obtenir l'assentiment du voisin valait accord de l'État.

Après une demi-heure d'attente, la tête couverte de neige, Maurice se mit à éternuer bruyamment plusieurs fois de suite. Il tremblait si fort que plusieurs personnes le poussèrent pour qu'il passe devant.

À l'intérieur, les listes étaient affichées de part et d'autre de l'entrée, sur des feuilles de couleur bleue, épinglées dans l'ordre selon l'alphabet.

Il se dirigea vers les S, chercha son nom, et ne lc trouvant pas, fut pris d'angoisse. Puis de joie. Était-il exempté ? Oublié ? Il chercha des yeux un memur, puis soudain comprit son erreur. L'état civil avait dû être bombardé de demandes de changement de nom. Ils s'étaient empressés de les communiquer au service des contributions, le préposé le lui avait annoncé.

Le Ö se trouvait du même côté que le S. Ils étaient plusieurs à s'appeler Özkan. Il lut son nom, enfin, et ressentit un vertige :

> *Özkan Moris, Textil Ticaret... TL 45 000.*
> *Öztürk Maurice, commerçant de textiles...*

Le chiffre devait être faux. N'était-ce pas 4 500 ? Non. Il avait lu juste : 45 000.

Il chercha plus loin sous Özkan. Y avait-il d'autres Maurice ? Le prénom était courant, Özkan un patronyme tentant. Mais non. Il n'y avait qu'un seul Moris Özkan.

Il essaya de reprendre ses esprits. Une erreur de virgule, bien sûr. Du reste, quatre mille cinq cents livres, c'était presque le chiffre auquel lui-même avait abouti.

Il trouva un memur et lui exposa son cas. Il faisait au mieux dix mille livres de bénéfice par an. Et il ne voulait pas même entrer en discussion à propos d'amortissements. Il tenait à se montrer bon citoyen. Mais enfin, il devait y avoir une logique. Tout son stock faisait peut-être vingt ou vingt-cinq mille livres. Et encore, en ne comptant aucune décote. Comment pourrait-il payer le montant demandé ? C'était impossible. Il lui faudrait travailler cinq ans sans rien gagner pour pouvoir le faire. Il était un citoyen loyal, il l'avait démontré par le choix d'un patronyme aussi turc que possible. Cette taxation avait été l'objet d'une erreur de virgule, pour sûr… Du reste, il invita le memur à venir le visiter au magasin. Il lui montrerait tout son stock. Peut-être même que le memur pourrait lui donner son sentiment sur certaines étoffes, dire lesquelles lui paraissaient les plus précieuses, à son goût…

Autour d'eux, le désarroi était sur tous les visages. Ils en étaient encore à prendre la mesure du drame, de la déchéance qui les attendait, à comparer, à s'interpeller, sans oser protester, ne serait-ce que d'un mot, sur la façon dont ils étaient traités. Le memur écouta Maurice d'un air excédé. Chaque montant avait fait l'objet d'une analyse très attentive. Et il n'y avait aucun recours possible :

– Pardonne-moi, d'autres me sollicitent.

– *Âbi*, supplia Maurice, *grand frère*, je te le dis, je n'ai pas de quoi ! Même si je vide mon compte à la *Yapı ve Kredi Bankasi*, je n'arrive pas au quart. Qu'est-ce que je dois faire ?

– Paie au plus vite ce que tu peux. Pour le reste, ça passera par les enchères. D'abord le magasin, et si cela ne suffit pas, la maison. Et maintenant rentre chez toi, tu ne m'as pas l'air bien vaillant.

6 janvier 1943
Le Günesh
15 heures

Au retour de Sirkeci, il avait dû s'aliter, grippé comme il ne l'avait jamais été. Il s'était extirpé du lit deux jours plus tard, avant que les banques ne ferment pour les quatre jours du Bayram, la fête du sacrifice. Ce qu'il avait en compte était gelé par la loi en garantie de l'impôt dû. Mais personne ne pouvait savoir ce qu'il avait placé dans son coffre. S'il retirait ses pièces d'or, les siens auraient de quoi manger durant quelques mois.

Pour se rendre au siège de la *Yapı ve Kredi Bankasi*, sur l'avenue de l'Indépendance, il avait trouvé un taxi. Le retour fut un calvaire. Il neigeait à gros flocons. Ne trouvant ni taxi ni dolmuş, lesté de ses pièces d'or, craignant d'être repéré aux alentours de la banque, il était rentré à pied. Le lendemain, la grippe s'était transformée en bronchite. Dix jours plus tard, il avait à nouveau quitté le lit. Le stock de son magasin allait être mis aux enchères. « Comment veux-tu que je n'y aille pas ? » avait-il dit à Rachel. « Estime-toi heureux », lui avait lancé le commissaire au terme de la vente. Le stock s'était vendu sur place, à la va-vite, et avait rapporté huit mille cinq cents livres. Un bon chiffre au milieu des ventes qui se succédaient dans une atmosphère surréaliste le long des allées du Bazar. « Il valait plus de trente mille à l'achat, peut-être cinquante mille à la vente », avait protesté Maurice. « Nous vivons tous des moments difficiles, avait tranché le commissaire, je te le répète, estime-toi heureux. »

Les douze mille cinq cents livres qu'il avait en banque, ajoutées au huit mille cinq cents du magasin, cela faisait vingt et un mille livres. Il lui en manquait dix-huit mille pour régler sa dette. Jamais il ne pourrait retirer une telle somme de ses biens personnels. Il risquait la déportation.

Il était rentré du Bazar en taxi, brûlant de fièvre, à peine capable de tenir sur ses jambes. Rachel avait pris sa température. Elle dépassait quarante. Le lendemain, il expectorait du crachat sanguin. Le médecin lui avait diagnostiqué une pneumonie.

C'était maintenant Rachel qui descendait acheter le *Cumhuriyet*. Les ventes des biens personnels étaient annoncées dans la presse sous trois ou quatre jours de préavis. Les journaux indiquaient le nom du titulaire, l'adresse, et l'heure à partir de laquelle tout citoyen pouvait se rendre à l'appartement, accepter les prix proposés par les deux commissaires chargés de la vente ou faire une contre-proposition. Trois jours plus tôt, leur nom était apparu, page sept : *Famille Moris Özkan, Immeuble Le Günesh, place de l'Encouragement, quatrième étage.*

Dès l'annonce de la visite dans le journal, Rachel avait commencé à monter discrètement chez Zübeyde quelques objets de valeur, de l'argenterie surtout, deux tapis dont les commissaires n'auraient pas pu remarquer l'absence, quelques habits, ses cahiers, les archives du magasin que Maurice gardait à la maison, et bien sûr les effets de Rebecca. Zübeyde avait proposé d'installer Maurice dans l'une des chambres de son appartement, pour lui éviter d'assister à la dispersion.

*

– Qu'est-ce qu'elle fait ? demanda Maurice.

Une demi-heure plus tôt, à l'arrivée des commissaires chargés de la vente aux enchères, Zübeyde était descendue, accompagnée d'Ahmet Bey, son gendre professeur de droit.

– Elle n'arrivera à rien, dit Maurice.

Il ferma les yeux et, par mouvements saccadés de la poitrine, se mit à chercher son souffle.

Elle regarda son mari. En un mois, il avait dû perdre dix kilos. Il était brûlant de fièvre, à bout de ressources. Il n'avait plus de compte en banque. Plus de magasin. Plus d'espoir. Il ne lui restait que ses pièces d'or, cachées chez Zübeyde, et ce que contenait l'appartement du Günesh, très insuffisant pour éponger sa dette. Il serait envoyé aux travaux forcés, comme le prévoyait la loi. Son seul espoir, désormais, était que sa maladie le protège d'un tel cauchemar.

– Je te demande de me faire une promesse.

– Je ne le verrai plus, dit Rachel.

Il secoua la tête :

– Ce n'est pas à cela que je pense.

Il voulait qu'elle soit douce avec Rebecca.

Elle se cacha le visage. Au même instant la porte s'ouvrit sur Zübeyde :

– Viens au salon, ma tendre enfant, Ahmet va t'expliquer.

8 janvier 1943
Le Günesh
18 heures

– Je le savais ! dit Maurice. Je ne voulais pas te le dire, à cause du mauvais œil. Mais j'en avais le pressentiment !

La fièvre avait baissé, il mangeait mieux et s'amusait à saluer Rebecca, de loin, maintenant qu'elle avait le droit de se tenir quelques instants sur le seuil de la porte, une fois par jour.

Rachel le regarda sans répondre. Il est bon, se dit-elle. Il a mille qualités. Mais mon Dieu qu'il est bête.

*

Zübeyde les avait extirpés de l'enfer sans même avoir à préserver Maurice de la déportation. Elle avait racheté le contenu de leur appartement au prix fort. Et bien sûr, elle avait tout laissé sur place :

– Ma tendre enfant, ce pays vous a fait assez de mal. Il vous a pris votre travail. Il a pris la santé de ton mari. Ça suffit. Quand je vois ce qui se passe, je me dis : ce n'est pas ma Turquie que j'ai sous les yeux.

Elle s'était tue, très émue. Pendant des siècles, ils s'étaient entendus avec les Juifs. Quand les Espagnols les massacraient, les Turcs les accueillaient. Ce qui se passait lui était incompréhensible. En sauvant Maurice et les siens, elle ne faisait que son devoir de Turque qui aime sa patrie.

– Je ne sais quoi dire, avait murmuré Rachel. Vous nous sauvez la vie.

– C'est moi qui vous suis redevable, dit Zübeyde. Vous pouvez redescendre chez vous, rien n'a bougé.

*

– J'ai une bonne réputation au Bazar, reprit Maurice. Très bonne ! Je suis sûr que beaucoup de commerçants me laisseront de la marchandise en dépôt. Dès que j'irai un peu mieux, nous retournerons choisir une nouvelle boutique. Petit à petit je reconstruirai du stock. Quand je pense… Nous sommes de nouveau au paradis.

27 janvier 1943
Le Günesh
6 heures

Les coups se répétaient. Muni d'une massue, quelqu'un tentait de démolir un mur de pierres. À chaque coup, il arrêtait son geste avant que la massue n'atteigne le mur. Pourtant, le bruit du choc était réel, terrible.

Rachel sortit de son rêve, le souffle court. Les coups continuaient de résonner jusqu'à la petite alcôve. Elle regarda sa montre. Il était six heures.

Enfin elle comprit. Quelqu'un frappait à la porte palière. Elle courut ouvrir et se trouva face à face avec le concierge, accompagné de deux soldats qui venaient chercher son mari.

– Moris Bey doit être déporté, souffla le concierge. Je ne sais pas quoi vous dire…

– De façon immédiate, répéta l'un des soldats, tendant à Rachel une feuille de papier officiel sur laquelle figuraient plusieurs tampons.

Rachel regarda la feuille sans comprendre. Tout avait été réglé. Que faisaient ces gens chez elle ? Il devait y avoir une erreur. Tout avait été payé.

– Voici la décision du bureau des contributions de Sirkeci, dit le soldat d'un ton sec. Votre mari est accusé de fausse déclaration.

La taxation avait été réévaluée et subissait une augmentation de douze mille cinq cents livres.

La sous-évaluation entraînait une déportation immédiate, Rachel le savait.

– Nous sommes chargés d'arrêter Moris Özkan et de le transférer à Haydarpaşa, d'où il sera conduit à Aşkale pour rembourser sa dette à l'égard de la patrie, conclut le soldat.

Les déportés recevaient un émolument de deux livres par jour, dont la moitié était retenue pour couvrir les frais de leur entretien. Le solde était crédité en remboursement de leur dette.

– Nous avons tout payé ! hurla Rachel. Et mon mari est malade ! Il a de la fièvre ! Il n'arrive pas à faire deux pas !

– Ne vous en faites pas, lança le soldat. Il ira à Aşkale en train.

27 janvier 1943
Le Günesh
6 h 15

Maurice était en train de rêver. Il se trouvait dans une nouvelle boutique, où il s'évertuait à expliquer que tout ce qui lui arrivait était naturel. « J'ai une très bonne réputation, répétait-il dans son rêve à qui voulait l'entendre. J'ai reçu du stock, beaucoup de stock. »

– Il faut t'habiller, lui dit Rachel.

Il la regarda en souriant, l'air béat. Après qu'elle lui eut expliqué trois fois, il se leva, perdu, mal assuré sur ses jambes. Il n'avait pas droit à une valise, alors elle l'habilla d'autant de couches qu'elle réussit à lui faire enfiler.

– *Tchabouk !* hurla une voix. Vite !

Elle cria à son tour qu'elle arrivait et se rendit en cuisine, où elle emballa du pain, des olives et du fromage de brebis dans du papier journal, qu'elle courut fourrer dans les poches du manteau de Maurice, puis fila sortir Rebecca de son lit. Lorsqu'elle comprit ce qui se passait, l'enfant se mit à hurler.

*

Un camion militaire attendait au bas du Günesh. Ils étaient déjà une dizaine d'insolvables à être assis sur les banquettes de bois.

Le camion les amena à Karaköy, où ils furent placés sur le pont d'un bateau qui les amenerait à la gare de Haydarpaşa, sur la rive asiatique du Bosphore. C'était de là que partirait le train pour Aşkale.

Les soldats les appelaient *batanlar. Ceux qui avaient coulé*... Les insolvables. Ils n'étaient plus qu'un manque à gagner.

Ils se retrouvèrent sur un pont à ciel ouvert, dans un silence terrifiant. La honte, la peur, le noir de la nuit les avaient rendus muets. Pour lutter contre le froid, ils se serraient les uns contre les autres, gênés de cette promiscuité, terrifiés par la perspective de ce qui les attendait. Maurice eut plusieurs quintes de toux et ses voisins s'éloignèrent de lui.

Vers midi, le bateau quitta Karaköy. À Haydarpaşa, on les installa dans des wagons où à nouveau ils se serrèrent tant qu'ils purent. Les voisins n'étaient pas les mêmes que sur le pont et Maurice réussit à se caler entre deux qui parlaient ladino. Au bout d'un quart d'heure il fut secoué d'une quinte violente et ses voisins se déplacèrent. Les crachats sanguins se firent plus fréquents. Il retira de sa poche le papier journal qui entourait la miche de pain et l'utilisa comme mouchoir.

Vers quatre heures de l'après-midi, le train s'ébranla. Maurice était alors dans un tel état d'épuisement qu'il n'arrivait plus à expectorer.

Aux alentours de Divrik, alors que le train circulait dans un véritable tunnel de neige, il rêva que Rachel lui retirait le manteau dont elle l'avait habillé. Il essaya de lui demander pourquoi, mais aucun son ne sortit de sa bouche. Quelques minutes plus tard, gorgé de glaires, il étouffa.

29 janvier 1943
Hôtel des impôts de Sirkeci
11 h 15

Ahmet Bey, le gendre de Zübeyde, tendit sa carte de visite au directeur du bureau :

– Je viens pour régler le cas Moris Özkan. Il y a eu précipitation.

Le directeur hocha lentement la tête. Dans les circonstances actuelles, tout le monde perdait un peu ses nerfs. Mais le travail de la commission ne pouvait pas être mis en cause. Le citoyen avait fait une fausse déclaration. Après visite à son domicile, et au vu du train de vie princier qui était le sien, les commissaires avaient procédé à une réévaluation de l'impôt. Ils méritaient des félicitations.

– Le citoyen est en route pour Aşkale, reprit Ahmet Bey. Peut-être même qu'il y est déjà. Il ne pourra pas vous rembourser avant une éternité. Pour notre pays, l'important est que l'argent rentre dans les caisses. Si vous acceptez qu'il soit ramené à Istanbul, je vous règle son impôt. Sur-le-champ.

Le directeur appela son supérieur et expliqua les circonstances de la déportation :

– C'est entendu, dit-il en raccrochant. Dès que nous avons votre règlement, nous donnons ordre à Askale de renvoyer l'insolvable à son domicile.

1er février 1943
Le Günesh
16 h 30

– Maintenant tout ira bien ?

Rebecca regardait Rachel de son air grave.

– C'est souvent comme ça dans la vie, dit Rachel. On est bien, puis on n'est pas bien, puis on est bien, et ainsi de suite.

Durant quelques jours, ils avaient eu très peur. Ensuite les choses s'étaient arrangées, avant de se gâter, puis de s'arranger à nouveau. Dans un ou deux jours, son papa serait de retour, ensuite de quoi ils seraient bien pour très longtemps.

Pour la deuxième fois en trois jours, Rachel se rendit à Sirkeci. L'avant-veille, le temps était splendide, et ils n'avaient eu aucune nouvelle concernant le retour de Maurice. Maintenant il annonçait l'orage, et Rachel se dit que ces signaux inversés étaient de bon augure.

Elle réprima un sourire. Voilà qu'elle devenait superstitieuse. Elle s'assimilait au pays. Là aussi, un bon signe.

Au moment de quitter la maison, elle était presque joyeuse et ne prit rien pour se protéger de la pluie, certaine de trouver un dolmuş, à l'aller comme au retour. Elle en héla un à peine sortie du Günesh. Cela aussi était de bon augure. Arrivée à Sirkeci, elle ne trouva pas Ahmet et attendit dehors. Le temps était venteux, froid et nerveux, un temps de Marmara, lorsque la mer est secouée par des vagues petites et hargneuses. Lorsque l'orage éclata, en l'espace d'une minute il la trempa tout entière. Un temps sans pitié, se dit Rachel.

Lorsqu'enfin elle vit Ahmet s'approcher, elle était mouillée à l'os.

– Mille pardons, fit Ahmet. Un âne mort bouchait l'avenue Istiklal.

L'histoire la renvoya à celle qu'elle avait inventée le jour de ses douze ans, la mort d'un âne tant aimé par son propriétaire qu'il lui entourait le cou de ses bras et l'embrassait. Ce jour devait être merveilleux et il s'était transformé en tragédie. Le jour de la mort de Iakov… Pourquoi fallait-il qu'un âne tant aimé meure ce matin-là ? Elle eut soudain le cœur serré. Cet âne mort annonçait un malheur.

Au comptoir d'accueil, le préposé reconnut Ahmet :

– Ahmet Bey, nous allions vous appeler.

Il le conduisit au bureau du directeur. Ce dernier les salua avec une courtoisie appuyée, les fit asseoir et leur annonça que Maurice n'avait pas survécu au voyage.

Son corps avait été enseveli dans une fosse commune à Aşkale. C'était la règle pour les insolvables.

22 mai 1943
Istanbul, hôtel Pera Palas
15 h 15

– Rachel…

Le chef concierge lui tendait un pli :

– C'est pour le ministre. Tu le trouveras au salon.

Deux mois plus tôt, elle avait demandé à Zübeyde de l'aider à trouver un travail. Elle souhaitait lui payer un loyer, reprendre à sa charge le salaire de Fotini, acheter la nourriture du ménage sans toucher aux pièces d'or… Zübeyde lui avait obtenu un poste de deuxième concierge au Pera Palas, le grand hôtel d'Istanbul, dont elle connaissait les propriétaires.

Rachel aimait infiniment ce travail, au cœur de la ville et de la vie, sans cesse sollicitée, interrogée, prise à témoin… Debout derrière son comptoir, elle griffonnait sur un cahier d'écolier des remarques de clients, y ajoutait quelquefois un commentaire, imaginant un mensonge, une trahison, une rupture…

Elle se dirigea vers le salon d'un pas aussi rapide qu'elle put, tête baissée. À cette heure, elle courait le risque d'y croiser François-Xavier. Le consulat de France était à deux pas… Quiconque recevait des hôtes étrangers ne manquait pas de les amener déjeuner ou prendre le thé au Pera Palas.

Elle était en train de remettre le pli au ministre lorsqu'elle l'entendit s'adresser à son entourage :

– Le Varlik Vergisi était peut-être un peu cruel. Mais il était efficace.

Dans la minute qui suivit, un sujet de pièce lui traversa l'esprit.

Elle l'avait, son intrigue. Elle en était sûre. Les répliques lui arrivaient par rafales :

Les chances que nous nous en sortions vivants sont très faibles...

La plus belle histoire de notre vie...

Et toi, depuis combien d'années travailles-tu au Bazar... ?

Impossible de les noter, là où elle se trouvait, elle en oublierait quelques-unes, peu importait. L'essentiel était l'histoire elle-même. Prenante. Forte. Émouvante. Dérangeante, surtout. Très dérangeante... De quoi tenir la salle en haleine... Dans l'attente de la prochaine réplique... Du prochain rebondissement... De quoi marquer les spectateurs...

Elle quitta l'hôtel et marcha en direction de Taksim. Quatre personnages. Non. Cinq. Elle avait de quoi nourrir cinq histoires. Et puis, un nombre impair, c'était préférable, cela créait du déséquilibre.

La perspective d'écrire à nouveau la mettait dans un état d'excitation qui balayait toute retenue. L'idée était forte, l'argument solide, elle allait en faire une pièce de théâtre. Coûte que coûte.

La pièce avait pour cadre un train pour Aşkale, et pour personnages deux Juifs, deux Grecs et un Arménien, des insolvables envoyés aux travaux forcés. Des hommes qui vivaient la pire des déchéances. Leurs familles étaient dans la misère, sans doute bientôt à la rue. Quant à eux, leur sort ne faisait pas de doute. Être envoyé à Aşkale, c'était travailler par moins quinze degrés à près de deux mille mètres d'altitude, dix heures par jour, dehors et par tout temps... Cela ne pouvait déboucher que sur la mort. Au premier acte, chacun racontait les humiliations que lui avaient fait subir les fonctionnaires turcs... Dans le deuxième acte, l'un d'entre eux (elle lui donnerait une personnalité particulière) proposait que chacun raconte ce qu'il avait fait de plus beau dans la vie, de façon à ce que s'il mourait dans les jours qui viennent, qu'au moins il parte avec une belle image de lui-même, plutôt que comme celui qui avait laissé les siens dans le besoin. Et s'il voulait vraiment retrouver son souvenir, tout son souvenir, il fallait qu'il le raconte.

Un titre s'imposa immédiatement, par sa simplicité et son pouvoir d'évocation. *Un wagon pour Aşkale.* Simple, évocateur, il fixait le décor.

Elle trouva un dolmuş qui allait en direction de Maçka et prit place à côté du chauffeur. Elle imagina le wagon, ses personnages qui se racontent, leurs premiers mots, leurs craintes de se dévoiler, jusqu'à ce que finalement ils trouvent dans ce partage un moyen d'adoucir leur calvaire.

Le troisième acte serait l'occasion pour chacun de se confronter à sa vérité.

> *Faisons le contraire,* proposerait l'un des cinq. *Que chacun raconte ce qu'il a fait de pire. Cela nous aidera à accepter notre fin.*

Ils se promettaient une discrétion absolue et à nouveau se racontaient. Lorsque chacun y allait de ses petites trahisons, ses quatre compagnons venaient à sa rescousse, le contraient, montraient qu'ils auraient fait pire, qu'en définitive il s'était montré honorable.

Elle l'avait, sa pièce. Une pièce qui n'aurait aucune chance d'être acceptée dans l'une des salles d'Istanbul, au *Tepebashi Tiyatrosu*, ou au *Darülbedayi*, jamais…

L'envie de l'écrire la tenaillait. Et tant pis s'il n'était pas envisageable qu'elle la présente en Turquie.

Au Günesh, à peine Rebecca aperçut-elle sa mère qu'elle se précipita sur elle. Mais au lieu de se jeter dans ses bras, elle s'arrêta à la dernière seconde et regarda Rachel en souriant :

– On compte ?

– On compte, répondit Rachel en souriant.

– Un, dit la fillette.

Puis elle se précipita dans les bras de sa mère qui la serra très fort durant quelques secondes avant de la relâcher.

– Deux, compta Rebecca.

– Deux, répondit Rachel.

L'enfant recula de deux pas et répéta son geste, puis le répéta une fois encore, avant de compter trois.

Le rituel datait du jour où Rachel avait annoncé à sa fille la mort de Maurice. La fillette s'était jetée dans les bras de sa mère, puis, après qu'elles s'étaient séparées, avait recommencé, deux fois encore.

Le petit protocole était resté.

– Zübeyde Hanoum vous attend à dîner, dit Fotini.

22 mai 1943
Le Günesh
20 h 30

– Je ferai ce que tu me diras, fit Zübeyde.

Rachel s'était efforcée de prendre un air gai en lui racontant le malaise qu'elle avait ressenti, au moment d'apporter un pli au salon du Pera Palas. Zübeyde savait-elle si Rey-Coste était toujours à Constantinople ? Bien sûr. C'était elle qui l'avait prié d'éviter l'hôtel.

– Si tu le souhaites, je l'informerai que mon interdiction est caduque.

Rachel baissa les yeux.

– Ma tendre enfant, est-ce qu'il y a autre chose qui te préoccupe ?

Rachel hocha la tête. Elle avait pensé à une pièce, dont elle lui résuma l'intrigue, une histoire de « défaillants » en route pour Aşkale.

Zübeyde trouvait l'intrigue formidable, avec son triple rebondissement, d'abord les cruautés subies par les minoritaires, puis de belles histoires, et enfin la réalité des hommes… La pièce mériterait un succès énorme, elle en était certaine. Mais elle renvoyait la Turquie à ses démons. Quel théâtre aurait le courage de la monter ? Pas un seul, dans tout le pays. Sans parler du risque que, piqué au vif, le gouvernement ne se venge et prenne d'autres mesures contre les minoritaires. Son peuple était généreux et sincère. Fort, travailleur, fidèle. Mais une fois lancé dans une voie qu'il considérait comme juste, il se révélait inarrêtable :

– Rappelle-toi. Pour tuer la mite, il brûlera la couverture.

Rachel se dit qu'aussitôt le repas terminé, elle se mettrait à sa table de travail. Elle se voyait déjà construire les scènes, aligner les répliques, retenir les rebondissements, jusqu'au bout, puis les lâcher, d'un coup, comme on laisse filer un chien prêt à mordre.

Que la pièce soit ou non montée, cela ne changeait rien, elle devait l'écrire.

26 mai 1943
Hôtel Pera Palas
18 h 45

Elle l'avait repéré derrière la porte à tourniquet, alors qu'il était encore devant l'hôtel et cherchait à l'apercevoir à travers les reflets de la vitre. Zübeyde lui avait sans doute dit de passer à l'hôtel quelques minutes avant dix-neuf heures. « Vous pourrez poursuivre la discussion dans l'un des cafés de Péra »… Cela lui aurait bien ressemblé, à Zübeyde, de vouloir tout régler.

Il avait traversé le hall d'un pas hésitant, les yeux sur elle, et s'était arrêté à un mètre du comptoir des concierges :

– Vous êtes magnifique.

Elle sourit :

– J'ai perdu dix kilos.

Elle baissa le regard, cherchant à cacher sa joie. Il l'avait vouvoyée et cela lui plut infiniment.

Lorsqu'elle leva les yeux, elle se dit qu'elle avait oublié à quel point il était beau. Ses cheveux blancs, maintenant coupés très court, semblaient avoir gagné en épaisseur. Il était svelte comme avant, vêtu d'un complet de lin beige sur une chemise bleu ciel. Sa cravate, bleu roi, s'accordait de manière parfaite avec le beige du lin. Oui, vraiment, François-Xavier était l'homme le plus élégant qui soit.

Il s'approcha d'elle, l'embrassa sur la joue, très vite, et lui proposa de se retrouver chez Markiz :

– C'est à deux pas.

Elle sourit.

28 mai 1943
Istanbul, Fransa Sarayı
20 h 30

Chacun avait répété les gestes que l'autre aimait, pour s'assurer qu'ils avaient gardé leur effet, pour montrer, aussi, que rien n'avait été oublié. Pas une caresse, ni une petite morsure, ni un plaisir inattendu…

– Tu te souviens de tout, dit François-Xavier.

– De chaque baiser et de chaque caresse.

Elle se mit à l'embrasser par petites touches, d'abord aux commissures des lèvres, puis sur la poitrine, puis sur le ventre. Elle le prit en bouche, très doucement, jusqu'à ce qu'il se détache d'elle, lui embrasse le flanc du sein gauche et descende jusqu'à son ventre, alternant baisers et morsures, puis remonte le long de son flanc droit, jusqu'au sein :

Elle lui chuchota :

– Dans moi.

Elle l'aida à s'allonger, se coucha sur lui, posa les lèvres sur son cou, et ils firent l'amour à nouveau.

– Tu as le plus beau corps qui soit, dit François-Xavier.

Elle rit :

– Ce n'est pas un corps. C'est un village.

Il se coucha sur elle :

– Je m'y installe pour toujours.

*

Il proposa qu'ils aillent marcher du côté de la Corne d'Or.

La voiture du consulat les déposa à Karaköy, au pied du pont de Galata, encore bondé. Installés sur de petites barques, des pêcheurs faisaient griller du poisson.

– J'arrive !

Rachel disparut dans une queue. Quelques minutes plus tard, elle revint avec deux *ekmek balık*, des filets de maquereau grillé pris entre deux tranches de pain. Ils les dégustèrent en flânant le long de la rembarde jusqu'à l'autre rive de la Corne d'Or.

– La dernière fois que j'étais ici, dit Rachel, c'était il y a quatre mois. J'accompagnais Ahmet, le gendre de Zübeyde. Il s'occupait du rapatriement de mon mari. Au bureau des impôts de Sirkeci, le directeur nous annonçait sa mort.

Elle resta un long moment silencieuse :

– Les Turcs m'ont fait vivre l'enfer. Et j'ai pensé écrire une pièce qui les accablerait.

Elle laissa échapper un petit rire :

– Je l'ai même écrite !

Elle lui raconta l'argument de la pièce, ses sentiments, la discussion qu'elle avait eue avec Zübeyde… Ce pays n'était pas pour elle. Elle ne pourrait jamais voir ses pièces montées. Mais où aller ?

– Tu pourrais obtenir un visa pour la Palestine, dit François-Xavier.

Elle l'embrassa furtivement sur la joue et proposa de retourner à Karaköy.

3 janvier 1943
Istanbul, parc Yildiz
18 heures

Pour la troisième fois en moins de cinq minutes, Rachel jeta un coup d'œil à sa montre. De Gezi Park jusque chez Markiz, elles en auraient pour un quart d'heure. Le temps qu'elle et Rebecca s'y installent et passent commande, un quart d'heure encore. Plus si aucune table n'était disponible. Elle inspira profondément, expira, et proposa à Rebecca d'aller chez Markiz. La fillette sourit et agrippa les jambes de sa mère.

Sur l'avenue de l'Indépendance, la foule était si dense qu'elle dut sans cesse tirer sa fille par le bras pour que l'enfant puisse suivre son pas dans les crochets qu'elle devait faire à travers les passants. Lorsqu'elle s'en rendit compte, elle s'arrêta et regarda sa fille :

– Pardonne-moi, mon trésor, je marche trop vite.

Chez Markiz, la salle était bondée, bruyante et enfumée. Elles s'installèrent sur la petite estrade, près des écrivains.

Au moment où le serveur apporta leur commande, Rachel regarda sa montre et caressa les cheveux de sa fille. L'enfant l'observa. Sa mère était inquiète, elle le sentait.

– Tout va bien, mon trésor.

– Bonjour ! fit une voix d'homme derrière elles.

Rachel se retourna, le cœur battant :

– Mais quel plaisir de vous voir ! Voulez-vous nous tenir compagnie ?

Rebecca regarda François-Xavier avec méfiance. Rachel caressa la main de sa fille et lui dit en arabe :

– Dis bonjour à ce monsieur, mon trésor. C'est un ami de tante Zübeyde et de maman.

Puis, en français :

– Il s'appelle Monsieur François-Xavier. Il parle français.

– Bonjour, dit Rebecca, le regard sur François-Xavier.

– Je vois que tu parles français, bravo. Et que parles-tu d'autre ?

Avec Fotini, elle parlait grec, à l'école turc, et arabe avec sa mère :

– Je parlais français avec mon papa, répondit Rebecca, mais il est mort alors je ne le parle plus.

François-Xavier lui demanda ce qu'elle aimait le plus faire. C'était la cuisine avec Fotini. Et quels plats connaissait-elle ? La fillette énuméra une demi-douzaine de spécialités.

Rachel les observait, l'air tendu.

– Et qu'est-ce que tu aimes le moins ?

– C'est quand ma maman pense à ses chagrins.

François-Xavier hocha la tête :

– Je comprends… Et que fais-tu dans ces cas ? Tu la prends dans tes bras ?

– Quand elle est trop triste, elle ne veut pas.

Il se tourna vers Rachel et vit qu'elle avait les yeux fermés.

28 août 1943
Istanbul, quartier d'Eminönü
22 heures

– Il va y avoir de la vengeance, dit François-Xavier. À la mesure de ce que les Allemands et les miliciens de Darnand ont fait subir à la Résistance.

Ils dînaient sur une terrasse d'où ils pouvaient d'un seul coup d'œil embrasser la Corne d'Or tout entière, les hauteurs de Beyoglu, Nısantaşı, et, sur leur droite, le Bosphore qui se prolongeait en direction de la mer Noire.

Il prit les mains de Rachel dans les siennes :

– Je vais partir.

Les jeux étaient faits. En Afrique du Nord, les Alliés avaient pris Bizerte, puis Tunis. Le cap Bon était tombé. L'Afrika Korps avait disparu. Le 13 mai, les forces de l'Axe présentes en Afrique s'étaient rendues aux Alliés. Quelques jours plus tard, les sous-marins allemands quittaient l'Atlantique. En juillet, les Alliés avaient débarqué en Sicile et rasé Hambourg. Quarante mille morts… Hitler avait beau continuer ses rodomontades, son cas était réglé. Vichy allait tomber, une question de quelques mois, après quoi, ce serait un véritable jeu de quilles. Mais c'était son pays. Il n'allait pas le fuir.

– Nous pourrions vivre ici…

Il secoua la tête. Dès qu'il serait libéré des Allemands, il rentrerait en France. C'était décidé.

Le serveur leur apporta de la viande d'agneau accompagnée d'aubergines grillées et de yaourt.

– Qu'est-ce qu'on peut te reprocher ?

Après la Grande Guerre, il avait milité pour l'abandon des sanctions auxquelles les Allemands avaient dû consentir. Il n'était pas le seul à voir dans ces humiliations les germes d'une vengeance. Et là-dessus, il n'avait pas changé d'avis. Il avait aussi perçu les accords de Munich comme un moyen d'éviter la guerre. Hitler allait renier sa signature et envahir la Pologne. Comment le deviner à cet instant ? Signer Münich, c'était prendre un risque. Ne pas le faire, c'était en prendre un autre, qu'il avait estimé plus grand. Alors il s'était rangé du côté des Munichois. Et soudain toute l'Europe, de l'est à l'ouest, l'Afrique, et la terre entière, s'étaient retrouvés sous domination allemande. Les pays tombaient comme des mouches, chaque fois une affaire de quelques semaines, au pire quelques mois. L'occupant serait là pour toujours. Fallait-il l'ignorer ? Faire comme si la France avait gagné la guerre ? Quelques années plus tôt, il avait eu une véritable admiration pour la manière dont le vaincu de la Grande Guerre s'était reconstitué. Et il avait eu du mépris, aussi, pour la façon dont la France, durant les mêmes années, s'était embourbée dans d'interminables querelles politiques. Un pays sans boussole, voilà ce qu'elle était devenue. Alors oui, il avait choisi son camp. Et ce camp s'était transformé en champ du déshonneur, avec ses lois raciales et la ferveur avec laquelle le pays les avait appliquées. Il s'était dit que c'était là le prix à payer pour sauver la France, et bien sûr il s'était fourvoyé.

– Souviens-toi de ce que Rebecca m'a dit le lendemain de votre première rencontre, chez Markiz.

Elle avait demandé à Rachel quand elle reverrait le monsieur français. Rachel lui avait proposé qu'elles l'invitent à dîner à la maison, puisque le monsieur vivait seul à Istanbul. Ils avaient partagé des repas au Günesh, des sorties au restaurant, à Bebek, un dimanche à Büyükada :

– Je t'accompagnerai.

– Je serai arrêté, emprisonné et jugé.

– Regarde, dit Rachel.

À cette heure de la nuit, on ne voyait des bateaux que leurs lampions, grâce auxquels ils attiraient le poisson. On aurait dit que l'embouchure de la Corne d'Or et le Bosphore étaient tapissés d'étoiles.

Il lui caressa le bras. Elle arrêta sa caresse et contempla sa main. Ses doigts, longs et maigres, avaient quelque chose de féminin :

– Tu as les plus belles mains que j'aie jamais vues chez un homme.

Elle chercha ses yeux :

– Tu es tout entier l'être le plus délicat du monde. Quoi qu'il arrive, je te suivrai.

SIXIÈME PARTIE

Paris, 1948

10 mai 1948
Paris
17 h 30

Elle avait retapé sa pièce neuf fois, soucieuse de présenter à chaque théâtre une copie propre, sans les traînées ou les pâtés que laissait le papier carbone. Elle avait ensuite déposé un exemplaire auprès de neuf théâtres. *J'ai l'honneur de vous soumettre ma pièce intitulée « Le Chemin de croix ». En espérant que...* Elle avait appelé chaque théâtre deux fois, d'abord dix jours plus tard, pour s'assurer que le texte était parvenu à qui de droit, puis après trois semaines, pour venir aux nouvelles. Un deuxième mois avait passé sans qu'aucun des neuf théâtres n'ait donné signe de vie, jusqu'à la veille au soir. Une voix féminine lui demandait de « passer au théâtre du Luxembourg, 26 rue Guynemer demain, vers 18 heures ».

Elle quitta la rue des Saints-Pères d'un pas traînant, sachant qu'elle arriverait en avance. Après avoir remonté le boulevard Raspail jusqu'au Lutetia, elle prit par la rue d'Assas. Au Luxembourg, elle s'assit côté rue Guynemer, face aux terrains de pétanque, où deux fillettes jouaient à la marelle. Elles étaient du même âge, six ou sept ans, très blondes, avec des cheveux mi-longs, lisses et bien coiffés. Tout, du reste, était lisse chez elles : leurs gestes, leurs manières retenues, presque sérieuses, la façon qu'elles avaient de jouer. On les avait vêtues du même manteau et des mêmes chaussures vernies. Des enfants choyées. Une femme très jeune, assise sur le banc voisin, les observait par intermittence.

Rachel imagina Elisheva et Rebecca jouant ensemble à la marelle. Rebecca avait dix ans. Elisheva à peine sept, mais elle était aussi haute que sa sœur. Plus forte, plus puissante. C'était elle qui avait la main haute. Elle qui dictait. Elle qui dominait. Elle qui…

Je perds la boule, se dit Rachel.

Cela lui arrivait de plus en plus souvent. Elle imaginait ses deux filles en présence l'une de l'autre et vivait dans une sorte de confusion des sentiments. Ceux qu'elle éprouvait pour Rebecca s'adoucissaient, comme si Elisheva l'aidait à aimer sa sœur.

– On y va, les jumelles.

Les deux fillettes cessèrent de sautiller et s'approchèrent du banc où était assise la jeune femme.

Rachel regarda sa montre. Encore un quart d'heure.

Elle chercha les fillettes du regard et les vit s'éloigner en direction de l'Observatoire, chacune donnant la main à la jeune femme.

Du temps d'Elisheva, ses pièces n'avaient pas de succès, Karl gagnait mal sa vie, ils se disaient que rien ne leur réussissait, que ce pays n'était pas fait pour eux, ou l'inverse, peu importe. Mais ils étaient ensemble. Était-elle consciente de son bonheur ? Qu'est-ce qui rendait les gens heureux ? Sans doute pas de connaître le bonheur. Plutôt de courir après lui.

D'espérer l'attraper. De le frôler et de courir encore. De jouer avec lui comme avec un chaton qui se laisse caresser, s'enfuit, et qu'on aime poursuivre.

Qu'allait-elle attraper, avec sa pièce ? Rien, sans doute. L'appel reçu la veille était sûrement un malentendu. Pourquoi le théâtre du Luxembourg se serait-il intéressé à son *Chemin de croix* ? La situation était la même qu'au lycée pour *Rabbi Seligman*, ou qu'au théâtre de l'Histadrout pour *Les Perses*, ou à Istanbul, pour sa pièce sur Aşkale. Elle se retrouvait chaque fois à défendre des points de vue impossibles. On lui reconnaissait du talent, mais elle n'était pas douée pour le succès.

À six heures exactement, elle poussa la porte d'entrée du théâtre. Sans succès. Les lumières du foyer étaient éteintes. À l'évidence il n'y avait pas de rendez-vous.

Elle haussa les épaules, décida de suivre un autre itinéraire pour rentrer et prit à gauche vers la rue de Fleurus. Mais elle n'avait pas fait cinq pas qu'elle aperçut, accolée à une petite porte, une plaque de laiton sur laquelle était gravé en petits caractères *Théâtre du Luxembourg*, et en dessous : *Entrée des artistes.* Elle poussa la porte et fut surprise de constater qu'elle était ouverte. Un gardien se tenait debout au pied d'un escalier en colimaçon. Il lui tourna le dos dès qu'il la vit :
– Le directeur vous attend.

Une minute plus tard, elle pénétrait dans un bureau minuscule. Un homme d'une soixantaine d'années se leva, contourna sa table de travail et lui tendit une main ferme :
– Arnaud de Saint-Blaise. Je suis le propriétaire de ce théâtre.

Il invita Rachel à prendre place et retourna à son fauteuil. Il avait lu la pièce avec plaisir. C'était une bonne idée, de prendre comme sujet un tondu et d'en avoir fait un homosexuel.

Ces compliments viennent trop vite, se dit Rachel. C'est de mauvais augure.

– Votre idée de miser sur la sincérité du sentiment amoureux entre le jeune homme et l'officier allemand... Le personnage de la mère... Tout cela est très bien... Pourtant, je ne vois pas comment on pourrait monter cette pièce à Paris.

Il lui demanda si elle avait proposé son texte à d'autres théâtres. Bien sûr. Au Vieux-Colombier, à la Huchette, à l'Athénée, au théâtre de Poche, au théâtre Montparnasse, à l'Odéon... Aucun n'avait donné suite.

– Cela ne m'étonne pas, dit Arnaud de Saint-Blaise. Votre pièce est impossible à monter.

La France n'était pas prête à s'identifier à un collaborationniste.

– J'ai passé quatre ans dans le maquis, fit Arnaud. Je ne suis pas un résistant des cinq dernières minutes. J'ai vu des amis tomber sous mes yeux. Je n'ai aucune tendresse pour ceux qui ont frayé avec les Allemands. Mais le spectacle de ces pauvres filles rasées comme des bêtes et bousculées sous les hurlements et les crachats m'a toujours fait honte.

Pourtant, il la comprenait, cette France. Elle avait souffert atrocement. Elle se vengeait. Quoi de plus normal ?

– Si je montais votre pièce, elle serait interrompue dans les dix minutes.

– Je comprends, fit Rachel.

Un silence s'installa.

– Qu'est-ce qui vous a poussée à écrire une telle pièce ?

– François-Xavier a été emprisonné, puis blanchi par les tribunaux.

– À quel motif ?

– Il était consul général à Istanbul.

Arnaud de Saint-Blaise sourit :

– S'il s'agit de François-Xavier Rey-Coste, je le connais depuis toujours !

Ils avaient été condisciples au lycée Stanislas, puis s'étaient retrouvés à Polytechnique.

– Chacun de nous avait pour son pays un amour chevillé au corps, reprit Saint-Blaise. Saluez-le de ma part. Pour ce qui est de votre pièce…

Son personnage de Claude était attachant, celui de Mathilde, sa mère, très fort. Il ouvrit le manuscrit, commença à lire une longue réplique et s'interrompit après trois lignes :

– C'est à la fois magnifique… et injouable.

La pièce serait l'objet d'une cabale violente. Il y aurait des heurts. Et son théâtre ne s'en relèverait pas. En revanche, s'il arrivait à s'attacher la collaboration – pardon du mot, ajouta-t-il – d'une actrice de grand talent, de grande conviction, capable de faire basculer l'opinion publique par sa personnalité et son propre parcours, tout pourrait être vu sous un autre œil.

Il eut un geste fataliste :

– Dans dix ans, les gens y mettront de la distance. Mais aujourd'hui… Votre pièce n'a rien de tiède. Il lui faut un vecteur fort, capable de briser une résistance – vous voyez, j'use de mots interdits, mais c'est bien de cela qu'il s'agit, il lui faudrait briser un mur de béton, fait de rancœurs, d'un désir de tourner la page, d'un sentiment de honte, aussi. Le spectacle de filles sur la place du village n'était pas très glorieux. Les tondues avaient souvent l'âge de tomber amoureuses, les Allemands étaient là, sans femmes… Tout cela était d'une affreuse banalité. Beaucoup de Français pensent encore à ces épisodes avec embarras. Ils en parlent aussi peu que possible. Votre pièce arriverait comme le rappel d'une période ambiguë. Pourtant, maintenant que j'y pense… Il y a une personne… Je ne vous cache pas que ce serait très compliqué. Une immense actrice du théâtre et du cinéma, condamnée à trois ans de résidence surveillée… Oui, je ne vois qu'elle qui soit capable de retourner l'opinion.

Elle s'appelait Sylvie Laroche. Un grand nom. Avant-guerre et jusqu'à la Libération, elle avait joué sous la direction des plus grands. Il lui restait une année d'interdiction d'exercer. Le temps de programmer la pièce, de la monter, d'apprendre le texte…

– Elle a vécu une histoire d'amour avec un officier allemand. Et puis elle a connu des amours homosexuelles. Elle serait doublement sensible au drame de Mathilde.

Aucune autre actrice ne pourrait rivaliser. Mais voilà… Comment la convaincre de jouer dans une pièce qui raviverait tant de douleurs, à un moment où elle-même voudrait tourner la page ? S'il la sollicitait pour le rôle, elle le remballerait avec l'une de ses sorties cinglantes, du genre *Tu me fais rire, mon lapin, avec ton histoire de boule à zéro.* Et encore, à condition qu'elle soit sobre...

– Elle a fait partie du voyage de 1941, lorsque des artistes français sont allés dire aux Allemands combien ils les aimaient. On ne savait pas trop ce qui l'avait emporté dans leur esprit, de l'imprudence ou de l'impudence…

Il n'y avait qu'une personne à pouvoir la convaincre.

– Une personne que vous connaissez ? demanda Rachel.

– Depuis un quart d'heure, répliqua Saint-Blaise.

Sylvie Laroche était une femme qui se fiait à ses instincts. Si Rachel avait envie de donner une chance à son texte, il fallait qu'elle se présente devant elle.

– Je vais lui faire parvenir votre pièce avec un petit mot. On verra bien si elle accepte de vous recevoir.

18 mai 1948
28, rue des Saints-Pères
23 heures

Mon Ida chérie,

Comme cela m'a fait du bien de recevoir de tes nouvelles. Et comme ce que tu m'écris m'attriste. J'ai lu ta lettre en tremblant. Deir Yassin, le convoi du Hadassah, Kfar Etzion... Ce que tu me racontes est terrifiant. Une fois ce sont des Arabes que l'on tue, une autre des Juifs, puis des Arabes... Des morts par centaines... Des civils massacrés de sang-froid... Où est-ce que tous ces massacres vont mener ?

J'ai l'oreille collée à la radio. Hier, j'apprends que les armées arabes avancent. Que dit Mounir ? J'ose à peine te demander comment il vit cette situation. Dis-lui d'être prudent, s'il te plaît (il entend ces mots du matin au soir, j'en suis sûre).

À propos de ton fils... J'ai pleuré en découvrant sa photo. Quel bonheur de le voir si beau, si fort... Et quelle tristesse de ne l'avoir pas encore serré dans mes bras, alors qu'il a déjà dix ans. La comparaison avec les photos précédentes ajoutait à mon trouble. Il me semble retrouver ton regard, calme et fort, alors que jusqu'ici c'était l'expression de son père que je lisais dans ses yeux (la colère du petit Mounir...). Il est beau comme un dieu.

Notre mère m'écrit qu'elle va bien, qu'elle n'est jamais seule, qu'Aïcha est toujours près d'elle. Est-ce ainsi ? Toutes les deux me manquent. Je me pose souvent la question : comment prendre conscience du bonheur lorsqu'il est là ? Je ne sais pas. À Naguib-Boustros, nous vivions au paradis et nous ne le savions pas.

Quelques nouvelles d'ici. Il y a de cela huit jours, nous nous sommes rendus à Grasse, où le tribunal devait rendre son jugement. Il a admis que les fonctions de François-Xavier comme consul général ne constituaient pas une trahison et l'a acquitté. Nous allons donc nous marier dans les semaines qui viennent. Je cesserai d'être apatride ! J'aurai la nationalité française ! Je pourrai voyager librement ! Et bien sûr, dès que la guerre chez vous sera terminée, je courrai te serrer dans mes bras, toi et tous les autres. Mais, je te le dis déjà et je sais que tu me comprends, je laisserai Rebecca avec François-Xavier à Paris.

À propos de François-Xavier... Du jour au lendemain, il a rajeuni de dix ans. Il va reprendre son activité d'ingénieur au bureau où il était associé avant la guerre. Cela fait cinq ans que nous sommes ensemble, et il est toujours d'une délicatesse de fiancé. La vie est douce, à Paris. Mais Tel-Aviv me manque infiniment. Et malgré la dureté de ce que j'y ai vécu, Istanbul me manque aussi. Heureusement, Paris me rappelle beaucoup l'Orient. On y trouve un peu du même désordre... Une fébrilité, sans doute due, pour une part, aux souffrances de la guerre. Un intense désir de vivre, aussi.

Il y a deux jours, j'ai eu pour la première fois une entrevue avec un directeur de théâtre. C'était pour Le chemin de croix. *C'est non. Une fois de plus, je n'arrive à écrire que des textes qui tombent mal à propos. La même histoire se répète depuis le lycée, si tu te souviens de ce qui s'était passé avec* Rabbi Seligman. *Le scénario a été le même à Tel-Aviv, à Istanbul... Enfin, pour* Le chemin de croix, *il me reste un infime espoir. Il faudrait qu'une grande actrice accepte de jouer le rôle. Mais voilà, elle a été condamnée pour collaboration...*

Je t'embrasse avec toute ma tendresse et tout mon amour,

Ta sœur qui t'adore,
R.

P.S. Je ne t'ai rien dit pour te remercier d'aller à Trumpeldor voir Elisheva et Karl. Il n'y a pas de mots. Je t'aime.

8 juin 1948
Théâtre du Luxembourg
18 heures

– Madame Laroche ne veut pas jouer votre pièce, dit Saint-Blaise.

Elle l'avait lue. La pièce lui semblait « très bien troussée ». Mais elle n'était pas prête à retrouver la scène. « C'est difficile », avait-elle ajouté au téléphone.

Rachel s'apprêtait à quitter sa chaise lorsqu'au même instant Saint-Blaise eut une mimique de doute. Il pourrait rappeler Sylvie Laroche, lui dire que Rachel l'admirait infiniment, qu'elle voudrait beaucoup faire sa connaissance.

– Qu'en dites-vous ?

– Pourquoi accepterait-elle de se retrouver face à quelqu'un dont elle a refusé un texte ?

– Une Juive qui assume son amour pour un diplomate collaborationniste… Elle pourrait y être sensible.

Elle n'était pas faite pour le succès. Son monde était celui des naïfs, de ceux qui s'accrochent à des principes plutôt qu'au goût du jour. À ce qui dérange plutôt qu'à ce qui plaît. Il fallait qu'elle pense à faire autre chose, au lieu de gratouiller en vain des piles de cahiers dans l'espoir de voir un jour l'une de ses pièces montée.

À table ce soir-là, elle se retrouva seule avec Rebecca. Après dix minutes de silence, elle fit un effort :

– Tu me racontes ce que tu as fait à l'école aujourd'hui ?

– Rien de spécial, répondit Rebecca d'un ton tranquille.

– Sûrement que tu as été frappée par quelque chose de particulier, la remarque d'une camarade de classe ou d'une des maîtresses… Essaie de te souvenir.

– Vraiment rien, je t'assure.

Elle n'insista pas. Avec sa fille, la partie était perdue, sans doute depuis toujours.

Vers vingt et une heures, Saint-Blaise l'appela : « Votre Rachel m'a l'air d'avoir une bonne mentalité, lui avait lancé Sylvie Laroche. Qu'elle vienne me dire bonjour. » Elle avait ajouté : « Mais la pièce, c'est non, mon lapin. Pour les torrents de larmes, j'ai ce qu'il faut. »

25 juin 1948
Rue Naguib-Boustros
22 heures

Ma sœur adorée,

Mounir est aux soins intensifs. Je t'écris depuis un couloir du sixième étage de l'hôpital, où je dors, je mange, j'attends une lueur d'espoir, et où mon cœur sursaute chaque fois que je vois s'approcher un médecin ou un infirmier.

Depuis décembre, nous vivions l'enfer. C'était la guerre civile, des morts par milliers, partout, l'exode de centaines de milliers d'Arabes, et à la maison, une tension devenue invivable. Pour la première fois Mounir et moi nous sommes retrouvés à défendre chacun son camp. Pendant dix ans, nous espérions voir le miracle s'accomplir. Sais-tu ce qui s'est passé il y a de cela trois jours, avec l'Altalena ? Le temps que cette lettre t'arrive, tu l'auras lu. Une histoire entre Ben Gourion et Begin. Un bateau chargé d'armes arrive à Tel-Aviv. L'un veut ceci, l'autre cela, Ben Gourion fait tirer. Vingt morts. Des Juifs tués par des Juifs. Et j'entends Mounir murmurer « Qu'ils s'entretuent, c'est parfait ». J'ai hurlé « Mes parents ont payé de leur vie le droit d'être ici ». Il a répondu par « Ce n'est pas nous qui les avons appelés ». Pour finir, chacun criait en sanglotant, et, d'un coup, il s'est effondré. Attaque cardiaque.

Je n'ai pas idée de ce qui m'attend. La seule chose dont je suis sûre est que j'aurais aimé me blottir dans tes bras, comme au kibboutz, lorsque je me serrais fort contre toi et que tu me protégeais.

Je ne t'ai pas même demandé comment tu vas.

Ta sœur qui t'adore,
I.

24 juin 1948
Rue des Écoles
15 heures

– Alors comme ça, on voulait me voir ?

Elles étaient assises dans un salon minuscule, Rachel sur un fauteuil et Sylvie Laroche sur son lit.

– Merci de m'avoir lue, balbutia Rachel.
– Mais je t'en prie ! lança l'actrice en riant. Tout le plaisir était pour moi.
Sa pièce était bien tournée, astucieuse, audacieuse, ça oui, très audacieuse, même. Elle avait tout. Simplement, ce n'était pas pour elle :
– *Niche für miche*, ma chérie…
Rachel baissa les yeux.
– Merci de ta visite, reprit l'actrice. C'est pas la foule tous les jours, si tu vois ce que je veux dire… Tu me racontes ta vie ?
Rachel parla de Naguib-Boustros, de son attachement à Aïcha (« déjà une trahison », s'exclama l'actrice en riant), de sa rencontre avec François-Xavier, du drame des parents d'Ida, de ses débuts comme dramaturge à

Tel-Aviv, Karl, Elisheva, leur assassinat… Durant une heure, l'actrice l'écouta avec une bienveillance constante.

Lorsqu'elle s'arrêta, il y eut un silence, puis l'actrice se leva :

– C'est trop tôt, pour ta pièce. J'imagine qu'il te l'a dit, le Saint-Blaise du Luxembourg… Allez, on rentre.

Rachel ne bougea pas.

– Ben alors, mon lapin, on y va ?

– Je voudrais vous demander une faveur immense, dit Rachel.

Elle aurait voulu entendre un passage de sa pièce lu par l'actrice.

– Voilà que tu veux déjà me mettre au turbin. Allez, je te lis et on remballe.

Rachel choisit la scène où la mère de Claude s'adresse aux FFI qui viennent chercher son fils.

– Allons-y, lança l'actrice.

Oui, il a couché avec un Fritz. Et puis non. Il n'a pas couché avec un Fritz. Ce serait trop simple. Ce serait vous faire plaisir. Il a fait l'amour avec Hans. Un Allemand nommé Hans. Ça aurait pu être Jean. Ben non, c'était Hans, voyez-vous. Un Hans qui valait bien un Jean. Un garçon tendre et propre et bien élevé qui lui a donné une tendresse que le village lui a refusée. Un respect. Une dignité.

À mesure qu'elle lisait, sa voix se chargeait d'émotion :

Vous comprenez ça, vous deux ? Une dignité ! À qui la faute ? À l'école, vous le singiez en tortillant du cul. Vous croyiez que je ne le voyais pas ? Tante Claude, que vous l'appeliez depuis qu'il avait douze ou treize ans. Claude la pédale. Claude le pédé. Mademoiselle Claude. Ça va, ma petite Claude ?

Maintenant, elle tremblait de colère :

J'espère qu'il a vécu un plaisir fou avec son Hans. Un plaisir dingue, pur, un plaisir que vous deux ne connaîtrez jamais, tant vous êtes méchants et lâches. Il l'a aimé, son Hans, et il l'aime encore. Il l'aimera toujours, de la même manière que je vous mépriserai toujours, parce que vous serez toujours ce que vous êtes. Lâches et méchants.

Des larmes coulaient sur ses joues.

Vas-y, mon Claude. Ils vont te faire subir ton chemin de croix. Prépare-toi. Insultes, crachats, applaudissements... Ils vont s'en donner à cœur joie. Et je parie qu'ils croient sauver la France.

Elle posa le manuscrit sur la table basse et écrasa ses larmes du dos de la main :
– Je la jouerai, ta pièce, mon lapin. Tu peux le dire à ton Saint-Blaise du Luxembourg.

12 juillet 1948
28, rue des Saints-Pères
13 heures

Mon Ida,

Ta lettre m'arrive à l'instant. Je suis morte d'inquiétude. Comment va Mounir ? Et toi, ma chérie ? Dis-moi, s'il te plaît, que Mounir est à la maison. Que maintenant tout est calme.
Dis-moi vite !

Ta sœur qui t'aime,
R.

15 août 1948
Rue Naguib-Boustros
22 h 30

Ma sœur adorée,

Hier après-midi, Mounir est mort. Son cœur a lâché. Nous l'avons enterré cet après-midi. Je te l'annonce aussi vite que je peux, comme tu me l'as demandé.

Tu te souviens du prêtre de l'église Saint-Pierre, celui que Mounir aimait tant ? C'est lui qui a célébré la messe d'enterrement. Il a eu ces mots : « La vie nous met parfois devant des situations où la raison nous dicte de suivre tel chemin et le cœur tel autre. Mounir a choisi de suivre la voie périlleuse qui consiste à écouter son cœur autant que sa raison. Cela n'est pas donné à chacun. »

Je t'écrirai plus longuement dans quelques jours.
Serre-moi fort, j'ai besoin de tes bras.

I.

3 septembre 1948
28, rue des Saints-Pères
23 heures

Mon Ida,

Tout ce que je pourrais te dire ne sera rien, n'exprimera rien, par comparaison à ce que je ressens. Une part de moi-même est morte avec Mounir. Tu le sais.

Que le ciel te vienne en aide.

Je n'ose pas même imaginer la peine de ton fils, celle d'Aïcha, celle de ma mère.

Embrasse-les tous en y mettant tout mon amour.

Dès que les combats cesseront, je viendrai vous serrer dans mes bras.

Je t'aime, mon Ida adorée,

Ta sœur,

R.

P.S. J'écris séparément à ma mère et à Aïcha.

16 juin 1949
Tel Aviv, cimetière de Trumpeldor
15 heures

Rachel poussa la grille du cimetière, fit quelques pas le long de l'allée principale et s'arrêta.

À quelques mètres d'elle, trois petites chaises étaient disposées n'importe comment. Elle les observa avec un soin particulier, comme s'il s'agissait d'une tâche indispensable qui justifiait qu'elle s'y arrêtât, plutôt que d'aller se recueillir sur les tombes. Deux des chaises étaient en plein soleil, alors que la troisième était à l'ombre d'un grand orme. Sans doute qu'elles avaient été placées là où elles se trouvaient dans un but précis, celui de chercher la fraîcheur de l'orme, dont l'ombre, à ce moment-là, les recouvrait toutes les trois. Car ailleurs, sous l'effet du soleil, le sol pierreux de l'allée principale créait un effet de fournaise.

Des bêtises. Histoire de retarder l'instant…

Alors qu'elle se dirigeait vers la chaise restée à l'ombre, elle aperçut un homme, tête nue, en train de travailler un îlot de terre sur lequel était planté un buisson. Une vingtaine de mètres la séparaient de lui, et elle ne pouvait pas comprendre ce qu'il faisait exactement, si ce n'est que malgré la chaleur il ne ménageait pas sa peine.

Elle s'assit, l'observa durant quelques minutes, puis ferma les yeux. Cela faisait onze ans qu'elle n'était pas retournée voir les tombes de Karl et d'Elisheva.

Le voyage avait été interminable. Le paquebot, un vieux bâtiment rebaptisé *SS Jérusalem*, s'arrêtait partout. Marseille, Naples, le Pirée, Istanbul, Limassol… La compagnie maritime l'avait placée en cabine avec une jeune photographe new-yorkaise qui allait en Israël réaliser un reportage sur le nouvel État. La jeune femme lui avait répété une proposition à l'envi : « Si tu vas rarement voir les tiens… Je te fais des photos… Avec Aïcha, ta mère, Ida… Je te les enverrai de New York, ça te fera des souvenirs extraordinaires… » Après quoi elle partait d'un rire nerveux : « C'est ça, la photo, une lutte contre la mort. Mais on ne le dit pas ! » Cela en devenait exaspérant.

Elle et Ida n'avaient pas échangé un mot sincère, au-delà de ces bêtises que l'on profère quand on veut donner le change.

Et il lui avait fallu trois jours pour avoir la force de venir à Trumpeldor.

De l'enterrement d'Elisheva et de Karl, elle n'avait gardé aucun souvenir. Lorsqu'en revanche elle pensait à la journée de la veille, chaque détail lui revenait en mémoire, clair, précis, d'une rigueur atroce, comme une démonstration où chaque étape menait à la suivante, jusqu'à sa conclusion, dans le petit hall de gare, à Jaffa. Elle aurait dû les accompagner. Elle aurait dû assister à la conférence de Karl et passer la nuit avec eux à la Pension Bethléem. Mais elle les avait laissés partir seuls, parce qu'un journaliste lui proposait de l'interroger sur une pièce qui avait été un échec. « Alors nous rentrerons le jour même », avait dit Karl.

Elisheva avait un chameau en peluche… L'un de leurs jeux consistait à le cacher, à tour de rôle. Rachel s'amusait à le dissimuler dans toute sorte d'endroits improbables : sous un drap, dans la poche d'une de ses robes, au fond d'un tiroir de la cuisine, derrière les livres de la bibliothèque… Elles appelaient cela jouer à *Sâkhin wa bârid*, *Chaud et froid* en arabe. Elisheva faisait preuve d'une mémoire phénoménale. Jamais une cachette n'était oubliée, et dès que Rachel lui donnait le moindre indice, Elisheva fondait sur le chameau et le brandissait en trépignant de joie. Lorsque c'était à elle de cacher l'animal, que Rachel s'approche ou s'éloigne du chameau, Elisheva éclatait de rire. Elle était toujours dans la jubilation.

Et cette façon qu'avait Karl de faire l'amour… Avec soin… Dans le silence… Au lendemain de leur première nuit à la Pension Bethléem, alors qu'ils prenaient leur petit déjeuner, elle l'avait regardé dans les yeux et lui avait dit, en souriant, qu'il était un vrai intellectuel allemand. Il l'avait regardée d'un air interloqué :

– Ça veut dire ?

– En amour, c'est comme en philosophie, lui avait répondu Rachel. Rien ne doit être laissé inexploré…

Il avait baissé les yeux. Elle avait éclaté de rire :

– Tu es un homme merveilleux.

Elle quitta enfin sa chaise et se retrouva devant une plaque de marbre gris qui reliait deux tombes :

Karl Katzenbach (1883-1936)
Elisheva Katzenbach (1929-1936)

Elle était immobile devant les tombes depuis quelques minutes, le regard fixé sur la plaque, lorsqu'elle ressentit une senteur d'une extraordinaire délicatesse. Elle leva les yeux et vit que légèrement en retrait, un arbuste avait poussé. Ses branches portaient des fleurs minuscules, certaines d'un jaune mêlé de rouge, d'autres couleur abricot, d'autres orange. Lors de sa dernière visite, la veille de son départ pour Istanbul, l'arbre n'existait pas, elle en était certaine. Les deux dernières années avant de quitter Tel-Aviv, elle se rendait au cimetière tous les jours, elle l'aurait remarqué.

Elle s'en approcha, huma lentement son parfum, puis retourna au pied des tombes, les embrassa, posa un caillou sur chacune d'elles et récita le Kaddish.

Elle avait dissimulé, trahi, tourné chacun en bourrique, trompé son monde. Mais tout cela n'était rien en comparaison de son crime le plus monstrueux, celui de ne pas aimer Rebecca.

Elle s'approcha de la tombe d'Elisheva, s'agenouilla, posa sa joue sur la pierre et murmura : « Aide-moi. »

Alors qu'elle se dirigeait vers la sortie, elle aperçut le jardinier, assis sur la chaise qu'elle avait occupée. Elle s'approcha de lui, indiqua l'emplacement des deux tombes et demanda s'il connaissait le nom de l'arbuste.

– À côté du Jérusalem-Jaffa ?

Bien sûr qu'il connaissait l'arbre. C'était lui qui l'avait planté :

– Vous savez, la nature a ses mystères. Cet arbre est un osmanthe. J'en ai planté cinq. Quatre d'entre eux fleurissent à la mi-août. Mais celui-ci ne veut pas faire comme tout le monde. Il a ses fleurs mi-juin. Chaque année. C'est comme ça… En plus, dans un cimetière, on se dit souvent que certains événements arrivent beaucoup trop vite, si vous voyez ce que je veux dire… Enfin, les fleurs sont merveilleuses, leur senteur est d'une grande finesse, mais elles durent quinze jours à tout casser… vous avez de la chance.

Rachel comprit à son accent qu'il était arabe et le remercia dans sa langue. Son visage s'éclaira, il se leva :

– Mahmoud.

– Rahil, lui répondit Rachel en lui tendant la main.

– Alors, vous aussi ! C'est assez rare de voir des nôtres venir à Trumpeldor. Je me rappelle encore de l'enterrement du Jérusalem-Jaffa, c'est comme ça que je l'appelle. Il y avait un de ces mondes… Autre chose aussi m'avait frappé. On y entendait l'arabe plus que l'hébreu, ça faisait bizarre. Vous y étiez ?

Rachel lui répondit que oui, mais qu'elle ne se souvenait de rien. Lorsqu'il lui demanda si elle était de la famille, elle lui dit la vérité. L'homme hocha lentement la tête :

– Asseyez-vous deux minutes, cela me fera plaisir.

Il chercha l'une des deux chaises restées au soleil et la plaça près de la sienne :

– C'est moi qui ai creusé, pour la petite. Un collègue s'est chargé de le faire pour votre mari, nous nous sommes mis à deux, il fallait faire vite. Pour la petite, c'était moi. Je dois vous dire autre chose, à propos de l'arbuste.

Chaque fois qu'il avait planté un osmanthe, c'était près de la tombe d'un enfant :

– Les petits qui viennent ici, je les appelle mes fleurs d'osmanthe. Ils sont comme elles, petits, ravissants et éphémères. J'espère toujours que malgré la brièveté de leur vie, ils ont eu l'occasion d'être appréciés, choyés, aimés… Vous avez d'autres enfants ?

Rachel hocha la tête. Il y eut un long silence. Elle avait les yeux sur l'homme, son visage, son cou, ses mains…

– Après, c'est trop tard, fit Mahmoud.

À nouveau ils ne se dirent rien durant de longues secondes. Elle continua de l'observer. Elle voulait se souvenir de lui du mieux qu'elle pouvait.

– Chaque jour avant de partir, je traîne ici quelques minutes. Ça varie, bien sûr, selon le temps, l'humeur, le travail. Mais je ne pars pas comme si je travaillais dans un bureau…

– Vous avez besoin de vous reposer, c'est naturel.

Mahmoud secoua la tête. La raison était ailleurs. Pas question qu'il quitte ses morts comme ça. On pouvait dire de lui qu'il était idiot, ou trop attentionné avec des Juifs, on pouvait l'accuser de trahir la cause… Peu lui importait. Ces morts étaient ses morts. Leurs âmes étaient ses âmes. À Trumpeldor, c'était lui qui en avait la charge.

– Bien qu'ils soient tous juifs ? demanda Rachel.

Il haussa les épaules. Tôt ou tard, ils allaient tous se retrouver près du bon Dieu. Juif, pas juif, quelle différence ?

– Comme ça, je me fais des relations pour plus tard, dit Mahmoud en souriant.

Elle sourit :

– Tu fais de l'humour juif, maintenant.

– Que veux-tu, à force de les fréquenter…

Elle se leva, l'embrassa et partit.

20 juin 1949
Rue Naguib-Boustros
22 h 30

Lettre à Rebecca

Mon enfant adorée,

Si tu savais...

Si tu savais combien tu me manques.
Si tu savais combien je pense à toi.
Combien je voudrais te serrer dans mes bras.
Combien je compte les jours.
Combien je vais dire au capitaine du bateau de sauter les escales, de ne pas attendre les retardataires, de m'amener très vite à Marseille.
Si tu savais combien je dirai la même chose au conducteur du train qui m'amènera de Marseille à Paris.
Et au taxi, qui me conduira de la gare de Lyon aux Saints-Pères.
Si tu savais tout ça...
Tu comprendrais combien je t'aime.
Maman,
qui te serre dans ses bras plus fort que tu ne pourras jamais imaginer.

11 juillet 1949
28, rue des Saints-Pères
23 h 50

À son arrivée de Marseille, peu avant minuit, elle avait trouvé un dessin sur son oreiller. C'était un cœur dessiné au crayon rouge qui prenait presque toute la page d'une feuille arrachée à un cahier d'écolier. Au centre, il y avait ces mots :

Moi, je t'aime toujours

Elle se précipita dans la chambre de Rebecca et la secoua doucement. À peine sa fille ouvrit-elle les yeux qu'elle la prit dans ses bras et la serra contre sa poitrine :

– Merci pour le beau dessin. Moi aussi je t'aime tous les jours. Tu le sais, n'est-ce pas ?

Elle sentit Rebecca faire oui de la tête.

– Demain, nous irons faire une promenade, ajouta Rachel, j'ai à te parler.

– Des choses gentilles ou méchantes ? demanda Rebecca.

– Des choses difficiles.

*

Dès que Rebecca rentra de l'école, elles quittèrent la rue des Saints-Pères et prirent à droite, par le boulevard Saint-Germain, et marchèrent main dans la main, sans dire un mot. Rebecca ne chercha pas à savoir où sa mère la conduisait. Elles remontèrent le boulevard Raspail jusqu'à la rue d'Assas et poursuivirent jusqu'au jardin du Luxembourg, où elles s'assirent devant les terrains de pétanque.

– Il y a six mois, je suis venue m'asseoir ici, sur ce même banc. Il y avait deux enfants qui jouaient à la marelle. Je m'étais dit que j'aurais donné tout l'or du monde pour vous voir jouer ensemble, toi et Elisheva.

Rebecca la regardait dans les yeux, l'air calme.

– C'était un jour important pour moi. Pour ma pièce…

– Je me souviens, dit Rebecca. En rentrant, tu n'étais pas sûre de ce qui allait se passer.

– Non. Et je ne t'avais pas raconté la pièce. Je m'étais dit que tu étais trop petite. Tu sais ce que c'est, un homosexuel ?

Rebecca le savait, bien sûr.

Elle lui résuma l'intrigue :

– Je voudrais te lire un passage. C'est celui où l'un des hommes venus chercher Claude lui dévoile la vraie raison pour laquelle ils veulent le tondre. Tu veux ?

L'air toujours serein, Rebecca fit oui de la tête. Rachel sortit quelques feuillets de son sac et se mit à lire :

On t'aime pas, Claude. T'es pas comme nous. Tu parles pas comme nous. Tu ris pas avec nous. Tu nous fous mal à l'aise, avec tes soupirs de gonzesse. En plus, tu couches avec un Boche. T'avais qu'à être comme nous. C'est ta faute, tout ça.

Elle s'interrompit :

– Tu comprends le problème de Claude ?

– Il ne ressemble pas aux autres ?

– Exactement.

– Tu ne m'aimes pas tous les jours, parce que je ne ressemble pas à Elisheva ?

– Je t'aime infiniment. Tous les jours.

– Tu l'aimais beaucoup parce qu'elle te ressemblait ? Et moi je ressemble à papa ?

Bien sûr qu'elle ressemblait à son père. Quoi lui dire d'autre. Pourtant, Rachel le savait, tant que durerait le mensonge, il y aurait entre elles une terre infranchissable qui l'empêcherait de l'aimer librement.

– Certains jours, reprit Rebecca, tu ne m'aimes pas.

– Je n'arrive pas toujours à l'exprimer, et je veux que tu saches pourquoi. Elisheva est morte par ma faute.

Rebecca la fixa du regard. Maintenant, elle avait l'air inquiet.

Rachel lui raconta ce qui s'était passé le jour de l'attentat.

– Il y a autre chose que je dois t'avouer. Je pense souvent à Elisheva, et comme je suis coupable de sa mort, je suis triste qu'elle n'ait pas ta chance. Qu'elle n'ait pas accès à ce que tu connais.

– Comme il y a longtemps chez Markiz, dit Rebecca.

– Exactement. Comme chez Markiz. Je te voyais heureuse et j'aurais voulu qu'Elisheva soit aussi heureuse. Et je m'en voulais.

– Comme si tu étais jalouse pour elle ?

– Exactement.

Il y eut un long silence :

– Elisheva t'aurait adorée.

– Moi aussi, je l'aurais beaucoup aimée, dit Rebecca.

Rachel se mit à pleurer.

– Tu penseras toujours à ma sœur ?

– Toujours. Et je serai encore jalouse pour elle. Et je t'aimerai infiniment.

– Tu n'oublieras jamais pourquoi elle est morte ?

Les yeux dans le vague, Rachel ne réagit pas.

– Je ne crois pas que c'était ta faute, reprit Rebecca. Et puis, si tu avais fait le voyage avec eux, je ne serais pas née.

Elle se coucha sur le banc et posa la tête sur les genoux de sa mère. Celle-ci lui caressa les cheveux, puis plaça la main sur sa joue. À son tour, Rebecca posa sa main sur celle de sa mère et appuya, pour la maintenir contre sa peau.

12 août 1949
Rue Naguib-Boustros
23 heures

Ma Rachel chérie,

Depuis la mort de mon père et de Tatiana, depuis que nous sommes sœurs, j'ai connu de grands bonheurs. J'ai été aimée. J'ai beaucoup aimé Ossip. D'autres hommes, aussi. J'ai infiniment aimé Mounir, tu le sais. Mais jamais, dans ses bras ou ceux d'Ossip, je ne me suis sentie aussi apaisée de mes angoisses que quand je suis près de toi. Si déjà tu es loin, ne m'abandonne pas de tes mots. Écris-moi ! Parle-moi de Rebecca ! Te rends-tu compte que je ne l'ai jamais vue ? J'aimerais tant avoir d'elle une photo récente. Dis-lui de m'envoyer un mot. Qu'elle me raconte ses journées à Paris ! Elle écrit l'arabe, j'imagine ?

J'ai commencé les répétitions d'un Pirandello, À chacun sa vérité*, au théâtre Habima. Je joue Mme Frola. Son gendre dit qu'elle est folle, elle dit que c'est lui le fou... Toute la pièce est construite sur le principe de la confusion. Le titre de la pièce en italien est bizarre, aussi :* Così è (se vi pare)*, avec la parenthèse, qui veut dire à peu près : C'est ainsi (pour peu que cela vous semble vrai). Je ne suis pas de cet avis. Chacun de nous a une vérité absolue, qui ne se discute pas. Il est* *parfois tentant de la cacher, parce qu'on en a honte, alors on raconte n'importe quoi pour éviter un chagrin, par exemple qu'il n'y a pas qu'une seule vérité, et ce genre de fadaises. Peut-être est-ce mieux ainsi... Mais la vérité n'a qu'un visage. Et comme me l'avait raconté notre père à Do-Béïtenou, elle finit toujours par avoir trop chaud...*

Je pense amener Elias aux répétitions. Qu'en penses-tu ? Il a bientôt l'âge que j'avais quand tu m'as révélé comment mon père est mort. J'ai affronté cette vérité grâce à toi. Tu m'as fait confiance en me la disant. Tu m'as aidée à me tenir debout, alors que je n'avais plus personne à qui m'accrocher.

Je pense sans cesse à ma mère. Bien sûr, je pense à elle depuis toujours. Mais là, c'est autre chose. Tu te souviens du soir où nous avions vu Le Dibbouk, *à Do-Beïtenou ? Nous étions incapables de fermer l'œil et avions chuchoté au lit, longtemps. Je rêvais de devenir une actrice et je m'étais demandé s'il y avait de bons dibbouks, si l'esprit de ma mère ne pourrait pas vivre en moi. Je me souviens de tes mots, comme si tu me les avais dits hier : « Tu deviendras une grande actrice et ta mère sera fière de toi. » Sache qu'il ne se passe pas un seul soir où je suis sur scène sans que je sente ma mère vivante à l'intérieur de moi-même. Chaque fois que je m'interroge sur le sens d'une réplique, ou la manière dont je dois regarder mon partenaire, ou faire tel geste, ou Dieu sait quoi encore, je me tourne vers ma mère. Elle me guide et me porte, tout comme tes mots, qui continuent de me porter, ma Rachel.*

Pourquoi je tourne autour du pot et n'ose pas te dire ce que j'ai sur le cœur ? Nous ne nous sommes pas retrouvées, lors de ta visite. Nous n'étions plus du tout complices. Je suis sûre que tu as ressenti la même absence.

Dis-moi que nous nous retrouverons, ma Rachel. Dis-le-moi, s'il te plaît.

Je t'embrasse de toute ma tendresse,

Ta sœur qui t'adore,
I.

25 août 1949
28, rue des Saints-Pères
minuit

Mon Ida,

Ta lettre m'attriste, parce que tu as raison. Nous ne nous sommes pas retrouvées. C'est la distance qui nous a séparées, pour un peu. Ce sont aussi les circonstances. Il y a plus de trente ans, elles nous avaient rapprochées. Depuis une dizaine d'années, elles nous éloignent. J'ai entamé une nouvelle vie avec un homme accusé de collaboration. Il était antisémite. Il a beau avoir été acquitté, aux yeux de ma mère, aux yeux d'Aïcha, aux tiens, il reste un pestiféré.
Peut-être qu'un jour, les circonstances nous rapprocheront à nouveau. J'en rêve chaque jour.

Je t'embrasse, avec toute ma tendresse,

R.

P.S. Oui, amène ton fils à tes répétitions.

15 septembre 1949
Jardin du Luxembourg
21 h 30

Dans son édition du matin, un article du *Figaro* préannonçait la pièce : « Douloureux face-à-face », titrait le journal : « Sans doute fallait-il une Turque juive pour raconter le point de vue d'un jeune Français amant d'un Allemand », écrivait le journaliste. Sans doute fallait-il, aussi, la force d'une Sylvie Laroche, mise en cause à la Libération, pour porter avec tant de force et de sensibilité le personnage de la mère… »

La pièce serait un « événement », concluait l'article.

« On aura le Tout-Paris », avait annoncé Blaise. Le Tout-Paris… Oui, se dit Rachel. Tout se présentait étonnamment bien. Pour une fois.

Elle quitta le théâtre et prit par la rue de Fleurus.

François-Xavier aussi remontait la pente. Et même plus vite qu'elle. Ses clients revenaient nombreux. Les anciens se montraient solidaires. À leurs manières de se retrouver, dans la rue, au café, à la maison, de se serrer dans les bras si fort, si longuement, de s'embrasser, de s'enquérir « Alors ? Comment va ? Le travail, la famille ? Et Untel, tu l'as revu ? Et Untel ? », on sentait qu'ils avaient vécu l'enfer. Elle se souvint d'un mot qu'il avait eu, le soir de son acquittement. « Tous les résistants du monde ne vont pas nous apprendre à aimer la France. » Elle avait quitté sa chaise et l'avait pris dans ses bras. François-Xavier était un patriote fervent. Les circonstances l'avaient placé face à un dilemme. Il avait choisi une voie qu'il pensait être la bonne, dans le seul souci de préserver du pays ce qui encore pouvait l'être. On l'avait vilipendée, elle aussi, parce qu'elle aimait son pays à sa manière.

Elle descendit le boulevard d'un pas lent, tout entière dans la douceur de ses pensées. Mais au moment où elle se trouva devant le Lutetia, le souvenir des familles juives venant aux nouvelles de leurs disparus l'inonda de honte. Elle passa en vitesse devant l'hôtel et traversa en courant la rue de Rennes.

Rue des Saints-Pères, à peine poussa-t-elle la porte palière qu'elle entendit des rires. « Le pauvre Mandelbaum ! » C'était la voix de François-Xavier. « Et sa façon de se tenir raide comme un piquet ! » fit une voix que Rachel ne connaissait pas. Elle se souvint que son mari recevait l'un de ses condisciples de Polytechnique. La remarque déclencha d'autres rires. Lorsqu'ils s'apaisèrent, elle reconnut la voix de François-Xavier : « Quel con, ce Mandelbaum ! »

Mandelbaum, ses parents et sa sœur avaient été déportés. Aucun d'eux n'avait survécu.

Elle referma la porte palière en silence et alla se coucher.

16 septembre 1949
28, rue des Saints-Pères
7 h 15

Du dos de l'index, François-Xavier effleura la joue de Rachel :

– Tu as bien dormi ?

Elle entrouvrit les yeux et le regarda sans rien dire.

– La répétition s'est bien terminée ?

Elle fit oui de la tête, d'un petit geste avare.

– Et tu n'es pas venue nous dire bonsoir ?

Elle resta silencieuse durant une dizaine de secondes :

– Je vous ai entendus rire. À propos de Mandelbaum.

Il baissa les yeux. Entre anciens condisciples, ils retrouvaient des manières de potaches. C'était une réaction stupide qu'il lui demandait de pardonner.

Elle le regarda dans les yeux, dit « Bien sûr », et lui tourna le dos.

16 septembre 1949
Théâtre du Luxembourg
20 h 45

– *Vas-y, mon amour*, lança Sylvie Laroche. *Qu'ils te les coupent, tes cheveux, ces voyous. Qu'ils te mettent la boule à zéro ! Tu ne seras pas moins beau pour autant, sache-le. Vas-y. Fais-le, ton chemin de croix, qu'on en finisse. Puisque c'est ce qu'il leur faut, pour qu'ils se sentent des hommes. Nos grands résistants... Tu pourras leur dire : c'est grâce à un pédé que vous vous sentez des hommes. Alors restons modestes.*

Elle laissa passer un silence. Rachel ferma les yeux.

– *Il te faudra un sacré courage, face à leurs insultes,* reprit Sylvie Laroche. *Mais n'oublie pas d'en mettre une dose de côté. Pour plus tard. Car les choses ne s'arrêteront pas là. Le jour où ils comprendront leur crime, ce sera pire. Ils te rendront responsable d'avoir fait d'eux des scélérats.*

Elle sortit un mouchoir. De vraies larmes, rondes et chaudes, qui coulaient sur ses joues.

– *Après qu'ils t'auront tondu, tu reviendras ici. Le temps que tu fasses l'aller-retour, j'aurai mis ma robe rouge. Tu sortiras à mon bras. Ou plutôt non : c'est moi qui sortirai au tien. Nous ferons un tour au village. Et ils verront combien je suis fière de toi.*

Les projecteurs s'éteignirent. Il y eut quelques secondes de grand silence. Puis les applaudissements explosèrent. Au fil des secondes, les bravos et les hourras se firent de plus en plus forts. Très vite, ils dominèrent le bruit des applaudissements.

Arnaud prit Rachel par la main et ils empruntèrent le corridor circulaire qui menait aux coulisses. Après les premiers saluts, Sylvie Laroche vint les chercher et les conduisit sur le devant de la scène. La salle leur fit une ovation debout.

Lorsque les applaudissements s'estompèrent, Rachel retourna en coulisse retrouver François-Xavier et Rebecca. Arnaud alla chercher du champagne.

À l'arrière-scène, il y eut vite foule. Rachel reconnut des actrices du Français, deux réalisateurs de cinéma, plusieurs journalistes, des hommes politiques. Les éloges pleuvaient. Un militaire s'approcha d'elle : « Nous vous sommes redevables plus que vous ne pouvez l'imaginer. » Un journaliste nota ces mots et s'approcha de Rachel :

– André Tabarin, de *L'Aurore*. On peut dire que…

Elle le regarda en souriant, sans saisir la suite de sa phrase, perdue dans le brouhaha.

Une demi-heure plus tard, Arnaud donna le signal du départ et ils se dirigèrent vers La Méditerranée, place de l'Odéon. Rachel fut placée à côté de Tabarin, celui qui avait noté les mots du militaire. Le journaliste avait trouvé sa pièce bouleversante. Avait-elle de quoi faire monter autre chose, dans la foulée ? Voudrait-elle lui résumer la trame de l'un deux ?

Elle lui raconta *Un wagon pour Aşkale.* André Tabarin resta silencieux, l'air absent. Elle ajouta :

– L'homme auquel j'étais mariée à cette époque est mort à Aşkale.

Rachel décrivit les circonstances de son arrestation. Tabarin semblait avoir l'esprit ailleurs.

– Pardonnez-moi, dit Tabarin après quelques secondes de silence. Votre drame ravive un souvenir douloureux dont je m'étais promis de ne pas parler ce soir.

Elle haussa les épaules :

– Au point où nous en sommes…

– Soit, dit Tabarin.

Il chercha le regard de François-Xavier et l'interpella. N'avait-il pas connu plusieurs familles sépharades de Turquie, du temps où il était consul général à Istanbul ? Les Manasse, les Farhi et les Mitrani… ?

François-Xavier acquiesça, très souriant, presque bravache. Non seulement il les avait connues, mais il avait entretenu avec elles des liens d'amitié. Il leur avait même accordé des visas pour la France, grâce auxquels ils avaient pu émigrer.

Savait-il ce qu'il était advenu de ces familles ?

L'une d'elles avait réussi à se sauver. Hélas, les deux autres avaient été déportées :

– Et vous-même, ajouta François-Xavier, les connaissiez-vous ?

– J'étais très lié à Esther, répondit Tabarin, l'une des filles Mitrani. Nous devions nous fiancer.

François-Xavier hocha la tête d'un mouvement sec, comme pour dire « passons à autre chose », et lui tourna le dos.

Le geste piqua Tabarin au vif. Soudain, il était replongé dans le souvenir d'Esther, de leurs fiançailles, de sa déportation. Pas question d'épargner Rey-Coste. Tabarin savait qu'un avocat d'Ankara avait multiplié les interventions auprès du ministère turc des Affaires étrangères jusqu'à ce qu'un fonctionnaire lui donne la clé : il fallait passer par Gaston Bergery, l'ambassadeur de France :

– À l'ambassade, reprit Tabarin en haussant la voix, on avait conseillé à l'avocat de s'adresser à vous. Vous aviez accordé un visa à ces familles, mon interlocuteur en avait déduit que vous auriez à cœur de les sauver. Vous pouviez intervenir auprès de Bergery, qui avait ses entrées dans les ministères turcs grâce à ses bons rapports avec von Papen, l'ambassadeur d'Allemagne. Leur amitié était connue de tous. Vous étiez intervenu auprès de lui pour les Manasse. L'avocat de la famille Mitrani avait sollicité une entrevue et vous avez refusé de le recevoir.

François-Xavier était blême :

– Si vous avez l'intention de me rendre responsable des turpitudes du gouvernement Inönü à l'égard des Juifs de Turquie, dites-le.

– Bien sûr que non, répliqua Tabarin d'un ton glacial.

Du reste, il n'avait pas eu l'intention d'aborder le sujet :

– Si ce n'est qu'à l'insistance de Madame…

Il se tourna vers Rachel.

– Pardonnez-moi.

Rachel chercha le regard de François-Xavier. N'aurait-il pas pu recevoir l'avocat ? C'était leur donner de faux espoirs, lui répondit son mari. Il avait agi au mieux de sa conscience.

Elle hocha la tête et se retourna vers le journaliste. En lui racontant la trame du *Wagon pour Aşkale*, elle la découvrait d'un œil neuf. Il lui fallait prolonger sa pièce, c'était évident… Ajouter un acte… Retrouver ses personnages six mois plus tard, une nuit d'été… L'un des cinq hommes serait mort, et cette mort aurait permis aux autres de forger entre eux des liens de fraternité tels qu'ils n'en avaient jamais connu. Ils auraient atteint le dépouillement extrême, une compréhension de la condition humaine, aussi, un amour de la vie qui sinon leur aurait été inaccessible.

Elle se tourna vers son mari. Les yeux sur son assiette, François-Xavier semblait accablé.

18 septembre 1949
28, rue des Saints-Pères
7 h 30

– Ça y est ? Je peux dire que j'ai une maman célèbre ?

Rachel sourit, glissa furtivement une petite pile de feuillets sous sa soucoupe et se saisit d'un des journaux empilés sur la table de la salle à manger.

C'était la presse du matin.

En page sept de *L'Aurore*, sous le titre « Un drame français », André Tabarin écrivait :

Pour la première fois, une pièce de Rachel Alkabès est présentée dans un théâtre parisien. Gageons que ce ne sera pas la dernière et saluons l'audace d'Arnaud de Saint-Blaise, le directeur du théâtre du Luxembourg, d'avoir pris cette initiative. L'audace et le flair… Car en dépit des risques encourus, il n'a pas hésité à monter une pièce qui dérange, la première pièce à nous parler des tondus et des tondues, des héros malgré eux et de ceux qui ont choisi de faire preuve de courage à cinq minutes de la fin du match. Pourtant, Rachel Alkabès ne fait pas que cela. En affrontant la question de l'homosexualité, elle agite les eaux marécageuses qui feront toujours le fond de notre petite cuve : l'intolérance et la peur de qui ne nous ressemble pas.

Dans *Le Figaro*, Jean-Christophe Moralès décrivait ce qui lui paraissait être « une soirée inoubliable » sur scène autant que dans la salle : « Enfin une pièce qui nous oblige à nous confronter à nous-mêmes, à nos actes manqués comme à ceux grâce auxquels nous pourrons restaurer notre fierté. Rachel Alkabès porte le fer là où il fait mal. Là où il cautérise, aussi. »

Les autres articles étaient de la même teneur.

L'air grave, Rachel acheva de lire la critique du dernier journal de la pile, le posa sur la table et chercha le regard de Rebecca :

– Le jour de mes douze ans, j'ai connu le premier choc de ma vie.

Rachel lui raconta la manière dont s'était déroulé son anniversaire. Sa mère ne voulait pas qu'elle connaisse la vérité sur la mort de Iakov, le père d'Ida. Elle l'avait apprise quand même, en rusant. Et c'était elle qui l'avait révélée à Ida. Grâce à cela, elles étaient devenues de vraies sœurs :

– Je ne veux pas faire comme ma mère. Je veux que tu saches. Voici la lettre que j'ai trouvée ce matin.

Elle se saisit du petit paquet de feuilles qu'elle avait caché sous sa soucoupe et la tendit à sa fille.

Ma Rachel,

Mon amour pour toi est aussi ardent et sincère qu'au premier jour. Pourtant, je vais te quitter. Non parce que je le veux, mais parce que je le dois.

Mon enfance a été heureuse, tu le sais, chrétienne, soucieuse d'autrui, tendue tout entière vers l'exigence de charité. Pourtant, durant cette enfance, le venin de l'antisémitisme m'a été inoculé, sans la moindre remise en cause possible. Cela s'est fait par petites doses, m'alertant très vite, au quotidien, sur l'opposition flagrante (et la cohabitation incompatible) entre les valeurs chrétiennes tissées à un amour sans réserve de la patrie, et le souci des Juifs de se constituer en une sorte de forteresse, imprenable, impénétrable, fondée sur l'argent et dans le propos de s'enrichir toujours plus aux dépens de ceux qui ne sont pas des leurs, d'accaparer, à force de travail autant que d'astuce, tout ce qui pourrait tomber entre leurs mains, de considérer ces ambitions comme souveraines, les mettant au-dessus de toute affection qu'ils pourraient ressentir, malgré eux, pour la France. Ces griefs étaient-ils justifiés ? Dire qu'ils l'étaient entièrement serait d'une injustice monstrueuse. Dire qu'ils ne l'étaient pas du tout serait naïf. Au fil des siècles, ton peuple a démontré qu'il fallait compter avec lui, que tous les pogromes du monde ne l'empêchaient pas de redresser la tête et de poursuivre une route toujours singulière.

J'ai aimé une autre Juive avant toi, tu le sais. Ariane Mandelbaum et moi étions fiancés. Et nous avons rompu. Ou plutôt : elle a décidé de rompre. Elle avait compris, à ma manière de répondre à ses parents ou à la façon que j'avais de discuter avec ses cousins, que je les méprisais, que je serais toute ma vie un antisémite. Je dois admettre que la blessure que j'ai ressentie a été aiguë. Moi, fils de famille, catholique bon ton, largué par une Juive…

Pourquoi le cacher, c'est avec un autre mot que dès lors je me référai à elle. À mes yeux, elle était devenue une Youpine...

Pourtant, avant qu'elle ne mette fin à nos fiançailles, je savais que leur rupture était inéluctable. J'en avais pris conscience au cours d'une scène dont, aujourd'hui encore, je me souviens des moindres détails. Nous étions chez ses parents, assis côte à côte sur l'un des canapés du salon. Je lui demandai pourquoi les Juifs ne fréquentaient que les leurs, ou presque. « Tu ne te rends pas compte de la douleur que l'on ressent, m'avait-elle dit, lorsque quelqu'un découvre que l'on est juif, et qu'il a ce petit air entendu, accompagné d'un sourire qu'il réprime, mais pas complètement, pour qu'on sente bien qu'il nous méprise. » Elle avait ajouté : « Qu'un Juif porte secours à un chien perdu ou qu'il obtienne un prix Nobel, l'autre se dira, sans se départir de son petit sourire, qu'il l'a fait pour se rendre intéressant, ou pour se remplir les poches, ou pour Dieu sait quoi, mais forcément avec calcul, avec arrogance. Le succès du Juif sera l'élément à charge, son piège, la preuve de son désir de se hisser au-dessus des autres. Alors, à l'instant précis où dans le visage de l'autre s'esquissera ce sourire infâme, le Juif sentira le crachat lui souiller le visage et comprendra que la messe est dite. Qu'il sera méprisé à tout jamais. Tu ne peux imaginer combien, à cet instant, l'humiliation est brûlante. Combien on se sent impuissant. Et combien le crachat sera impossible à laver. Alors, vois-tu, lorsqu'on se retrouve entre soi, au moins, on est tranquilles ! C'est comme une cure de repos ! » Elle avait ri, s'était penchée vers moi et m'avait embrassé, puis avait ajouté, d'un air enjoué : « Toi, tu n'es pas comme les autres ! » Je me souviens de n'avoir eu, à cet instant, aucun sentiment de bienveillance à son égard. Tout au contraire. Je compris que tôt ou tard, Ariane me serait insupportable. Que nous finirions par nous séparer. Peut-être même ai-je décidé, alors, que rien, jamais, ne pourrait me faire aimer les Juifs.

Pourtant, je n'ai eu aucune réserve en m'attachant à des familles juives de Constantinople. Elles avaient une façon si touchante, si confiante, d'aimer la France, de la vénérer... Je les ai aidées à émigrer. J'ai fait l'impossible pour que les Manasse gardent leur citoyenneté. Ils ont obtenu un visa pour l'Espagne et ont échappé à la déportation. Pour les deux autres familles, je n'ai rien fait, c'est vrai. Il m'aurait fallu batailler avec Bergery. Lui-même aurait dû remonter à von Papen – je dis bien remonter, nous prenions nos ordres des Allemands. Sur un sujet aussi sensible, je n'ai pas voulu gâcher mes chances de promotion en me mettant l'ambassadeur à dos.

Il y a de cela trois jours, nous avons eu un échange qui nous a laissés tous deux bien tristes, je crois. Et avant-hier, en rentrant du restaurant, nous avons au contraire évité une discussion, après que le journaliste m'a identifié comme étant le responsable (ou l'un des responsables) de la mort des Mitrani et des Farhi. Notre silence m'a été difficile à vivre.

Depuis que j'ai retrouvé des camarades d'infortune, le démon se réveille. Je me retrouve au quotidien dans une intolérance absolue à tout ce qui relève de la youpinerie. Oui, le mot est horrible, je sais. Et pourtant, c'est lui qui me vient aux lèvres. J'en suis arrivé à me moquer d'un condisciple mort dans les camps. Et je tremble à l'idée que je pourrais un jour te reprocher les « tares juives », comme les appelait ma mère, ton détachement de toute patrie, et même de ton propre peuple, une forme d'apatrisme double, sans parler de ton irrépressible désir de réussite. Je ne veux pas vivre l'instant où partirait de ma bouche le crachat à l'égard de la femme que j'ai le plus aimée et qui reste, à mes yeux, la plus belle personne au monde. Il vaut mieux que je m'en aille avant.

Toi et Rebecca ne manquerez de rien. Tu lui expliqueras dans tes mots. Je l'aimerai toujours infiniment. Elle le mérite.

Je vous embrasse toutes les deux, avec grande affection.
F.-X.

Rebecca posa les feuillets sur la table, s'approcha de sa mère et lui mit les bras autour du cou.
– Tu as compris ? lui demanda Rachel.
– Pourquoi est-ce qu'il dit que je le mérite ?
– Je ne sais pas, mon trésor.

SEPTIÈME PARTIE

Genève, 1968

15 juin 1968
Genève, place du Cirque
15 h 30

De la place du Cirque, où elle habitait, à la rue de Candolle, où se tenait le congrès, Rebecca en avait pour cinq minutes. Pour la troisième fois en cinq minutes, elle consulta sa montre. Il lui restait une heure. Pas de quoi s'angoisser.

Elle ferma les yeux et prononça à haute voix les premiers mots de sa présentation.

Personne, je crois, n'est aussi rusé qu'un enfant.

Elle répéta la phrase plus lentement, pour créer de l'attente :

Personne... je crois...

Oui. Ces mots sauraient capter l'attention.

C'était Piaget, le grand Piaget lui-même, qui lui avait demandé de présenter ses travaux. Après avoir été son étudiante, puis son assistante, elle avait fait sa thèse sous sa direction. Il avait compris, très vite, pourquoi elle s'intéressait au développement de l'enfant et l'avait orientée vers les théories de l'attachement. « Lisez Bowlby, vous me direz ce que vous en pensez », avait-il dit en tirant sur sa pipe, l'air malicieux, la première fois qu'elle était venue le voir pour discuter d'un sujet de thèse. Une semaine plus tard, elle entrait sans frapper dans son bureau, l'embrassait, lui glissait à l'oreille « Merci pour Bowlby », et repartait en trombe, laissant Piaget interloqué, charmé, un peu flatté, quand même, d'avoir touché si juste.

La recherche de Rebecca avait agi sur elle comme un baume. Si elle avait réussi à s'en sortir, c'était grâce à des personnes étrangères. Fotini à Istanbul, Dolorès à Paris. Elle s'était agrippée à leur cou, à leurs bras, à leurs seins. Elle s'était nourrie d'elles. Ces femmes lui avaient sauvé la mise.

Car pour ce qui était de ses proches… À peine sa mère la voyait-elle que déjà elle regardait ailleurs. Des rares fois où elle l'avait coiffée, Rebecca n'avait pas gardé un seul bon souvenir. C'était chaque fois le même scénario. Sa mère s'arrêtait brusquement, lançait un « Je n'y arrive pas ! Demande à Fotini » et la laissait en plan, coupable d'avoir des cheveux aussi difficiles à peigner. Son père avait été doux avec elle, mais bizarrement il s'interdisait tout geste de tendresse. Pas question de la serrer dans ses bras. Encore moins de la caresser ou la couvrir de baisers. Comme s'il n'osait pas. Papa François-Xavier, c'était autre chose… Un homme drôle, charmant… Mais les démonstrations d'affection et lui, cela faisait deux. Fotini et Dolorès, elles, étaient faites de chair. Elles l'avaient serrée dans leurs bras, embrassée, caressée… Elles lui avaient appris à recevoir de la tendresse. À en donner aussi. C'est à elles qu'elle devait d'avoir su aimer.

Elle consulta à nouveau sa montre et reprit la récitation de son exposé.

En situation de besoin, l'enfant prendra l'initiative de construire ce que Bowlby appelle son « socle de sécurité »... À la recherche de protection, il établira des relations affectives avec ceux qui, autour de lui, seront susceptibles de jouer le rôle de « caregivers », pour reprendre une expression-clé de Bowlby. Ceux qui seront à même de s'occuper de lui.

John Bowlby… Il serait dans l'auditoire, assis à côté de Piaget…

Elle se souvint du jour où elle avait vu François-Xavier pour la première fois, chez Markiz. L'avenue de l'Indépendance était encombrée, il leur avait fallu se frayer un chemin à travers les badauds, et sa mère la traînait derrière elle comme elle l'aurait fait d'un chien au bout d'une laisse.

L'attachement implique un souci, du respect, de l'attention. Ce sont ces attitudes qui construiront l'enfant. N'ayant pas subi d'appropriation, il aimera à son tour sans accaparer. Cette retenue des sentiments, cet effacement, cette humilité de celui qui aime à l'égard de l'être aimé, embelliront sa vie pour toujours.

Elle aurait pu ajouter que cela éviterait à l'enfant l'humiliation d'avoir à remercier son parent pour ce qui, après tout, n'était qu'un dû. Mais elle ne voulait pas donner à sa communication un ton revanchard.

Elle se leva, rangea ses feuilles dans son sac et se dirigea vers la porte palière. Au moment où elle s'apprêtait à l'ouvrir, elle arrêta son geste, s'observa dans le grand miroir accroché à l'entrée, et se trouva jolie.

15 juin 1968

Londres, hôtel Dorchester

15 h 30

« Trois interviews pour la presse écrite, pas une de plus, et toutes le premier jour », avait dit Rachel à l'intendant du théâtre. Le lendemain, ce serait une matinale en direct sur BBC One et un enregistrement radio. Le soir aurait lieu la première de *Benjy Mayerowitz* à l'Old Vic, et après la représentation, un dîner. Puis une nuit courte, réveil aux aurores et vol pour Buenos Aires.

Depuis son arrivée en fin de matinée, elle avait déjà reçu la journaliste du *Guardian* et un critique du *Financial Times*. C'était au tour de Jack Masri, un rouquin râblé d'une soixantaine d'années, le responsable des pages culture du *Times*.

Rachel lui avait donné rendez-vous au bar de son hôtel. C'était leur première rencontre.

Pas même assis, Masri la regarda avec insistance :

– Je ne vous cache pas que je suis très troublé.

Quinze ans plus tôt, il était responsable des chroniques théâtrales pour un journal de Bristol. Il avait écrit un long papier sur *Un wagon pour Aşkale*. Rachel était à Londres pour la première, il le savait, mais il n'avait pas osé lui demander un entretien.

– Après avoir terminé ma chronique, j'étais retourné deux fois à Londres revoir la pièce, avant de finaliser mon article. Je trouvais en *Aşkale* une espérance. Je sortais d'une séparation, et en quittant le théâtre, je m'étais dit qu'aucune douleur, jamais, n'est totalement inutile, que les pires moments d'une vie offrent une richesse. Les personnages d'*Aşkale* en donnaient une illustration magistrale.

Il se souvenait de la pièce comme s'il l'avait vue la veille :

– Ces hommes vivent l'enfer, et pourtant chacun est prêt à partager sa soupe avec celui qui semble à bout de ressources, ou à casser du rocher à la place de celui qui a les mains écorchées… Ils ont tout perdu et soudain ils voient la lumière… Et le personnage de Saït, le gardien… Déchiré entre son devoir et son humanité, Saït qui au fil des mois continue d'être impitoyable vit un drame, et pour finir se tue en un acte d'amour muet à l'égard de ses quatre prisonniers… Il émanait de la pièce une fraternité, une spiritualité qui aujourd'hui encore me bouleversent.

Il secoua la tête :

– Je parle trop…

Elle posa la main sur la sienne :

– C'est pour des gens comme vous que j'écris.

Il se souvint que le titre était devenu *The Train to Aşkale*, et il s'était offusqué de cette légère modification. Pourquoi « *The* » et pas « *A* », « Un » ? Il avait déchiffré le texte dans sa version française, pour essayer de comprendre. Pour finir, il avait conclu que la traduction du titre trahissait l'esprit. « Un », cela voulait bien dire qu'il y avait d'autres trains, que la déportation était désormais une horreur banalisée.

Le journaliste avait raison. Le « *The* » conférait au voyage un caractère unique, et sans doute l'avait-elle laissé passer dans un moment d'inconsciente vanité.

– C'était votre premier grand succès, n'est-ce pas ?

Rachel hocha la tête. La pièce avait été créée à Paris, au théâtre du Luxembourg, sa salle fétiche, traduite dans vingt-cinq langues et montée dans quarante pays. Après Londres, elle se rendrait à Buenos Aires, où la pièce faisait l'objet d'une nouvelle production. Puis ce serait New York et Tokyo.

Telle était sa vie, depuis presque vingt ans. Un travail intense, une pièce par année, et des voyages pour accompagner un répertoire joué dans le monde entier. Ida et elle s'écrivaient une ou deux fois par an, comme le feraient des cousines éloignées. Elles ne se voyaient plus. Elle n'avait pas eu d'homme dans son lit depuis trois ou quatre ans. Et aucun dans sa vie depuis le départ de François-Xavier.

– Le succès n'est pas venu vite dans votre carrière. Vous êtes-vous jamais demandé pourquoi il a tant attendu ?

Elle resta un instant silencieuse.

– Cela m'a pris du temps. J'ai toujours voulu convaincre. Du reste, mes textes ont toujours des vestiges du théâtre à thèse. J'ai compris sur le tard que le spectateur ne doit pas quitter la salle avec une conviction. Le théâtre doit rester un mystère.

Elle pensa à Istanbul, à Maurice, à Rebecca, qui désormais s'était mise à régler ses comptes avec elle. Quatre ans plus tôt, à Genève, Rebecca défendait sa thèse de doctorat consacrée aux théories de l'attachement. L'une de ses affirmations lui restait gravée en mémoire :

> *Lorsque l'environnement de l'enfant lui offre des substituts affectifs de qualité, il sortira de l'épreuve aguerri, en ayant évité l'accaparement de ceux qui, sous prétexte qu'ils sont ses parents biologiques, le considèrent comme leur propriété et le chargent d'un inéluctable sentiment de culpabilité. Il sera apte à aimer.*

– Vous avez toujours refusé que votre théâtre soit traduit en hébreu et joué en Israël. Vous y seriez fêtée en enfant prodigue… Pourquoi ce refus ?

Elle était née en Palestine ottomane. Elle avait vécu son adolescence et une partie importante de sa vie d'adulte sous mandat britannique… Lorsque l'État d'Israël s'était constitué, elle avait déjà émigré de Turquie pour la France :

– Je n'ai passé que quelques jours en Israël, à la fin de la guerre. Ce n'est pas tout à fait mon pays. Et puis tout cela n'a pas d'importance.

Masri n'insista pas :

– Retournons à vos œuvres.

Depuis *Le wagon pour Aşkale*, il avait recensé trois autres pièces, Toutes montées à l'Old Vic… Comme celle qui débutait le lendemain. Une telle adhésion du Théâtre Royal à un auteur, ce n'était pas banal… Qu'est-ce qui l'avait motivée à écrire *Benjy Mayerowitz*, qu'elle avait sous-titré *Le Juif qui voulait être comme tout le monde* ? Une pièce très drôle, très différente de toutes les autres.

– J'ai assisté à la générale, reprit Masri. La salle était hilare.

Le besoin d'appartenance… Une constante de la condition humaine. Benjy avait une peur viscérale de trahir les siens.

– Vous entendez, sa famille ou les Juifs ?

– Vous voyez une différence ? demanda Rachel.

Benjy Mayerowitz se sentait contraint de se comporter comme eux, d'être actif, de réussir, de rendre ses parents fiers de lui.

– Vous avez dû vous amuser en l'écrivant. Vous ne craignez pas qu'on vous accuse d'antisémitisme ?

Elle sourit.

Aux yeux de Masri, *Aşkale* restait son œuvre emblématique.

Rachel hocha la tête. La pièce avait tous les ingrédients du mystère. L'horreur de la déportation, et puis ce basculement de valeurs qui menait ses personnages à la lumière.

– Vous avez eu la force d'écrire ce texte chargé d'espoir, alors que vous aviez perdu un être cher dans ces mêmes circonstances. Vous semblez résister à tout.

Elle resta silencieuse. Le succès de ses pièces ne compensait ni les pertes, ni les trahisons, ni la solitude.

– Vous êtes une forteresse, reprit Masri.

– Oui, répondit Rachel. Une forteresse de cendres…

15 juin 1968

Université de Genève,

bâtiment des Bastions

18 h 15

Entourée, félicitée, embrassée, Rebecca était sur un nuage. Piaget lui dit qu'elle s'était montrée courageuse. Bowlby lui présenta ses compliments. Il n'avait jamais pensé à sa conclusion. Il la trouvait remarquable.

Rebecca lui sourit. Elle savait qu'à l'âge de sept ans, on l'avait placé en internat. « Je n'enverrais pas en internat un chien de sept ans », avait déclaré Bowlby par la suite.

Le public était resté jusqu'à la fin, si bien qu'au terme des présentations, le foyer du grand auditoire 106 était bondé.

– *Professor Özkan ?*

Elle se tourna et se retrouva face à un homme aux cheveux blonds et aux yeux d'un bleu si pâle qu'ils paraissaient presque blancs. Mais sa peau était mate et ses traits marqués, typiques des gens d'Orient.

Il avait prononcé son nom de manière bizarre, à la fois correcte, à la turque, mais avec un accent américain. Il s'adressa à elle en anglais :

– Votre présentation était formidable. Nous avons une unité qui a démarré une recherche sur l'attachement.

Il était israélien, en post-doc à l'université Stanford, en Californie, l'un des hauts lieux en psychologie de l'enfant.

– Si j'ose… Özkan, c'est votre nom d'épouse ou de naissance ?

Rebecca se mit à rire :

– Quelle question ! Eh bien sachez-le, je suis vieille fille !

Il ouvrit la bouche, hésita, puis eut un geste des épaules, comme pour se débarrasser de quelque chose :

– J'ai une cousine que je n'ai jamais rencontrée, nos familles ne se parlent plus depuis longtemps. On m'a dit, il y a de cela des années, qu'elle étudiait la psychologie de l'enfant, mais Dieu sait où. Et ce n'est pas vous ! (Il rit.) Elle s'appelait Saltiel.

Rebecca devint blanche :

– Vous êtes Elias…

Elle le regarda durant quelques secondes, murmura « Le fils d'Ida… », ferma les yeux et vacilla.

Il la saisit par le bras et l'accompagna à l'auditoire, où ils s'assirent côte à côte, comme deux ballots, les yeux au sol, muets.

15 juin 1968
Genève, place du Cirque
20 heures

Ils s'étaient donné rendez-vous en face de chez elle, à la Cave valaisanne.

– *Btihkî' Arabi ?*
– C'est ma langue maternelle.
Elle lui avait répondu en arabe.
– Je ne peux pas en dire autant ! dit Elias en éclatant de rire.
Heureusement, son père lui avait parlé arabe :
– Pas seulement lui. Daoud et Rozika aussi. C'était leur langue.

Pourquoi est-ce que leurs mères ne se parlaient plus ? Elle ne le savait pas. Sa mère vivait détachée de tout et de tous, sans cesse à voyager dans le monde entier… Les sœurs avaient vécu séparées durant les années de guerre, quand les voyages étaient impossibles et que les courriers n'arrivaient pas, ou alors après des semaines, et l'on se demandait à quoi bon écrire, vu que dans l'intervalle on pouvait être mort ou chassé de chez soi…

La jalousie, peut-être, suggéra Elias. Chacune avait de quoi envier l'autre. La carrière de Rachel avait atteint un niveau stratosphérique. Celle d'Ida était sympathique, mais enfin, par comparaison, très provinciale. Elle ne pouvait du reste n'être que cela :
– Tu vois ma mère sur une scène parisienne, en train de jouer Molière avec l'accent israélien ?
Il passa au français :
– Monseignèère ? Commann allez-vous cé matènne ?

Ils rirent.

Il y avait aussi de quoi être jalouse du côté de Rachel, reprit Elias. Elle avait eu trois maris, dans trois pays. Le premier avait été assassiné, le deuxième mort en déportation, et le troisième l'avait quittée en admettant qu'il était antisémite. Ida, elle, avait vécu dans un pays sans cesse en guerre, mais toujours parmi les siens, mariée à un homme merveilleux.

– Justement, dit Rebecca. Il y a sans doute autre chose.

Mounir, c'était le frère adoré de Rachel. Une sorte de grand amour parfait, à la fois platonique et incarné. Rachel et lui étaient frère et sœur de lait, ils avaient grandi collés l'un à l'autre. À peine avait-elle quitté la Palestine qu'Ida lui prenait son Mounir. Avec le temps, les lettres s'étaient faites plus rares… Et sans doute de moins en moins franches…

– Le résultat de tout cela, dit Elias, c'est que nos mères nous ont tenus à l'écart l'un de l'autre.

Rebecca hocha la tête, l'air déterminé. Ils n'annonceraient pas qu'ils s'étaient retrouvés :

– En attendant, rattrapons le temps perdu. Racontons-nous. J'ai envie de savoir qui est mon cousin !

Il la regarda et, d'un geste furtif, lui c[illegible]essa la main.

Depuis enfant, il avait le sentiment [illegible]tre l[illegible] produit d'un carambolage. Les parents de sa [illegible]e avaient payé de leur vie la construction de l'Éta[illegible]. Pourtant, sa mère, qui les vénérait, était dev[illegible]catholique pour pouvoir épouser son père, un [illegible]nfant dont le père

– J'étais dans la peau [illegible] chez sa mère et lui est arabe et la mère jui[illegible]. Elle lui répond qu'en demande : qu'est-ce [illegible] forcément juif, c'est la tant que fils d'une [illegible]me question à son père. Loi. L'enfant va[illegible]re est arabe, c'est ainsi. Le Tu es arabe, [illegible] soir à table, les parents voient leur fils très troublé. Tu as un problème ? demandent les parents. Oui, répond l'enfant. Je ne sais pas qui je suis.

Ils éclatèrent de rire. Elias reprit son récit. À dix-huit ans, Tsahal, trois années d'armée. En 1956, il est envoyé au front, sur le canal de Suez. À son retour de l'armée, il s'inscrit en médecine à Tel-Aviv.

– Pourquoi la médecine ?

Pour comprendre le « carambolage »... Après quoi, cursus classique. Spécialisation en pédo-psychiatrie, bourse pour un post-doc à Stanford. L'an dernier, un aller-retour en Israël, comme réserviste pendant la guerre des Six Jours.

– Tu es marié ? Divorcé ? Fiancé ? Père de famille nombreuse ?

Il rit :

– *None of the above*, comme disent les questionnaires américains. À toi !

Son parcours était à la fois différent et parallèle. Son choix d'étudier la psychiatrie de l'enfant n'était pas le fruit du hasard. Faire sa thèse avec Piaget non plus. Il avait sur l'enfant une approche pleine d'espérance. Elle était [illegible]euse d'avoir choisi ce métier. Il lui avait donné un soc[illegible]

– Et sinon [illegible]a vie ?

Elle so[illegible]rit :

– Un pe[illegible]ci [illegible]là.

Elle le regar[illegible]it qu'il avait l'air inquiet, et ajouta :

– Le travail, [illegible]out.

16 juin 1968
Université de Genève, bâtiment des Bastions
17 heures

Lorsqu'elle le vit descendre les marches qui menaient au parvis de l'université, elle remarqua qu'il souffrait d'une légère claudication.

– Tu as remarqué ? Ça fait une année, presque jour pour jour. Au Sinaï.

Un éclat d'obus lui avait fracassé le tibia et pulvérisé le péroné. L'équivalent d'une égratignure, à l'aune de ce que la guerre avait causé comme dégâts dans sa compagnie. Deux opérations plus tard, il était à peu près d'aplomb :

– Sauf dans les escaliers…

Elle lui proposa de terminer la journée aux Bains des Pâquis, où elle se rendait souvent :

– Ça fait un peu « kibboutz »…

Il lui demanda si elle avait jamais été dans un kibboutz. Non bien sûr, elle n'avait même jamais été en Israël. Mais elle se disait que cela devait être « plutôt simple et égalitaire ». Il sourit. Elle pouvait enlever le « plutôt » et le remplacer par « très ». Et le maillot ?

Elle se tourna légèrement et lui montra le sac de plage qu'elle portait en bandoulière :

– J'ai tout ce qu'il faut.

Elle eut un rire gêné :

– J'en ai trouvé un chez moi…

Ils passèrent les ponts de l'île et prirent par les quais. Ils étaient intarissables, tenaillés par l'envie de se raconter, de tout savoir sur l'autre, sa famille, son travail…

– À propos de kibboutz ! lança Elias.

Savait-elle que leurs mères avaient passé huit mois dans un kibboutz, lorsqu'elles avaient douze ans ? Elle l'ignorait. Il lui raconta l'histoire.

– Parle-moi d'Ida, demanda Rebecca. Ma mère m'a toujours dit que c'était la plus belle femme de Palestine.

Elias lui raconta sa mère, son père, sa grand-mère Aïcha, que Rachel aimait tant. Rebecca lui parla de son père, Maurice, qui était le meilleur des hommes, de François-Xavier, si charmant, de la place qu'avait occupée Elisheva, de sa mère, aussi, du mieux qu'elle put. Elle avait le sentiment que tout ce qu'elle faisait avait pour but d'être aimée d'elle, tout en étant certaine qu'elle n'y arriverait jamais, qu'il y aurait toujours, dans ce qu'elle faisait, ou qu'elle pourrait faire, une faille qui rendrait la comparaison défavorable avec ce qu'Elisheva aurait fait à sa place.

Aux Bains, elle lui tendit un maillot d'homme, dit vite « J'espère qu'il t'ira », et se rendit aux vestiaires. Ils se retrouvèrent sur l'un des pontons et s'observèrent durant quelques secondes, curieux, heureux de ce qu'ils découvraient, et s'étendirent sur leurs serviettes de bain, très près l'un de l'autre.

– Raconte-moi la guerre, demanda Rebecca.

Il laissa son regard flotter durant quelques instants. Ils avaient battu les armées arabes l'une après l'autre. En six jours, et pas à l'arraché. Du genre 6-0, 6-0. Ils avaient conquis le Golan, la Cisjordanie, Gaza, tout le Sinaï. Triplé le territoire du pays. Réuni Jérusalem. Le pays baignait dans l'euphorie. Après Suez, en 1956, le monde avait dit : les Israéliens ont gagné la guerre parce qu'il y avait les Français et les Anglais. Désormais, leur pays était admiré de tous. Mais qui, parmi ses chefs de guerre, aurait l'humanité de penser aux vaincus, au milieu de tout ce délire narcissique ?

– Après deux mille ans d'humiliations, soudain les rôles s'inversent. La situation est enivrante, il faut l'admettre. Comment résister ? On se retrouve pris dans une spirale.

Il y eut un long silence.

– Est-ce que tu sais pourquoi mes parents sont partis ? demanda Rebecca.

– Sans doute pour fuir le souvenir de ta sœur et celui de Karl, tu ne crois pas ?

Il se leva, fit quelques pas et plongea depuis la digue. Il nageait un crawl rapide, élégant.

Il revint vite, semblait heureux. Pendant qu'il se séchait, elle passa la main sur la cicatrice qui descendait le long de sa jambe. Il la regarda, l'air grave, avant d'achever de se sécher et de s'étendre à nouveau à côté d'elle :

– Tu me racontes ta recherche ?

Elle travaillait sur deux groupes de quarante. Le premier était constitué de pensionnaires de la prison Saint-Antoine condamnés pour faits de violence ou crimes de sang. Le second était un groupe témoin. Son propos était d'établir s'il existait une corrélation inversée entre l'activité criminelle et l'attachement. À mi-parcours, il semblait bien que oui. Pour le groupe témoin, seize individus sur vingt avaient bénéficié d'au moins un *caregiver* de qualité. Pour le groupe de délinquants, le chiffre tombait à six.

– Je passe mon temps à m'assurer que je m'en suis sortie, ajouta Rebecca. Dans l'attente de l'estime qui ne viendra jamais. Et toi ?

Il travaillait en partenariat avec la Veterans Health Administration, qui accueillait les blessés de la guerre du Vietnam dans ses hôpitaux. Sa recherche consistait à relever, chez les enfants de blessés de guerre, le lien entre le traumatisme du blessé et celui de ses enfants. Il y avait un grand centre hospitalier sur les hauteurs de Stanford. C'était là qu'il voyait les blessés.

Elle resta silencieuse.

– Tu as tes obsessions et j'ai les miennes, fit Elias.

Vers vingt heures, ils s'habillèrent et s'installèrent en terrasse, à la brasserie des Bains, où ils continuèrent de parler des parents et des grands-parents, de leurs recherches, d'Israël.

– Tu ne peux pas savoir combien le pays me manque, dit Elias. Il y a dans l'air une énergie, une tension… Par comparaison, l'Amérique est terne. Et tu ne peux pas savoir combien j'appréhende d'y retourner un jour.

– Qu'est-ce qui t'inquiète ?

– J'ai peur d'être pris dans la spirale.

Lorsqu'ils quittèrent les Bains et se retrouvèrent sur le quai du Mont-Blanc, elle lui prit le bras. Ils marchèrent ainsi, d'un pas lent, silencieux jusqu'à la place du Cirque.

Devant l'immeuble où habitait Rebecca, elle lui dit qu'elle souhaitait l'accompagner à l'aéroport le lendemain.

17 juin 1968
Genève, gare de Cornavin
10 heures

Au départ des bus pour l'aéroport, ils s'étaient embrassés poliment. C'est un vol direct ? Il y a une escale. Zurich ? Non. Los Angeles. Ça doit être très long. Une douzaine d'heures. En comptant l'escale ?

Dans le bus, ils n'échangèrent pas un mot. Après l'enregistrement, ils montèrent à l'étage où avait lieu le contrôle de police, toujours en silence.

Arrivés devant le préposé, il se tourna vers elle :

– J'ai le sentiment de t'avoir connue depuis toujours.

Elle approcha son visage du sien et l'embrassa sur la bouche. Puis elle recula, le regarda encore, et partit.

17 juin 1968
New York, hôtel Waldorf-Astoria
20 heures

– Personnellement, je vois une personne magnifique !

Ronnie Cohen, le président de la New York Jewish Foundation for Peace, arrêta son discours, sûr de son effet. Comme prévu, les applaudissements et les vivats éclatèrent.

Il avait préparé son coup. Depuis le début de son allocution, c'était la dixième fois qu'il actionnait la machine à déclencher l'ovation. Il en connaissait les mécanismes dans toute leur finesse. Il savait, par exemple, que dire : « Les jours sont révolus, où l'on a souffert en silence » lui vaudrait quelques applaudissements polis, sans plus. Mais s'il dissociait les deux idées et les présentait dans un ordre précis, le succès serait tout autre. Il suffisait de servir la composante désagréable de la proposition, par exemple : « On a bien trop longtemps souffert en silence », puis de la faire suivre par un contre-pied, du genre : « Mais ces jours sont révolus ! », qui venait comme une libération, et l'ovation éclatait.

Il avait commencé son allocution en faisant référence à un article du *Times* de Londres : « Vous êtes, chère Rachel, ou plutôt vous seriez, d'après vos propres paroles, telles qu'elles ont été rapportées par un grand journal londonien, une "forteresse de cendres". » Il avait alors observé un assez long silence, au cours duquel il avait regardé son auditoire d'un air mi-surpris, mi-comique, comme pour dire : « Qu'est-ce que c'est que cette histoire ? », avant de lancer son estocade : « Personnellement, je vois une personne magnifique ! » Comme prévu, l'ovation avait suivi.

Assise à la table d'honneur, Rachel ne broncha pas. De ce qu'elle était, forteresse ou pas, de cendres ou pas, ce brave Ronnie Cohen n'en savait rien. Mais enfin, il était gentil. Au lendemain de la reprise à Broadway du *Wagon pour Aşkale*, il avait réuni la fine fleur de la haute bourgeoisie new-yorkaise à l'Empire Room du Waldorf-Astoria pour un dîner placé, vingt-cinq tables de dix, robes longues, smoking obligatoire et deux mille cinq cents dollars le couvert.

Les femmes assises à sa table auraient toutes pu jouer les porte-drapeau d'une grande joaillerie de la Cinquième Avenue. Elles devaient sans doute se forcer à lui sourire, au risque, sinon, de passer pour incultes.

– Mais par votre talent immense, votre engagement, votre courage, vous êtes aussi une forteresse, dont nous sommes très fiers de partager les origines… les valeurs… et les aspirations.

Il avait chaque fois laissé passer un silence et la machine à ovations avait fonctionné trois fois.

À quelles aspirations pensait le brave homme ? Il faudrait bien qu'elle lui réponde… Elle ferait l'éloge des Juifs de New York.

– Par votre engagement, au-delà des mille vicissitudes que le destin a mises sur votre chemin, vous, Rachel Alkabès, forteresse de cendres, incarnez notre peuple. Les cendres… Peut-on parler de notre peuple sans penser aux cendres, je vous le demande ? Et je ne fais pas seulement référence au régime nazi. Je pense à deux mille ans de persécutions (il fit une pause). Mais nous sommes toujours là !

À nouveau, les applaudissements crépitèrent.

– Une forteresse, dont vous êtes l'emblème glorieux !

D'autres applaudissements suivirent, plus nourris encore.

Quelle idée avait-elle eue, à Londres, d'ajouter le mot « cendres » ? Où Jack Masri voyait-il en elle une « forteresse » ? Un monceau de cendres et rien de plus. Voilà ce qu'elle était.

– Et c'est pourquoi j'ai le grand honneur de vous remettre, au nom du comité de la New York Jewish Foundation for Peace, le prix de la Paix pour l'année 1968.

Rachel s'approcha du podium. Ronnie Cohen déplia un parchemin et le montra à la salle, avant de le rouler à nouveau et de le remettre à Rachel.

Elle le déposa sur le lutrin et commença son compliment en adressant une pensée émue à *Mrs. Carabash, who taught me english when I was a young pupil in Jaffa, a few centuries ago...*

Des mots qui lui valurent une ovation. Elle remercia la fondation, son président, son conseil, exprima sa joie d'être ainsi honorée, puis, ayant en quelque sorte rempli son devoir protocolaire, passa à des considérations moins consensuelles :

– Je ne pourrais pas imaginer un groupe de citoyens plus exemplaires que ceux de votre communauté. Vous aviez raison, cher Ronnie, d'évoquer deux mille ans de persécutions. Deux mille ans… auxquels vous avez répondu de manière magistrale. Vous êtes venus à New York en grand, en très grand nombre. Cinq fois plus nombreux que ceux de nos coreligionnaires qui ont choisi la Palestine. Nous sommes le peuple du Livre, dit-on. Alors, je vous le demande : peut-on être le peuple du Livre et ne pas avoir de mémoire ? Oublier qui nous a massacrés et qui nous a permis de vivre paisiblement à ses côtés ? Vous n'avez pris la place de personne. Vous n'avez fait la guerre à personne. Vous avez adopté la langue du pays qui vous accueillait. Vous y avez prospéré de manière spectaculaire dans tous les domaines, les arts, les sciences, le commerce, l'industrie, la banque… en harmonie avec ceux qui étaient là avant vous. Oui, vous avez porté haut les couleurs du peuple juif, peuple élu, il faut le rappeler. Oui, élu. Pour quelle mission ? Quel est donc ce mandat dont chacun parle ? Pas de faire à autrui ce que lui-même a subi. Surtout si cet autrui n'y est pour rien. La mission du peuple élu, notre mission, est de rappeler au monde combien l'exil est douloureux.

Elle quitta le podium et se dirigea vers sa table, alors que quelques applaudissements polis saluaient son remerciement.

Non. Forteresse, elle n'était pas. Mais cendres, oui. Elle venait même d'en ajouter une pincée. Elle n'était que cela. Des cendres. Elle avait payé le prix de son mensonge. Elle avait modelé sa vie autour de lui. Elle l'avait enroulée, tordue, pour s'y conformer. Mais elle avait tenu. Elle avait rompu avec les siens pour protéger sa fille. Elle ne l'avait pas aimée comme elle aurait dû. Mais au moins, elle lui avait évité l'opprobre. Rebecca s'était construite. Elle s'était sauvée de sa mère.

18 juin 1968
Genève, place du Cirque
22 heures

Lettre de Rebecca à Elias

Tu es la rencontre la plus importante que j'aie faite de toute ma vie.

Quand nous verrons-nous ?

R.

19 juin 1968
Californie, Mountain View
22 heures

Lettre d'Elias à Rebecca

Tu es la rencontre la plus importante que j'aie faite de toute ma vie.

Viens.

E.

26 juin 1968
Aéroport de San Francisco
16 heures

Il la repéra en haut de l'escalator, par les espadrilles à longs rubans qu'elle portait lorsqu'ils avaient été se baigner. Elle lui fit un très bref signe de la main. Elle avait une mine inquiète, les traits tendus. Au bas de l'escalator, il la prit dans ses bras et la serra fort contre lui, sans l'embrasser.

Ils attendirent sa valise en se tenant la main.

*

Elle sortit de la salle de bains, une serviette plaquée contre son corps :

– Je n'ai pas apporté de robe de chambre…

Il se leva, la prit par la main et la conduisit dans la chambre à coucher.

Il se déshabilla très vite, les yeux dans ceux de Rebecca, et s'étendit. Elle resta quelques instants debout, le linge toujours contre elle, puis le laissa choir et se coucha à son côté. Il l'embrassa :

– Que tu es belle !

Elle s'assit sur lui et l'aida à la pénétrer.

*

À cette heure-ci, les parkings de l'université étaient déserts. Il gara sa voiture en haut de Sierra Avenue et proposa de remonter le *quad*, la partie historique du campus, faite de bâtiments de style hispanique, jusqu'à Tressider Union, où un self-service était ouvert jusqu'à très tard.

– Ce qui est magnifique ici, c'est l'insouciance. Le pays est en guerre, très loin d'ici. Je pense que si tu demandes à cent étudiants de te montrer où se trouve le Vietnam sur une carte, les seuls qui sauront te répondre seront ceux qui en sont revenus vivants. Les Américains vont perdre cette guerre, c'est certain. Ils ne défendent pas leur patrie, donc ils finiront par céder. Pourtant il règne ici un esprit de légèreté, les gens ont une foi profonde dans le destin de leur pays. En eux-mêmes, en définitive. Rien ou presque ne leur paraît impossible. Tandis que chez nous… Il nous est plus facile de gagner des guerres que de faire la paix.

À Tressider, à peine assise, elle frissonna.

– Climat désertique, dit Elias en souriant. Fait pour se réchauffer en se prenant dans les bras…

Il chercha son regard :

– Combien de jours restes-tu au désert ?

Elle sourit :

– Six. Cela fera beaucoup de réchauffements…

Du dos de l'index, il lui caressa la joue :

– Après avoir traversé le désert, Moïse arriva au pays où coulent le lait et le miel.

4 juillet 1968
28, rue des Saints-Pères
20 heures

Mon chéri,

Je suis arrivée à Paris ce matin, pleine encore de toi, de tes tendresses, de ta douceur... J'ai vu ma mère. Dès ce midi. J'avais hâte... Et ça a été catastrophique.

Je l'ai invitée à déjeuner dans un petit italien de la rue Perronet, à deux pas de chez nous, un restaurant qu'elle aime bien.

Elle semblait presque gaie. Elle m'a raconté son séjour à New York, où elle était arrivée, venant de Buenos Aires, et avant cela, Londres... Un moment de gêne à New York, sinon tout a bien marché, me dit-elle.

Je me suis lancée. Maman, j'ai fait la connaissance d'un garçon merveilleux. Bravo, ma chérie. Tu ne me croiras pas. Dis quand même. Je souris de toutes mes dents : Nom : Khalifa. Prénom : Elias.

Ma mère se fige. On dirait une statue de sel. Je me sens crétine. Les secondes passent. Et puis d'un coup, je t'assure, en un instant, ma mère est blanche de rage. Où l'as-tu rencontré ? Comment ? Pourquoi ? Qu'avez-vous fait ? Que t'a-t-il dit ?

Pour la première fois, face à elle, j'ai élevé la voix. Je me fichais de savoir le pourquoi du comment des jalousies entre elle et Ida. Et je me passais de son autorisation pour saluer un cousin.

Ce n'est pas ton cousin ! a hurlé ma mère. Là, c'est moi qui suis entrée dans une rage folle. Dire ça, c'est renier Ida en tant que sœur ! C'est monstrueux ! Tu devrais avoir honte de toi !

Les yeux hagards, tremblante, elle s'est levée et a quitté le restaurant.

Durant tout le voyage, je pensais qu'elle serait heureuse, ou du moins, apaisée. Qu'elle me dirait : tâchez de vous entendre mieux que je n'ai pu le faire avec ma sœur. Peut-être que nous arriverons à suivre votre exemple, qui sait... ?

Mais je n'ai reçu en plein visage qu'une immense vague de rage et d'amertume.

Mon chéri, je ne sais pas où cela va me mener, et je m'en fiche éperdument. Je n'ai qu'une hâte, celle d'être à nouveau dans tes bras. Tiendras-tu ta promesse ? Irons-nous à Monterrey mi-septembre ?

Malgré ma fatigue, j'ai pris le train pour Genève. C'est de là que je t'écris.

Ces six jours ont été les plus beaux de ma vie. Rien ne sera plus comme avant.

R.

6 octobre 1968

Genève, place du Cirque

17 heures

Pourquoi n'avait-elle rien dit ? Par peur de voir s'envoler son rêve... Elle l'imagina au téléphone, cinglant : « On a fait l'amour, d'accord, mais de là à... »

Lui aussi aurait pu aborder le sujet : « Tu prends des précautions ? »

Elle se laissa tomber tout habillée sur le lit et revécut les premiers instants de leur rencontre. Sa stupeur en découvrant qu'il était son cousin. L'audace de sa caresse, aux Bains des Pâquis, lorsqu'elle avait laissé sa main glisser sur sa cicatrice. Le baiser à l'aéroport, l'amour la première fois, quand elle s'était assise sur lui pour qu'il la pénètre. Leur séjour à Monterrey, le sentiment d'irréalité qu'elle avait eu pendant qu'ils déambulaient dans Cannery Row, la rue qui bordait l'océan, où quelques usines empaquetaient encore de la sardine et de la seiche. Il en émanait une atmosphère d'une puissance extraordinaire, des senteurs de mer très fortes, une poésie, aussi, un mélange d'espoir vital à observer les sardiniers, et de nostalgie devant les usines de la rue qui avaient fermé. L'on sentait bien que d'autres allaient suivre, que ce n'était qu'une question de temps pour qu'elles plient l'échine.

Depuis qu'Elias était rentré du front, c'était sa troisième visite à Monterrey. Il avait laissé échapper un petit rire : « Non, ce n'est pas ma routine de séduction. J'étais seul, les deux premières ! » Il y recherchait le sentiment qui le hantait depuis son retour de la guerre, un mélange de fascination et d'accablement. La rue des sardiniers était l'un des lieux les plus puissants qui soient, où l'homme donnait le meilleur de lui-même, à la fois en harmonie et en lutte avec la nature. Et voilà que ses usines se transformaient l'une après l'autre en restaurants branchés. « Israël est un immense Cannery Row », avait-il ajouté. Elle n'avait pas osé lui demander pourquoi. Tout le ramenait à la guerre. Ses recherches, un livre, une nouvelle écoutée à la radio, Cannery Row et ses usines de sardines qui fermaient, tout. Par comparaison à la guerre, elle se sentait peu de chose dans sa vie.

Elle tourna la tête en direction de sa table de nuit. Le réveille-matin indiquait dix-huit heures trente. C'était neuf heures et demie du matin chez lui. Trop tard pour l'appeler. Elle mit le réveil à quatre heures du matin, en espérant que l'opératrice lui obtienne la communication avant qu'elle n'ait à partir au travail.

À la nuit tombée, elle était toujours sur son lit, vêtue, incapable de fermer l'œil.

Tantôt elle l'entendait lui dire : « Ma chérie, je meurs de bonheur », et tantôt c'était : « Nous devrions attendre un peu, tu ne crois pas ? Mieux nous connaître. »

À quatre heures du matin, elle appela l'opératrice, donna le numéro et demanda le délai. L'opératrice lui répondit que les lignes étaient surchargées.

À six heures, elle rappela. Les communications étaient interrompues.

À sept heures, elle quitta le lit et courut aux PTT de la rue du Stand. Elle devait se trouver à huit heures trente à la rue de Candolle. Elle avait une petite heure devant elle.

À huit heures moins le quart, l'opératrice appelait :
– Menlo Park, cabine deux.

À peine décrocha-t-elle l'appareil qu'elle se mit à pleurer.
– Allô ! fit Elias. Allô !
Elle chuchota un « C'est moi » à peine audible. Entre deux sanglots, elle réussit à articuler :
– Elias… Elias… je suis enceinte.

– Répète ! cria Elias. Répète ! Je n'ai pas bien entendu.

Elle répéta.

– Je t'aime, dit Elias.

8 octobre 1968
Genève, place du Cirque
21 heures

Maman chérie,

Pardonne-moi.

Je t'ai jugée et je n'avais aucun droit de le faire. Tes rapports avec ta sœur ne regardent que toi. Je ne veux pas les connaître. Tu avais mille fois raison de me rappeler qu'Elias n'est pas mon cousin. Et c'est tant mieux. Tu comprendras pourquoi en lisant cette lettre jusqu'au bout.

Je t'en supplie, oublions notre querelle. Aujourd'hui plus qu'hier, plus que tous les autres jours de ma vie, j'ai besoin que tu me prennes dans tes bras. J'ai besoin de ton amour.

Je vais être maman.

Ta fille qui t'aime,
R.

12 octobre 1968
Genève, pont des Bergues
15 heures

Tout irait bien. Merveilleusement bien. Elle aimait un homme exceptionnel. Il l'aimait. Ils attendaient un enfant. Elle allait se réconcilier avec sa mère. Elles s'étaient parlé la veille au téléphone et il n'y avait eu ni cris ni dispute. Sa mère semblait fatiguée mais apaisée. Au rythme où elle voyageait, quoi d'étonnant ? Du reste, elle n'était pas si fatiguée que ça, vu qu'elle avait décidé de venir à Genève dès le lendemain.

Elle voulait sans doute lui raconter le contentieux qui la séparait d'Ida, et cela aussi était une bonne nouvelle.

– Je t'attendrai à l'hôtel, nous serons mieux pour discuter.

Alors qu'elle traversait le pont des Bergues, elle s'arrêta à la passerelle qui menait à l'île Rousseau. Autour d'elle, tout était beau, solide, maîtrisé. L'île, le pont du Mont-Blanc, les deux rives du lac et les immeubles cossus qui bordaient les quais, les grands bateaux à roue qui faisaient la navette entre Genève, Lausanne et Évian, et bien sûr le jet d'eau, qui donnait au tout sa touche désuète, un signe que le bonheur était là pour toujours.

Le visage collé à la rambarde, deux bambins lançaient du pain à un cygne. Ils étaient accompagnés de leurs parents, un couple du Moyen-Orient. Elle observa les enfants, soudain très émue. Ils étaient magnifiques, un garçon d'environ cinq ans et une fille un peu plus âgée. Elle aussi aurait des enfants magnifiques. Comment pourrait-il en être autrement, avec un père comme Elias ?

Elle s'adressa aux enfants en arabe et ils poussèrent des cris de joie.

À l'hôtel, un concierge lui indiqua un numéro de chambre. Une minute plus tard, elle attendait que sa mère lui ouvre, déjà heureuse.

Elle eut un choc. En trois mois, sa mère avait dû perdre quinze kilos.

– J'ai maigri un peu, dit sa mère, l'air impatient, n'en faisons pas une histoire.

Rebecca l'observa tout entière :

– Ça te va bien, tu es magnifique.

– Disons qu'avec ma carrure, être moins grosse n'est pas un péché. Viens t'asseoir.

Elles prirent place sur deux bergères que Rachel avait disposées face à face, l'une si proche de l'autre que leurs genoux se touchaient. Rachel prit les mains de Rebecca dans les siennes :

– L'histoire que je vais te raconter est longue et douloureuse.

Elle commençait avant même sa naissance, dans une maison de la rue Naguib-Boustros, à Jaffa. Une maison à deux logements qui n'avait qu'une seule cuisine, où elle avait grandi entourée de deux familles dont on ne pouvait pas dire de laquelle elle se sentait plus proche. Avec Mounir, le papa d'Elias, ils étaient frère et sœur de lait. Rebecca le savait.

La vie allait les séparer. Ses parents durent quitter Jaffa. Ils s'installèrent à deux pas, à Tel-Aviv, une ville juive. Exclusivement juive. C'était l'une des absurdités de la situation en Palestine. Ceux qui s'entendaient bien se retrouvaient dans des camps opposés. Mounir reprit l'affaire de son père et l'étendit au commerce de perles. Il les achetait au Japon, les revendait dans tout le Moyen-Orient. Avec l'argent qu'il en retirait, il finançait les mouvements nationalistes palestiniens. Elle-même avait épousé Karl, un intellectuel allemand, Rebecca le savait aussi. Ils avaient eu une petite fille, elle le savait mieux que quiconque. Puis vint ce jour où Karl devait donner une conférence à l'Université hébraïque de Jérusalem.

– Tu connais l'histoire.

Dix-huit mois après le drame, Mounir était venu la trouver :

– La mort d'Elisheva et de Karl l'avait détruit. Ce soir-là, nous avons revisité nos vies, pleuré ce qu'elles étaient devenues, maudit le destin qui nous avait rendus responsables de morts atroces et pleuré encore. Vers deux ou trois heures du matin, j'ai pris Mounir dans mes bras, et, pour lui prouver mon pardon, je lui ai dit de me faire l'amour. C'est là où tu as été conçue.

Rebecca se cacha le visage dans les mains.

Maurice savait qu'elle avait été conçue par un autre homme, poursuivit Rachel. Il ignorait son identité.

Rebecca hocha lentement la tête :

– C'est pour cela qu'il n'osait jamais de geste tendre…

Rachel baissa les yeux.

*

Vers quatre heures du matin, Rebecca demanda au concierge d'appeler l'opératrice. Elle eut très vite la communication avec Elias.

– Nous sommes du même père, lui dit Rebecca.

Il lui demanda de répéter. Sans doute qu'une perturbation de la ligne téléphonique avait déformé les mots de Rebecca.

– Nous sommes du même père.

– Les lignes sont mauvaises. Je ne comprends rien à ce que tu dis.

Elle lui raconta. Après un long silence, il lui demanda le numéro de téléphone de l'hôtel :

– Ne bouge pas.

Une heure plus tard, il la rappelait. Il avait joint l'un de ses collègues généticien. L'enfant aurait huit pour cent de risque d'être atteint d'un handicap. Une chance sur douze.

Elle rit :

– On va beaucoup l'aimer.

Elle raccrocha et se jeta dans les bras de sa mère.

13 octobre 1968

Genève, hôtel Beau-Rivage

12 heures

Ma sœur chérie,

Est-il encore temps ?

Au moment où tu recevras cette lettre, tu sauras tout, déjà. Nos enfants se connaissent. Ils s'aiment. Ils attendent un enfant. Et ils sont frère et sœur.

J'ai porté ce secret dans mon cœur comme une pierre. Ce n'était pas seulement un secret. C'était une faute dont je ne pourrais jamais m'acquitter. Ça l'était même deux fois. En te cachant la vérité, j'ai trahi notre pacte.

Je te demande pardon. Et je comprendrais que tu ne me pardonnes pas.

Sache au moins que notre éloignement a été pour moi la plus cruelle des pénitences.

Tu seras toujours ma sœur adorée.

Malgré l'horreur dont j'ai été capable, j'ai continué de t'aimer infiniment.

R.

13 octobre 1968
Rue Naguib-Boustros
13 heures

Ma sœur adorée,

J'ai toujours su. Mounir était un homme droit. Dès que nous avons commencé notre relation, il me l'a dit. Lui et moi avons toujours pensé que Rebecca était sa fille. Il m'avait fait jurer le silence, je m'y suis tenue. Et puis, tu voulais le secret, j'ai respecté ta volonté.

En prenant Mounir dans tes bras, tu lui offrais le pardon. Ton geste l'a aidé à vivre. Pour cela, Mounir te vouait une reconnaissance infinie.

Te souviens-tu de notre discussion avec Mounir, à Nahalat-Binyamin ? Il nous racontait l'histoire de Caïn, qui épousait sa sœur et ensemble ils peuplaient la terre. Voilà ce que feront Rebecca et Elias. Ils auront un enfant qui portera en lui tous nos sangs, qui rassemblera en lui toutes nos racines.

Retrouvons-nous. Je vis, tu le sais, dans la maison de Naguib-Boustros. Ta chambre t'attend. Nous avons trente années à rattraper.

Je te serre dans mes bras aussi fort que je peux. Fais-en autant, je t'en supplie.

Ta sœur qui t'aime infiniment,
I.

ÉPILOGUE

Jaffa, 1982

28 septembre 1982

Jaffa, rue Japhet

15 heures

Elle aurait voulu rester couchée jusqu'au soir. Se reposer. Se raisonner. Se dire que sa vie ne dépendait pas d'une pièce qui n'était pas grand-chose, une heure vingt à peine, presque une saynète, rien par comparaison à trente-cinq pièces majeures, toutes traduites dans des dizaines de langues et jouées sur les plus grandes scènes.

Mais elle n'avait pas fermé l'œil de la nuit. Ce n'était pas une question de succès. C'était une question d'estime. De partage. Dans quelques heures, elle saurait quelle était sa place dans ce pays qu'elle aimait comme on aime ses entrailles. Elle lui devait la vie, et il arrivait, à voir ce qui s'y passait, qu'elle ressente un haut-le-cœur.

Cet après-midi comme tous les autres, elle irait en promenade avec Gershom. Pas question d'y couper, il ne l'aurait ni compris ni accepté, d'autant que désormais les rôles étaient inversés. C'était lui qui l'amenait là où il le souhaitait. À les voir main dans la main, on aurait pu penser : quel adorable adolescent qui aurait sans doute mille opportunités d'être entouré d'amis, d'amies, aussi, tant il était beau. Quelle peine il prenait à promener cette dame âgée, immense, peu commode, à voir sa mine toujours renfrognée… Alors, malgré l'important rendez-vous du soir, malgré la fatigue et l'angoisse, elle déambulait avec Gershom le long de la rue Japhet, celle qu'il avait choisie pour ce 28 septembre.

– Tu as bien relevé les points de similitude, Gershom. Je te félicite.

L'adolescent resta figé, le regard absent.

– Malgré tout, les différences sont frappantes, tu en es conscient. Dans le Vieux-Jaffa, les murs extérieurs sont en pierre de taille, alors qu'à Tel-Aviv, ils sont en crépi. Les ferronneries sont plus élaborées, tu le constates en observant les garde-corps des balcons, là et là, et les ornements de la porte d'entrée, là. Les fenêtres sont petites, tu le vois, c'est pour se protéger de la chaleur.

Ils se trouvaient devant une maison arabe, et Rachel décrivait ce qui différenciait son architecture de celle du Bauhaus.

– Pour ce qui est de l'enveloppe, les points communs sont nombreux, tu as raison. Immeubles bas, rectangulaires, avec quelques décrochements de façade, toujours d'une grande sobriété… Deux styles dépouillés… Fonctionnels, aussi.

Elle s'était mise à lire des livres savants, pour intéresser son petit-fils.

– Encore, fit l'enfant.

C'était l'un des rares mots qu'il prononçait. Il n'avait jamais dit de phrase complète.

– Je veux bien, dit Rachel, mais pas longtemps. Ce soir, nous allons au théâtre. Tu n'as pas oublié, n'est-ce pas, que nous allons au théâtre ?

À nouveau, l'enfant ne réagit pas, mais elle poursuivit son discours sur les similitudes et les différences de style entre les maisons traditionnelles arabes et celles du Bauhaus comme si Gershom était le plus réactif des interlocuteurs.

À sa naissance, il apparut fort et vigoureux, au soulagement de tous. Mais c'était un enfant à risque, ses parents le savaient. Vers dix-huit mois, ils repérèrent un déficit d'attention. À quatre ans, il présentait un retard important, et les médecins annoncèrent que sans doute il ne parlerait jamais. L'enfant se focalisait alors sur une seule activité : elle consistait à promener un crayon sur une feuille de papier et à tracer des traits ou des courbes. Dès qu'il levait les yeux, son regard était absent et il ne réagissait pas à son entourage.

Lorsqu'il devint évident qu'il aurait besoin d'un suivi permanent, Rachel arrêta ses tournées, cessa d'écrire et vint vivre à Jaffa. Se consacrer à son petit-fils, c'était payer sa faute, et pour cela aucune peine, jamais, ne serait trop lourde. Le garçon était inaccessible, et l'observer au quotidien causait à Rachel une profonde douleur. Mais s'occuper de l'enfant lui apportait un apaisement, une rédemption. Lorsqu'il la tenait par la main et que, par une pression des doigts, il attirait son attention, cette complicité minuscule lui procurait un bonheur immense.

Elle s'était installée à Naguib-Boustros, qui désormais s'appelait rue Raziel, où elle habitait avec Ida. Chaque matin à huit heures, Rebecca y déposait Gershom. Rachel s'occupait de lui jusqu'en fin d'après-midi, quelquefois jusqu'au soir, selon les obligations de ses parents, qui travaillaient à l'université de Tel-Aviv. Elle installait d'abord l'enfant à l'ancien atelier d'Abdallah. C'était là, sur l'établi de son arrière-grand-père, que durant la matinée Gershom dessinait.

Une partie des après-midi était consacrée à la promenade dans les rues de Jaffa. L'air de la mer, la marche, la compagnie de sa grand-mère dont il ne lâchait pas la main, tout cela avait sur lui un effet apaisant.

Très vite, son coup de crayon acquit en maîtrise. Les traits et les courbes se transformèrent en véritables dessins, et vers six ans, il apparut qu'il était talentueux. Autre chose frappa Rachel. Gershom possédait une mémoire prodigieuse. À plusieurs semaines de distance, il se souvenait des points communs et des différences d'une maison par rapport à l'autre. Dès qu'avec Rachel ils partaient en promenade, il tirait sur sa main, lui montrait une bâtisse dont il avait noté une particularité qu'il pointait de l'index, puis, après avoir exercé une pression des doigts pour lui signaler qu'il en avait fini de ses observations, il la tirait à nouveau par la main et l'amenait devant l'autre maison sur laquelle il avait remarqué une similitude. Il pouvait s'agir d'un encadrement de porte, des barreaux d'un balcon, d'un rebord de fenêtre, d'une enseigne… À son retour à l'atelier, il reproduisait l'un des bâtiments, quelquefois les deux, et son dessin était toujours exact.

Un soir, après le départ de Gershom – il devait avoir onze ou douze ans –, alors qu'elle rangeait ses dessins dans l'armoire de l'atelier, un souvenir très flou lui vint en mémoire. Il lui sembla qu'à son retour de Do-Beïtenou, le kibboutz où ils s'étaient réfugiés en 1917, Abdallah s'était confié à elle. N'était-ce pas à propos de l'armoire ? Des tiroirs du haut ? Le souvenir lui revenait par bribes. Un après-midi, au retour de l'école, elle était passée par son magasin. D'un geste de la main, il lui avait fait signe de s'asseoir devant son établi. Il l'avait regardée en silence, longuement, l'air grave, avant de se mettre à parler, enfin… « Tu es la personne la plus solide de la maison, lui avait dit Abdallah. Malgré tes douze ans. Tu garderas ce que je te dis pour toi… » Elle se souvint qu'à cet instant, il avait les yeux humides.

Il avait quitté son établi, s'était approché de l'armoire et lui avait dit : « Viens près de moi. » Maintenant, le souvenir lui revenait. Il lui avait pris la main et l'avait glissée sous l'une des planches de l'armoire. Les deux étagères du haut étaient dissimulées par une planchette en trompe l'œil. N'était-ce pas là qu'il cachait ses boîtes en argent ? Celles déjà gravées dans l'étagère du dessus, les autres en dessous ? Se saisissant à l'aveugle d'un de ses doigts, l'avait pressé sur ce qui semblait être un bouton. La planchette avait pivoté, dévoilant l'étagère du haut, celle où étaient entreposées les boîtes gravées. Serait-il par miracle possible que ce mécanisme fonctionne toujours ? Que les boîtes aient été oubliées ? Qu'elles soient encore à cette même place ?

Elle alla à la cuisine et s'assit, perdue dans ses pensées. Pourquoi Abdallah s'était-il confié à elle ? Pour qu'elle sache où étaient ces boîtes, sans doute. Pour qu'elle les récupère… Qu'elle en prenne soin…

Elle retourna à l'atelier, mit sa main sous la planche du dessous et sentit que le bout de son index butait sur un petit poussoir. Elle appuya. Rien. Elle essaya à nouveau. Rien encore. Mais à sa troisième tentative, elle perçut le petit bruit d'un ressort qui se déclenchait. Une planchette en trompe l'œil s'ouvrit et découvrit l'étagère. Une vingtaine de boîtes vierges s'y trouvaient. Elle répéta l'opération sur l'étagère du haut. À nouveau, elle dut s'y prendre à trois fois pour que le mécanisme se débloque et libère l'espace où Abdallah cachait les boîtes ciselées. Le cœur battant, elle les sortit soigneusement, une à une, les déposa sur l'établi et les compta. Il y en avait cinquante-cinq. L'argent s'était assombri, mais les boîtes semblaient en parfait état. Elle ferma les yeux. Abdallah, courbé sur son établi, ciselait l'une de ses boîtes en silence. Elle entendit le rire d'Aïcha, la voix de Mounir qui grondait… Elle vit Abdallah qui nettoyait avec infiniment de délicatesse l'une de ses boîtes, la frottant avec un tissu trempé dans de la fécule de maïs mélangée à de l'eau. Elle se souvint du tissu de velours rouge brique. Elle le voyait en rouleau chez son père. Une chute, sans doute.

Ses yeux s'emplirent de larmes.

Elle se leva, prépara le mélange, puis, à l'aide d'un chiffon, frotta les cinquante-cinq boîtes jusqu'à ce qu'elles soient étincelantes.

Le lendemain matin, Gershom trouva l'une d'elles sur sa table de dessin. Elle représentait l'église Saint-Pierre. Dès qu'il la découvrit, l'enfant fut pris d'une joie qu'il n'arrivait pas à exprimer, si ce n'est par des mouvements désordonnés des jambes et des bras. Il se mit à sautiller durant quelques minutes autour de la boîte avant de se calmer et, d'un instant à l'autre, de focaliser toute son attention sur la boîte.

– C'est ton arrière-grand-père qui a ciselé cette boîte. Il voulait que le Vieux-Jaffa ne soit pas oublié.

L'enfant prit la main de Rachel et la conduisit devant l'église. Il en observa chaque détail, et au retour la dessina trait pour trait.

Jour après jour pendant deux mois, Gershom passa la matinée à étudier l'une des boîtes et, après avoir retrouvé le lieu représenté par Abdallah, il l'observait de toute sa concentration, rentrait à Naguib-Boustros et le dessinait, toujours de façon parfaite.

Après qu'il eut reproduit sur papier le sujet de chacune des boîtes, l'enfant poursuivit son travail de recension. Désormais, il n'y avait presque plus de bâtiment significatif du Vieux-Jaffa qu'il n'ait dessiné.

Rachel lui pressa la main :

– On rentre, mon trésor.

Mon Dieu ce qu'il est beau, se dit Rachel pendant qu'elle le regardait marcher à son côté. Il était d'une ossature puissante, en cela au moins il lui ressemblait. Sinon, il avait pris le blond des cheveux d'Ida, le bleu très pâle de ses yeux et le teint mat de son grand-père Mounir.

Elle se souvint des mots d'Ida, lorsqu'elles avaient appris que Rebecca et Elias seraient parents. *Ils auront un enfant qui portera en lui tous nos sangs, qui rassemblera en lui toutes nos racines.* C'était vrai. Cet enfant incarnait son pays, tous les sangs qui l'irriguaient, sa force, sa beauté, son énergie, qui dépassait l'imagination, et son génie.

À son retour à Jaffa, en décembre 1973, elle s'était dit qu'il y avait peut-être la possibilité d'une paix entre Juifs et Arabes. La guerre des Six Jours avait mis le pays dans un état d'exaltation. Rien ne semblait lui résister. Le monde entier admirait Israël, la bravoure de ses kibboutzniks, leur simplicité, leur humilité. Mais six ans plus tard, la guerre de Kippour, elle, avait presque été perdue. Le débarquement de l'armée égyptienne sur Suez avait été un succès. Soudain, Israël n'était plus invulnérable. Si son armée avait fini par prendre le dessus, les autres avaient malgré tout retrouvé un semblant de dignité. L'humiliation atroce de juin 1967 avait été en partie effacée. Rachel s'était dit qu'une paix était possible, entre presque égaux. Neuf années plus tard, ses espoirs avaient disparu. Israël avait annexé la partie arabe de Jérusalem. Plus de cent mille colons s'étaient installés dans les territoires conquis. L'occupation se durcissait. Les années passaient. Elle vieillissait. La charge que représentait Gershom la fatiguait. Et ce qu'elle voyait autour d'elle la désespérait.

Alors elle avait décidé d'écrire une dernière pièce, un texte aussi léger que possible qui dirait à la fois sa tristesse et son espoir de voir Juifs et Arabes vivre en harmonie, non pas l'un près de l'autre, mais l'un avec l'autre. Comme avant. Comme du temps où Naguib-Boustros n'était pas encore la rue Raziel.

Durant cinq semaines, chaque soir après le repas, malgré la fatigue et le chagrin, elle s'était installée au petit établi d'Abdallah et avait écrit *Madame Zeïna et Monsieur Mordehaï*. Elle testait ses répliques sur Ida, comme lorsqu'elles étaient à Do-Beïtenou et qu'elle lui lisait les aventures du soldat Mehmet et de son dibbouk.

Sur le chemin du retour, elle se souvint d'une scène, à la naissance de Gershom. Lorsqu'elle avait demandé à ses parents pourquoi ils l'avaient accablé d'un prénom qui voulait dire « l'étranger », sa fille lui avait rétorqué : « C'est notre destin. » Ce n'était pas faux… Pour le peuple juif, il n'y avait pas de vérité plus dure à accepter. Les gens sentaient bien que leur pays était aussi à d'autres. Ils clamaient qu'il était à eux, se battaient pour lui, gagnaient guerre sur guerre, mais rien n'y faisait. Ils vivaient dans l'angoisse d'être à jamais considérés comme des étrangers chez eux. Elle se dit qu'elle pourrait même imaginer, dans une pièce de pure fiction, qu'un jour le pays en viendrait à écrire dans ses lois qu'il était un pays juif et rien d'autre, à l'exclusion de tous les autres peuples qui l'avaient peuplé depuis la nuit des temps, comme si la chose était si incertaine, si angoissante, qu'il fallait qu'elle soit écrite, votée, clamée, gravée dans le marbre, pour que chacun puisse s'en convaincre. Oui, cet enfant portait son nom mieux qui quiconque. Partout au monde, il serait un étranger.

28 septembre 1982
Tel-Aviv, théâtre Habima,
avenue Rothschild
19 h 30

Rachel fit passer Gershom devant elle :

– Ici, mon trésor. Rangée 10, sièges 32 et 33. Nous serons très bien.

Tout en ne lâchant pas la main du garçon, elle se cala comme elle put dans le fauteuil situé en bout de rangée. Des fauteuils de théâtre à même d'accommoder sa taille, il n'y en avait pas beaucoup… À la fin de la pièce, il lui faudrait trouver la force de monter sur scène… Six marches étroites et hautes… Chaque fois un calvaire.

– Tes parents seront juste derrière nous, dit Rachel.

Le garçon ne répondit pas.

– Et ta grand-mère sera la vedette, ce soir ! Tu l'embrasseras bien fort.

L'avant-veille, le quotidien de gauche *Haaretz* avait interviewé les deux sœurs.

L'une des plus grandes dramaturges d'Israël, dont les œuvres sont jouées sur les plus grandes scènes du monde, écrit enfin pour le public local. Qu'est-ce qui a bien pu la freiner, alors que depuis une quinzaine d'années, elle est revenue vivre en Israël ? Elle y a même retrouvé la maison de son enfance, qu'elle partage avec l'actrice Ida Alkabès, sa sœur adoptive, qui elle-même tiendra ce soir le rôle féminin de la pièce intitulée Madame Zeïna et Monsieur Mordehaï.

– Lève-toi, mon Gershom. Ces personnes veulent passer.

Tout en s'extirpant à grand-peine de son fauteuil, elle ne lâcha pas la main de son petit-fils. Le regard absent, celui-ci se leva, attendit que les spectateurs passent, et se rassit. Rebecca et Elias arrivèrent et s'installèrent derrière eux. Tous deux caressèrent les cheveux de Gershom qui ne broncha pas.

Enfin la salle s'obscurcit et le rideau de scène s'écarta. Le décor consistait en une façade d'immeuble sur laquelle on pouvait lire *Jardin d'enfants.* Deux chaises, de part et d'autre de la scène, qui semblaient avoir été posées à la va-vite, en constituaient le seul mobilier. Deux personnages arrivèrent. L'un était un jeune homme, l'autre un enfant d'une douzaine d'années qui portait devant lui un tambour.

Le jeune homme s'adressa au public :

Mesdames et Messieurs,

L'enfant fit rouler les baguettes sur son tambour.

La pièce à laquelle vous allez assister, Madame Zeïna et Monsieur Mordehaï, *se passe en l'année 2020.*

(Roulement de tambour.)

Il s'agit donc d'une fiction.

(Roulement de tambour.)

Son auteur, Rachel Alkabès, a imaginé – de manière exagérée, ce pour quoi elle requiert votre indulgence – que des événements extraordinaires se dérouleront dans les trente-huit années qui nous séparent de l'an 2020.

(Roulement de tambour.)

Un mur de sept cents kilomètres de long sera construit. Il protégera le pays des populations palestiniennes. Il sera ponctué de points de passage appelés « check points » et contrôlés par l'armée.

(Roulement de tambour.)

Lorsque le roulement de tambour cessa, on entendit une voix d'homme crier du balcon : « Celle-là ! Elle n'a jamais aimé son pays. » « Ça, c'est bien vrai ! » fit en écho une voix du parterre.

Six cent mille Juifs se seront installés dans diverses colonies nouvellement construites en Cisjordanie.

(Roulement de tambour.)

« D'où sort cette histoire ? » cria la première voix. « Ridicule », laissa tomber une femme assise sur la même rangée que Rachel.

La Knesset aura voté une loi de l'État-nation juif.

(Roulement de tambour.)

« Une antisémite ! » fit la même voix de femme.

La loi reléguera la langue arabe au deuxième rang.

(Roulement de tambour.)

« Et quoi encore ? » poursuivit la voisine.

Elle classera les citoyens non-Juifs en citoyens de deuxième rang.

(Roulement de tambour.)

Un brouhaha se fit entendre au balcon. Des spectateurs demandaient le silence, d'autres continuaient d'invectiver Rachel.

Et à Jérusalem, ville unifiée, la municipalité recommandera aux jardins d'enfants d'interdire les minoritaires.

(Roulement de tambour.)
« Nous ne sommes pas des monstres ! » hurla une femme depuis le balcon.

C'est-à-dire les non-Juifs.

Plusieurs spectateurs quittèrent la salle en grommelant.
(Roulement de tambour.)

Voici son histoire.

Il y eut quelques applaudissements polis et les deux personnages se retirèrent. Rachel serra la main de Gershom et le garçon lui répondit par une même pression.

Deux autres personnages arrivèrent sur scène. Chacun s'approcha de l'une des chaises et s'y installa. Après un assez long silence, on comprit, à leur mine, que chacun était irrité par la présence de l'autre, tout en cherchant à capter son regard. L'un était un homme, très maigre et très âgé, l'autre une femme, la tête couverte d'un foulard, très âgée elle aussi, à l'évidence arabe. C'était Ida.

LUI : *Vous attendez un enfant ?*

Elle fit non de la tête, avec de la bouche un geste de mépris.

LUI : *Et alors ?*
ELLE : *Le directeur.*

Il hocha la tête, l'air impressionné.

LUI : *Le directeur...*

Il y eut à nouveau un silence.

ELLE : *Et vous ?*
LUI : *Mon petit-fils. David. Ses parents travaillent, alors, chaque après-midi...*

Elle hocha la tête à son tour.

LUI : *Et vous, le directeur... ? Pour quelle raison ?*
ELLE : *Interdit aux minoritaires.*
LUI : *Quoi, interdit aux minoritaires ?*
ELLE : *Vous n'êtes pas au courant ? Ils ne veulent plus de nous.*
LUI : *Nous, qui ?*
ELLE : *Nous les Arabes.*

À nouveau, il hocha lentement la tête.

LUI : *Et pourquoi le directeur ?*
ELLE : *Pour le faire changer d'avis. Vous croyez que je viens ici pour mon plaisir ?*

Il y eut un silence.

Elle : *Que voulez-vous que je fasse de mon petit-fils toutes ces heures ? Je n'ai plus l'âge de rester à faire la crétine au parc, à lui dire : joue avec l'un, joue avec l'autre, regarde comme elle est gentille, la petite fille, et tout ça.*

Lui : *Vous êtes d'ici ?*

Elle : *De Jérusalem ? Bien sûr. D'où voulez-vous que je vienne ? Je suis née ici. Il paraît que maintenant, je suis minoritaire...*

Lui : *Et votre petit-fils... Il a... ?*

Elle : *Quatre ans. Mais si vous voulez mon avis, quand on l'écoute parler, il fait deux ans et demi à tout casser.*

Lui : (il rit fort) *Vous au moins, vous n'êtes pas une mère juive...*

Elle : *Épargnez-moi cette tare ! Les miennes me suffisent.*

Lui : (il rit encore, se lève et rapproche un peu sa chaise) *Je vous donne raison, croyez-moi ! Comment il s'appelle, votre petit-fils ?*

Elle : *Daoud.*

Lui : *Daoud ? Comme le mien !*

Elle : *On peut voir ça comme ça.*

Lui : *Comment vous voulez le voir ? Daoud, c'est David en arabe, voilà tout !*

Elle : *Justement...*

Elle avait triché. Trompé. Menti. Par sa vanité, Karl et Elisheva étaient morts. À cause d'elle, sa fille avait été enceinte de son frère. Et ce pauvre garçon, avec lequel elle n'arrivait à communiquer que par des pressions de la main, n'avait pas fait une phrase de sa vie. Et pourtant… Elle avait le bonheur d'habiter la maison de son enfance. Elle la partageait avec sa sœur adorée. Dans un élan d'affection, celle-ci s'était mise à l'appeler par son surnom de fillette. Rachel Pacha… Comme l'appelait Aïcha… Dont Ida était devenue la belle-fille… Elle prenait ses repas dans la cuisine où elle avait partagé tant d'instants de bonheur avec Aïcha et Abdallah, et ses parents, et Mounir, bien sûr, Mounir… Et Ida… À douze ans, au kibboutz, émerveillée par la première pièce qu'elle voyait de sa vie, elle avait pensé que le plus beau métier du monde était d'écrire des pièces de théâtre. Elle avait pratiqué ce métier toute sa vie. Malgré les échecs, les interdictions et les préjugés…

Elle repensa à Aïcha, à son *Rachel Pacha.* Si elle s'en était chaque fois sortie, c'était aux années Pacha qu'elle le devait. C'était cet amour qui l'avait tenue debout.

Elle avait eu une chance folle.

ELLE : *Et vous, d'où venez-vous ?*

LUI : *Budapest. En passant par Bergen-Belsen. Vous voyez de quoi je parle ?*

ELLE : *Vous me prenez pour une demeurée ? Bien sûr que je vois.*

Il hoche la tête, rapproche encore sa chaise.

LUI : *Moi, c'est Mordehaï. Vous ?*

ELLE : *Zeïna.*

C'est le comble, se dit Rachel. À propos de noms… Ils ont changé le nom de la rue comme pour me rappeler mes péchés.

Naguib-Boustros se nommait désormais Raziel. Du nom d'un héros de la guerre d'indépendance. Mais Raziel voulait aussi dire *secret de Dieu*…

ELLE : *Ce que vous faites est très cruel. Et en plus, très injuste.*

LUI : *Quoi, injuste ?*

Elle écouta son texte. Sempiternels arguments…

Vous êtes le peuple du Livre et vous n'avez pas de mémoire... Vous nous faites ce qu'on vous a fait... Mais ce n'est pas nous qui... Et ainsi de suite… Et Mordehaï de rétorquer qu'on reprochait aux Juifs tout et son contraire, tantôt de ne pas avoir de mémoire, tantôt d'en faire trop grand usage…

LUI : *Comme au Moyen-Âge, lorsque l'on nous obligeait à faire le commerce d'argent pour nous reprocher, ensuite, de le faire...*

ELLE : *Vous êtes riches et vous ne faites que vous plaindre.*

LUI : *À qui la faute ? Vous n'avez pas voulu de nous lorsque nous sommes venus ici. Nous n'avions rien, si ce n'est nos mains et nos ongles pour creuser la terre... Et vous continuez à ne pas vouloir de nous.*

ELLE : *Et il vous a fallu deux mille ans pour revenir ? Qu'est-ce qui vous a retenus si longtemps ? Vous étiez occupés à faire des affaires ?*

LUI : *Ne commence pas sur ce ton. Ils s'y sont tous mis. D'abord vous, les Arabes, puis les Croisés, puis les Turcs... Ça n'a pas cessé. Enfin, si ça vous fait plaisir, dites que nous étions très occupés à faire des affaires... Et vous, pendant tout ce temps ? Vous étiez très occupés à ne rien faire ! Voilà la vérité !*

ELLE : *Chacun fait ce qu'il veut chez soi ! Si en venant ici vous travailliez comme des abrutis, c'est votre problème. Qui vous a dit de vous esquinter ?*

LUI : *On aime s'esquinter, chez les Juifs, c'est comme ça ! Admets-le, on vous faisait peur.*

ELLE : *Un peu…*
LUI : *Tout à coup, vous vous êtes dit qu'il vous faudrait vous mettre au travail. Pour une fois !*

Après un long silence, Zeïna se leva et, à son tour, rapprocha sa chaise de celle de Mordehaï. Maintenant leurs genoux se touchaient presque.

ELLE : *La réalité, c'est que nous sommes chacun à la recherche d'une dignité… Les insultes que vous avez subies sont plus anciennes que celles dont vous nous gratifiez, voilà tout. Mais enfin, vous en êtes toujours là…*
LUI : *Deux peuples d'humiliés… Ce n'est pas très gai !*

Rachel avait récrit cent fois les échanges qui allaient suivre, lorsque chacun des personnages admettait avec réticence qu'après tout, l'autre aussi avait des bonnes raisons de considérer ce pays comme le sien. Elles étaient de natures différentes. Mais toutes avaient leur légitimité.

LUI : *Moi je suis veuf. Depuis longtemps. Toi ?*
ELLE : *Moi aussi. Depuis seize ans.*
LUI : *Et c'est arrivé comment ?*
ELLE : *Il courait. C'était un imbécile. Il allait faire des dix, vingt kilomètres en courant. Il voulait faire le joli cœur, et qu'est-ce qu'il s'est passé ? Le cœur s'est mis en grève. Toi ?*
LUI : *Cancer.*

Rachel ressentit une pointe de douleur à la poitrine. Puis une autre au bras gauche, jusqu'à la main qui serrait celle de Gershom. Elle n'y prit pas garde, tout entière dans l'attente des répliques suivantes. C'étaient ses préférées.

LUI : *Tu sais quel est notre problème ? Celui auquel personne ne pense ?*
ELLE : (le regarde, l'air méfiant) *Quoi encore ? Tu trouves qu'on n'en a pas assez ? Tu veux en inventer d'autres ?*
LUI : *Nous n'arrivons pas à nous mettre à la place de l'autre* (il hocha la tête plusieurs fois). *C'est ça notre grand, notre très grand problème...*
ELLE : *Peut-être...*
LUI : *Je te dirai même ceci, écoute-moi bien : c'est notre seul problème.*

La douleur à la poitrine se fit plus vive. Rachel serra la main de Gershom, par convulsion, et le garçon lui répondit de même.

LUI : *Je te propose ceci. On échange nos rôles. Quand les enfants sortent de classe, tu t'occupes de mon David, tu le fais jouer avec ton Daoud, ça se passera très bien. Et moi je vais voir le directeur à ta place.*
ELLE : *Tu rigoles !*
LUI : *Je lui parlerai en tant que Juif ! Je lui dirai : cette femme est d'ici ! Elle habite le quartier. Elle a le droit d'amener son fils dans ton école !*
ELLE : *Et tu crois que ça va marcher ?*
LUI : *Bien sûr que ça va marcher. Comme ça, demain, on se retrouve ! Viens comme aujourd'hui, un peu plus tôt, qu'on ait le temps.*
ELLE : (en éclatant de rire) *Le temps ? Le temps de quoi, Mordehaï ? Tu veux me faire la cour ?*

Il se mit à rire à son tour.

LUI : *Et alors ? C'est péché qu'un Juif fasse la cour à une Arabe ?*

ELLE : *Tu rêves, Mordehaï ! Les tiens vont te tomber dessus !*

LUI : *Tu as raison... C'est un peu précipité...*

ELLE : *Tu redeviens raisonnable.*

LUI : *Il faut y aller par étapes...*

ELLE : *Entre nous ?* (elle rit) *Tu crois que j'ai dix-huit ans ?*

LUI : *Non, entre nous, c'est autre chose. J'entends : de manière générale.*

ELLE : *C'est quoi, de manière générale ?*

LUI : *Pour nos peuples...*

ELLE : *Qu'est-ce que tu es ? Philosophe ?*

LUI : *Ne te moque pas de moi ! Je me dis : si tu demandes à un Juif de se mettre dans la peau d'un Arabe, il te prend pour un fou : moi, dans la peau d'un Arabe ? Tu veux me compliquer la vie ? Je suis déjà mal à l'aise dans celle d'un Juif. Et chez vous, ce sera la même chose.*

ELLE : *Qu'est-ce que tu suggères ?*

LUI : *Il suffirait de faire une loi qui dirait ceci. Une fois par mois, chaque Juif doit prendre un café avec un Arabe.*

C'était un trait d'humour que Karl avait lancé un matin où il n'y croyait plus. Qu'est-ce qu'il faudrait faire, se demandait-il, pour que ces gens se parlent ?

ELLE : *Tu rêves, de nouveau.*

LUI : *On pourrait l'appeler « la loi du café de la paix ».*

ELLE : (elle éclate de rire) *Ils vont s'insulter. Dans le meilleur des cas, ils auront de bonnes manières et n'ouvriront pas la bouche.*

LUI : *Tous les Israéliens ont des manières délicates, tu ne le savais pas ?*

ELLE : *Non. C'est une belle surprise.*

LUI : *Écoute-moi. Le mois suivant, la situation va se répéter. Et peut-être le mois d'après aussi. Mais un beau jour, ils finiront par se saluer. Et si l'un des deux a maigri, ou grossi, ou Dieu sait quoi, l'autre va lui demander ce qu'il lui est arrivé. Petit à petit, ils vont apprendre à se connaître.*

Karl y croyait. L'évolution lui paraissait inévitable. La fraternité est un sentiment naturel, disait-il.

ELLE : *Ça prendra des années, ton histoire.*

LUI : *Zeïna, ça fait deux mille ans que ça dure. Un peu plus, un peu moins…*

La pièce se terminait sur ces mots.

Pendant que le rideau se refermait, les gens se mirent à applaudir, d'abord avec retenue, puis de plus en plus fort, jusqu'à ce que les applaudissements se transforment en ovation.

Rachel eut une convulsion et serra fort la main de Gershom. À son tour, il serra la sienne.

Soudain, les spectateurs de la rangée devant elle se retournèrent tous, d'un même mouvement, au même instant et sans aucun effort, comme dans un rêve. Il y avait Aïcha, qui la regardait en souriant… Elle était jeune… Voilà qu'elle lui faisait un signe de la main, comme pour l'encourager… son père et sa mère étaient là, très émus, Abdallah aussi, et Sarika, habillée comme pour un mariage, et François-Xavier, plus séduisant que jamais, mais comment s'était-il accoutré, on dirait un rabbin, avec son schtreimel sur la tête… un schtreimel pour aller au théâtre… Lui, toujours si élégant, il a l'air ridicule… C'est pour me faire plaisir, le schtreimel, n'est-ce pas ? Tu as sacrifié ton élégance pour me faire plaisir… Tu me touches infiniment, avec ce schtreimel ridicule sur la tête, mon François-Xavier… et Mounir, qui porte une petite barbe, comme lorsqu'il était venu les trouver à Do-Beïtenou, mon Mounir, comme tu es beau, comme je t'ai aimé, mon Mounir, mon amour immense, tu me regardes avec une tendresse et une douceur que je n'ai jamais vues dans tes yeux, et toi, Rebecca, que je n'ai pas su aimer, la tête sur l'épaule de Mounir, enfin vous êtes réunis, père et fille, vous avez l'air si heureux, tu me souris ma Rebecca, et ton sourire m'apaise comme tu ne peux imaginer, et Ida, tu es là aussi, ma douce, ma merveilleuse sœur, mon Ida adorée, l'or de ma vie, et Zübeyde Hanoum, si élégante, et toi, Maurice, si bon, que j'ai trahi, et Mrs. Carabash, comme c'est drôle de vous voir ici à côté de Karl, mon Karl, et là, devant moi, c'est toi, Elisheva, toi mon trésor, avec tes cheveux fous… voilà que tu te mets à rire à gorge déployée, l'or de ma vie, et tes yeux, tes yeux, mon amour, une encre de Chine, Elisheva tu me tends les bras, Mahmoud a la main sur ton épaule, *shoukraan*, Mahmoud, et Maurice qui ne peut s'empêcher de raconter quelque chose à Zübeyde Hanoum, sûrement qu'il a retrouvé un magasin rue des Tailleurs, il gesticule, un très beau coin, juste à l'angle de la rue des Fabricants-d'Encre, il est content…

Elle aurait tant voulu les prendre tous dans ses bras. Mais elle était trop vieille, trop fatiguée pour leur dire combien elle les avait aimés, Aïcha, ses parents, Mounir, tous, même Maurice, ils l'applaudissaient, bravo, Rachel, bravo, bravo, bravo, tous sauf Elisheva qui continuait de lui tendre ses petits bras en souriant, voilà qu'ils étaient chargés de fleurs d'osmanthe, et Rachel voulut se lever pour la serrer contre son cœur…

Gershom se tourna vers sa grand-mère tombée au sol, la secoua et constata qu'elle ne bougeait plus :

– Rachel Pacha est montée au ciel.

C'était sa première phrase.

Note

L'estimation d'un risque de désordre génétique de huit pour cent, communiquée par Elias à Rebecca, doit être replacée dans son contexte temporel (1968). Elle paraîtrait aujourd'hui dangereusement sous-estimée. Les connaissances actuelles du génome humain permettent d'évaluer ce risque à trente pour cent. Merci au professeur Stylianos Antonarakis, de l'université de Genève, pour son expertise.

DU MÊME AUTEUR

Mon cher Jean…
de la cigale à la fracture sociale
Zoé, 1997

Le Mystère Machiavel
Zoé, 1999

Nietzsche ou L'insaisissable consolation
Zoé, 2000

La Chambre de Vincent
Zoé, 2002
Et Zoé « poche », n° 42

Victoria-Hall
Pauvert, 2004
et « Babel », n° 726

Dernière lettre à Théo
Actes Sud, 2005

La Pension Marguerite
Actes Sud, 2006
et « Babel », n° 823

L'Imprévisible
Actes Sud, 2006
et « Babel », n° 910

La Fille des Louganis
Actes Sud, 2007
et « Babel », n° 967

Loin des bras
Actes Sud, 2009
et « Babel », n° 1068

Le Turquetto
Actes Sud, 2011
et « Babel », n° 1184

Prince d'orchestre
Actes Sud, 2012
et « Babel », 2014

La Confrérie des moines volants
Grasset, 2013
et « Points », n° P3326

Juliette dans son bain
Grasset, 2015
et « Points », n° P4253

L'Enfant qui mesurait le monde
Grasset, 2016
et « Points », n° P4605

Dictionnaire amoureux de la Suisse
Plon, 2017

Mon père sur mes épaules
Grasset, 2017
et « Points », n° P4836

Carnaval noir
Grasset, 2018
et « Points », n° P5042

Dictionnaire amoureux de l'esprit français
Plon, 2019

L'homme qui peignait les âmes
Grasset, 2021

RÉALISATION : NORD COMPO À VILLENEUVE-D'ASCQ
IMPRESSION : CPI FRANCE
DÉPÔT LÉGAL : OCTOBRE 2021. N° 147728 (3044283)
IMPRIMÉ EN FRANCE

Éditions Points

DERNIERS TITRES PARUS

P5172. Les Effarés, *Hervé Le Corre*
P5173. J'ai vendu mon âme en bitcoins, *Jake Adelstein*
P5174. La Dame de Reykjavík, *Ragnar Jónasson*
P5175. La Mort du Khazar rouge, *Shlomo Sand*
P5176. Le Blues du chat, *Sophie Chabanel*
P5177. Les Mains vides, *Valerio Varesi*
P5178. La Cage, *Lilja Sigurðardóttir*
P5179. Éthique du samouraï moderne. Petit manuel de combat pour temps de désarroi, *Patrice Franceschi*
P5180. Maître du Oui, *Svâmi Prajñânpad*
P5181. Wabi Sabi. L'art d'accepter l'imperfection *Tomás Navarro*
P5182. Très chère Valentine, *Adriana Trigani*
P5183. La Partition, *Diane Brasseur*
P5184. Château de femmes, *Jessica Shattuck*
P5185. Les Âmes silencieuses, *Mélanie Guyard*
P5186. Le Cartographe des Indes boréales, *Olivier Truc*
P5187. Les Méandres du Nil, *Robert Solé*
P5188. Les Photos d'Anny, *Anny Duperey*
P5189. Chambre 128, *Cathy Bonidan*
P5190. East Village Blues, *Chantal Thomas*
P5191. La Revenue, *Donatella di Pietrantonio*
P5192. En tenue d'Eve. Histoire d'une partie d'échecs *Eve Babitz*
P5194. La Petite fille au tambour, *John Le Carré*
P5195. Floride, *Lauren Groff*
P5196. La Transparence du temps, *Leonardo Padura*
P5197. Pour l'amour des livres, *Michel Le Bris*
P5198. Le Chemin de la mer. Et autres nouvelles *Patrice Franceschi*
P5199. Transit, *Rachel Cusk*
P5200. Un petit coup de jeune, *Thierry Bizot*
P5201. L'Amour est aveugle. Le ravissement de Brodie Moncur *William Boyd*
P5202. Titayna : l'aventurière des années folles *Benoît Heimermann*
P5203. La Mer pour aventure, *Collectif*
P5204. Lawrence d'Arabie. Le désert et les étoiles *Flora Armitage*
P5205. Travelling. Un tour du monde sans avion *Tangy Viel, Christian Garcin*

P5206. Va où il est impossible d'aller. Mémoires, *Costa-Gavras*
P5207. Tous les films sont politiques. Pour Costa-Gavras *Edwy Plenel*
P5208. Marthe Richard ou les beaux mensonges *Nicolas D'Estienne d'Orves*
P5209. Les Imprudents. Sur les traces des résistants du maquis Bir-Hakeim, *Olivier Bertrand*
P5210. Maudits mots. La fabrique des insultes racistes *Marie Treps*
P5211. Les Mots du football, *Vincent Duluc*
P5212. En marge, *Silvia Baron Supervielle*
P5213. Le Cœur et la Chair, *Ambrose Parry*
P5214. Dernier Tacle, *Emmanuel Petit, Gilles Del Pappas*
P5215. Crime et Délice, *Jonathan Kellerman*
P5216. Le Sang noir des hommes, *Julien Suaudeau*
P5217. À l'ombre de l'eau, *Maïko Kato*
P5218. Vik, *Ragnar Jónasson*
P5219. Koba, *Robert Littell*
P5220. Le Dernier Thriller norvégien, *Luc Chomarat*
P5222. Steak machine, *Geoffrey Le Guilcher*
P5224. Petit Traité de bienveillance envers soi-même *Serge Marquis*
P5225. Sex & Rage, *Eve Babitz*
P5226. Histoire de ma vie, *Henry Darger*
P5227. Hors-bord, *Renata Adler*
P5228. N'oublie pas de te souvenir, *Jean Contrucci*
P5229. Mur méditerranée, *Louis-Philippe Dalembert*
P5230. La Débâcle, *Romain Slocombe*
P5231. À crier dans les ruines, *Alexandra Koszelyk*
P5233. Nuit d'épine, *Christiane Taubira*
P5234. Les Fillettes, *Clarisse Gorokhoff*
P5235. Le Télégraphiste de Chopin, *Eric Faye*
P5236. La Terre invisible, *Hubert Mingarelli*
P5237. Une vue exceptionnelle, *Jean Mattern*
P5238. Louvre, *Josselin Guillois*
P5239. Les Petits de décembre, *Kaouther Adimi*
P5240. Les Yeux rouges, *Myriam Leroy*
P5241. Dévorer le ciel, *Paolo Giordano*
P5242. Amazonia, *Patrick Deville*
P5243. La Grande à bouche molle, *Philippe Jaenada*
P5244. L'Heure d'été, *Prune Antoine*
P5245. Pourquoi je déteste l'économie, *Robert Benchley*
P5246. Cora dans la spirale, *Vincent Message*
P5247. La Danse du roi, *Mohammed Dib*
P5248. Il était une fois dans l'Est, *Arpád Soltész*
P5249. La Tentation du pardon, *Donna Leon*

P5250. Ah, les braves gens !, *Franz Bartelt*
P5251. Crois-le !, *Patrice Guirao*
P5252. Lyao-Ly, *Patrice Guirao*
P5253. À sang perdu, *Rae DelBianco*
P5254. Mémoires vives, *Edward Snowden*
P5255. La Plus Belle Histoire de l'intelligence *Stanislas Dehaene, Yann Le Cun, Jacques Girardon*
P5256. J'ai oublié, *Bulle Ogier, Anne Diatkine*
P5257. Endurance. L'incroyable voyage de Shackleton *Alfred Lansing*
P5258. Le Cheval des Sforza, *Marco Malvaldi*
P5259. La Purge, *Arthur Nesnidal*
P5260. Eva, *Arturo Pérez-Reverte*
P5261. Alex Verus. Destinée, tome 1, *Benedict Jacka*
P5262. Alex Verus. Malediction, tome 2, *Benedict Jacka*
P5263. Alex Verus. Persécution, tome 3, *Benedict Jacka*
P5264. Neptune Avenue, *Bernard Comment*
P5265. Dernière Sommation, *David Dufresne*
P5266. Dans la maison de la liberté, *David Grossman*
P5267. Le Roman de Bolaño, *Gilles Marchand, Eric Bonnargent*
P5268. La Plus Précieuse des marchandises. Un conte *Jean-Claude Grumberg*
P5269. L'avenir de la planète commence dans notre assiette *Jonathan Safran Foer*
P5270. Le Maître des poupées, *Joyce Carol Oates*
P5271. Un livre de martyrs américains, *Joyce Carol Oates*
P5272. Passe-moi le champagne, j'ai un chat dans la gorge *Loïc Prigent*
P5273. Invasion, *Luke Rhinehart*
P5274. L'Extase du selfie. Et autres gestes qui nous disent *Philippe Delerm*
P5275. Archives des enfants perdus, *Valeria Luiselli*
P5276. Ida, *Hélène Bessette*
P5277. Une vie violente, *Pier Paolo Pasolini*
P5278. À cinq ans, je suis devenue terre-à-terre, *Jeanne Cherhal*
P5279. Encore plus de bonbons sur la langue. Le français n'a jamais fini de vous surprendre !, *Muriel Gilbert*
P5280. L'Ivre de mots, *Stéphane de Groodt*
P5281. The Flame, *Leonard Cohen*
P5282. L'Artiste, *Antonin Varenne*
P5283. Les Roses de la nuit, *Arnaldur Indridason*
P5284. Le Diable et Sherlock Holmes, *David Grann*
P5285. Coups de vieux, *Dominique Forma*
P5286. L'Offrande grecque, *Philip Kerr*
P5287. Régression, *Fabrice Papillon*
P5288. Un autre jour, *Valentin Musso*

P5289. La Fabrique du crétin digital, *Michel Desmurget*
P5290. Le Grand Manipulateur. Les réseaux secrets de Macron *Marc Endeweld*
P5291. Vieillir ensemble. Un tour du monde des solutions qui rapprochent les générations *Clément Boxefeld, Julia Chourri*
P5292. La vie est une célébration, *Mata Amritanandamayi*
P5293. Les Plus Beaux Contes zen, *Henri Brunel*
P5295. L'Indomptée. La papesse Jeanne, *Donna Cross*
P5296. Au cœur de la violence, *Edouard Louis*
P5297. Querelle, *Kevin Lambert*
P5298. Ordesa, *Manuel Vilas*
P5299. Papa, *Régis Jauffret*
P5300. Un peu, beaucoup, passionnément, à la folie, pas du tout *Alice Munro*
P5301. Ainsi parlait ma mère, *Rachid Benzine*
P5302. Lake Success, *Gary Shteyngart*
P5303. L'Ombre d'un père, *Christoph Hein*
P5304. Nino dans la nuit, *Simon Johannin, Capucine Johannin*
P5305. Zébu Boy, *Aurélie Champagne*
P5306. Monsieur le Commandant, *Romain Slocombe*
P5307. Le Bureau des jours perdus et Autres Récits étranges *Eric Faye*
P5308. Ces îles de plein sel et autres poèmes *Louis-Philippe Dalembert*
P5309. Habitant de nulle part, originaire de partout *Souleymane Diamanka*
P5310. Hammett Détective, *Stéphanie Benson, Benjamin et Julien Guérif, Jérôme Leroy, Marcus Malte, Jean-Hugues Oppel, Benoît Séverac, Marc Villard, Tim Willocks*
P5311. L'Arbre aux fées, *B. Michael Radburn*
P5312. Le Coffre, *Jacky Schwartzmann, Lucian-Dragos Bogdan*
P5313. Le Manteau de neige, *Nicolas Leclerc*
P5314. L'Île au secret, *Ragnar Jónasson*
P5315. Sous les eaux noires, *Lori Roy*
P5316. La Chute du monstre. Marseille année zéro *Philippe Pujol*
P5317. Lesbos, la honte de l'Europe, *Jean Ziegler*
P5318. Algérie. La nouvelle indépendance, *Jean-Pierre Filiu*
P5319. L'Effet maternel, *Virginie Linhart*
P5320. L'Amour, le rôle de notre vie. Rééduquer les cœurs *Sarah Serievic*
P5321. Comme au cinéma, *Fiona Kidman*
P5322. La Déesse des mouches à feu, *Geneviève Pettersen*
P5323. Dé mem brer, *Joyce Carol Oates*
P5324. Conversations entre amis, *Sally Rooney*

P5325. Tous les hommes n'habitent pas le monde de la même façon, *Jean-Paul Dubois*
P5326. La Leçon de ténèbre, *Léonor de Récondo*
P5327. Disparaître, *Mathieu Menegaux*
P5328. Le Cercle des hommes, *Pascal Manoukian*
P5329. Il y a un seul amour, *Santiago H. Amigorena*
P5330. Solénoïde, *Mircea Cărtărescu*
P5331. « La vraie vie est absente ». Et autres fragments rimbaldiens. *Suivi du* Dictionnaire homo-érotique *Arthur Rimbaud, Frédéric Martel*
P5332. Un participe qui ne passe pas, *Bernard Cerquiglini*
P5333. La Monnaie des songes et autres recueils *Marie-Christine Gordien*
P5334. Une jupe trop courte. Récits de la cuisine, *Sofi Oksanen*
P5335. L'Homme aux murmures, *Alex North*
P5336. Jeux de dames, *André Buffard*
P5337. Les Fantômes de Reykjavik, *Arnaldur Indridason*
P5338. La Défaite des idoles, *Benjamin Dierstein*
P5339. Les Ombres de la toile, *Christopher Brookmyre*
P5340. Dry Bones, *Craig Johnson*
P5341. Une femme de rêve, *Dominique Sylvain*
P5342. Les Oubliés de Londres, *Eva Dolan*
P5343. Chinatown Beat, *Henry Chang*
P5344. Sang chaud, *Kim Un-Su*
P5345. Si tu nous regardes, *Patrice Guirao*
P5346. Tu vois !, *Patrice Guirao*
P5347. Du sang sur l'asphalte, *Sara Gran*
P5348. Cool Killer, *Sébastien Dourver*
P5349. City of Windows, *Robert Pobi*
P5350. L'Avenir des simples, *Jean Rouaud*
P5351. La Solitude de François, *Marco Politi*
P5352. Jenny Bel'Air, une créature, *François Jonquet*
P5353. Sororité, *Chloé Delaume, Collectif*
P5354. Le Regard féminin. Une révolution à l'écran, *Iris Brey*
P5355. Le Sexe selon Maïa. Au-delà des idées reçues *Maïa Mazaurette*
P5356. Testo Junkie. Sexe, drogue et biopolitique *Paul B. Preciado*
P5357. Heureux et Grincheux. 108 conseils d'un moine bouddhiste pour profiter de la vie, *Ajahn Brahm*
P5358. Voyage sans cartes, *Graham Greene*
P5359. La Folle Équipée, *Patrice Franceschi*
P5360. Là où chantent les écrevisses, *Delia Owens*
P5361. La Redoutable Veuve Mozart, *Isabelle Duquesnoy*
P5362. Les Trois Filles du Capitán, *Maria Duenas*
P5363. L'America, *Michel Moutot*

P5364. Cités à la dérive, I. Le cercle, *Stratis Tsirkas*
P5365. Cités à la dérive, II. Ariane, *Stratis Tsirkas*
P5366. Cités à la dérive, III. La chauve-souris, *Stratis Tsirkas*
P5367. Alta Rocca, *Philippe Pujol*
P5368. Café Vivre. Chroniques en passant, *Chantal Thomas*
P5369. Victor Kessler n'a pas tout dit, *Cathy Bonidan*
P5370. Projet Starpoint, tome 2, *Marie-Lorna Vaconsin*
P5372. Retour de service, *John le Carré*
P5373. Coupable de tout, *Herbert Huncke*
P5374. La Vie vagabonde, *Lawrence Ferlinghetti*
P5375. De l'urgent, du presque rien et du rien du tout *Olivier de Kersauson*
P5376. Nous ne trahirons pas le poème. Et autres recueils *Rodney Saint Eloi*
P5377. Le Chant du collectionneur de pierres. Et autres recueils *Sjón*
P5378. Angkar, *Christian Blanchard*
P5379. Que tombe le silence, *Christophe Guillaumot*
P5380. Nuuk, *Mo Malø*
P5381. Or, encens et poussière, *Valerio Varesi*
P5382. Le Goût du rouge à lèvres de ma mère, *Gabrielle Massat*
P5383. Richesse oblige, *Hannelore Cayre*
P5384. Breakdown, *Jonathan Kellerman*
P5385. Mauvaise graine, *Nicolas Jaillet*
P5386. Le Séminaire des assassins, *Petros Markaris*
P5387. Y. La Trilogie de K, *Serge Quadruppani*
P5388. Norlande, *Jérôme Leroy*
P5389. Trahison, *Lilja Sigurdardóttir*
P5390. Noire n'est pas mon métier, *Collectif*
P5391. Lady Lucille, *Gilles Lhote*
P5392. Le Journal de Frank Berton, *Elsa Vigoureux*
P5393. Harry et Meghan, libres *Caroline Durand, Omid Scobie*
P5394. Chroniques de l'homme d'avant, *Philippe Lançon*
P5395. Tomber amoureux de ce qui est, *Jeff Foster*
P5396. Amelia. Le fascinant destin de la plus grande aviatrice du monde, *Bernard Marck*
P5397. Un art de parcourir le monde. Paris - Hong Kong à vélo. 11 155 km, 371 jours, 23 pays, *Florian Coupé*
P5398. Les Aventurières du ciel, *Katell Faria*
P5399. Un promeneur solitaire dans la foule *Antonio Muñoz Molina*
P5400. Le Hêtre et le Bouleau, *Camille de Toledo*
P5401. Oublier, trahir puis disparaître, *Camille de Toledo*
P5402. Le Cœur synthétique, *Chloé Delaume*
P5403. Incident au fond de la galaxie, *Etgar Keret*

P5404. Par les écrans du monde, *Fanny Taillandier*
P5405. Un crime sans importance, *Irène Frain*
P5406. Retour à Ithaque, *Leonardo Padura*
P5407. Les Lionnes, *Lucy Ellmann*
P5408. Ce que nous avons perdu dans le feu, *Mariana Enriquez*
P5409. La Trajectoire des confettis, *Marie-Ève Thuot*
P5410. Le Temps gagné, *Raphael Enthoven*
P5411. Personne ne sort les fusils, *Sandra Lucbert*
P5412. Saturne, *Sarah Chiche*
P5413. Des jours sauvages, *Xabi Molia*
P5414. Avant les diamants, *Dominique Maisons*
P5415. Je parle comme je suis. Ce que nos mots disent de nous
Julie Neveux
P5416. Le Désir que j'ai, *Alain Veinstein*
P5417. Juste après la pluie, *Thomas Vinau*
P5418. Le Bal des porcs, *Arpád Soltész*
P5419. Après le jour, *Christophe Molmy*
P5420. Quand un fils nous est donné, *Donna Leon*
P5421. Sigló, *Ragnar Jónasson*
P5422. La Gestapo Sadorski, *Romain Slocombe*
P5423. Slow Démocratie. Comment maîtriser la mondialisation
et reprendre notre destin en main, *David Djaiz*
P5424. Qui veut risquer sa vie la sauvera. Mémoires
Jean-Pierre Chevènement
P5425. Un temps troublé, *Lionel Jospin*
P5426. Le Désastre de l'école numérique. Plaidoyer pour
une école sans écrans, *Philippe Bihouix, Karine Mauvilly*
P5427. Rumeurs d'Amérique, *Alain Mabanckou*
P5428. 209 rue Saint-Maur, Paris X^{e}. Autobiographie
d'un immeuble, *Ruth Zylberman*
P5429. Les Alpinistes de Staline, *Cédric Gras*
P5430. Le Massacre des indiens, *Lucien Bodard*
P5431. Son Corps et Autres Célébrations
Carmen Maria Machado
P5432. L'Imposture, *Georges Bernanos*
P5433. La Joie, *Georges Bernanos*
P5434. Rachel et les Siens, *Metin Arditi*
P5435. Mon Père et ma Mère, *Aharon Appelfeld*
P5436. Fun Home. Une tragicomédie familiale, *Alison Bechdel*
P5437. C'est toi ma Maman ? : un drame comique, *Alison Bechdel*
P5438. Complicités animales : 70 histoires vraies, *Anny Duperey*,
Jean-Philippe Noël
P5439. Sabotage, *Arturo Pérez-Reverte*
P5440. Chaud brûlant, *Bill Buford*
P5441. L'Infinie Comédie, *David Foster Wallace*

P5442. La vie joue avec moi, *David Grossman*
P5443. Sous l'eau, *Deborah Levy*
P5444. Femme à la fenêtre, *Joyce Carol Oates*
P5445. Ma vie de cafard, *Joyce Carol Oates*
P5446. Les Calendriers, *Robert Cottard*
P5447. Et tournera la roue, *Selahattin Demirta*
P5448. San Michele : récit, *Thierry Clermont*
P5449. Cet amour-là, *Yann Andréa*
P5450. Je voudrais vous parler de Duras. Entretien, *Yann Andréa, Michèle Manceaux*
P5451. À mains nues, *Amandine Dhée*
P5452. Étoile distante, *Roberto Bolaño*
P5453. La Littérature nazie en Amérique, *Roberto Bolaño*
P5454. L'Esprit de la science-fiction *suivi de* Les Déboires du vrai policier, *Roberto Bolaño*
P5470. Une saison dans la vie d'Emmanuel, *Marie-Claire Blais*
P5471. Anthologie de la répartie. Les 1 000 meilleures répliques, *Julien Colliat*
P5472. Vous reprendrez bien… Un bonbon sur la langue ? Partageons le français et ses curiosités !, *Muriel Gilbert*
P5473. L'Emprise du chat, *Sophie Chabanel*
P5475. Le Village perdu, *Camilla Sten*
P5476. Miarka, *Antoine de Meaux*
P5477. Chaudun, la montagne blessée, *Luc Bronner*
P5478. Un art de vivre et d'aimer par temps de catastrophe *Jean-Yves Leloup*
P5479. Respire, tu es vivante. De Lhassa à l'Everest, une aventure écologique et spirituelle *Marion Chaygneaud-Dupuy*
P5480. Amma. Celle qu'on attendait, *Pierre Lunel*
P5481. Le Tour du monde en 80 livres, *Marc Wiltz*
P5704. Le Corps des femmes. La bataille de l'intime *Camille Froidevaux-Metterie*
P5705. Un appartement sur Uranus, *Paul. B Preciado*
P5706. Ces hommes qui m'expliquent la vie, *Rebecca Solnit*
P5707. Les Couilles sur la table, *Victoire Tuaillon*
P5800. Paris, *Émile Zola, Edwy Plenel*
P5801. Trois Contes, *Gustave Flaubert, Aurélia Michel*
P5802. Lettres persanes, *Montesquieu, Alain Supiot*
P5803. De l'Amour, *Stendhal, Geneviève Fraisse*
P6000. Nu avec Picasso, *Enki Bilal*
P6001. Lartigue, la vie en couleurs, *Jacques Henri Lartigue, Martine D'Astier, Martine Ravache*
P6002. New York, aller et retour, *Raymond Depardon, Philippe Séclier*

Aux Éditions Alain Bargain

Dans la collection
ENQUÊTES ET SUSPENSE :

Bernard Larhant
- Quimper sur le gril
- Douarnenez, piège à Mouettes
- Les Galets de Tréguennec

Françoise Le Mer
- Colin-maillard à Ouessant
- La Lame du Tarot
- Le Faucheur du Menez-Hom
- L'Oiseau noir de Plogonnec
- Blues Bigouden *à l'Île-Chevalier*
- Les Santons de Granite rose
- Les Ombres de Morgat
- Le Mulon rouge de Guérande
- L'Ange de Groix
- Buffet froid à Pouldreuzic
- Amours sur Bélon

Michèle Corfdir
- Le Crabe
- Mortel Hiver sur le Trieux
- Chasse à corps à Bréhat
- Larmes de fond *(épuisé)*
- Vent contraire à Loguivy-de-la-Mer
- Herbes amères à Belle-Isle-en-Terre
- Il court, il court, le furet des Abers
- Fest-Noz sur le Nil
- Eau dormante en Trégor

Gisèle Guillo
- Dernier rendez-vous à Vannes
- Du Léman au Morbihan *(épuisé)*
- Tempête à Quiberon
- La Belle de Carnac
- Le Saigneur de Quimper
- Vol de pigeons à Arradon
- Cash-cash au Crouesty
- Le Diable noir de Saint-Cado
- Clair-obscur à l'Île-aux-Moines

Martine Le Pensec
- Onde de choc sur Fermanville
- Angoisse sur Penmarc'h
- Lumière noire sur la Penfeld
- Printemps funeste à Brest
- Treizième lune à Concarneau
- 32 octobre à Roscoff
- Terminus à Lannilis

Lise Tiffanneau-Midy
- Sortie de route en Anjou
- Vengeance sur la Corniche Angevine
- Un Justicier à Trélazé
- Réveillon obscur en Saumur

Simone Ansquer
- Téviec, le Secret
- Aux tours de La Rochelle
- Grain de sable à Saint-Pierre-Quiberon
- Le mystère de la Cathédrale de Vannes

Firmin Le Bourhis
- La neige venait de l'Ouest *(épuisé)*
- Les Disparues de Quimperlé
- La Belle Scaëroise
- Étape à Plouay
- Lanterne rouge à Châteauneuf-du-Faou
- Coup de tabac à Morlaix
- Échec et tag à Clohars-Carnoët
- Peinture brûlante à Pontivy
- En Rade à Brest
- Drôle de chantier à Saint-Nazaire
- Poitiers, l'affaire du Parc
- Embrouilles briochines
- La Demoiselle du Guilvinec
- Jeu de quilles en Pays Guérandais
- Concarneau, affaire classée
- Faute de carre à Vannes
- Gros Gnons à Roscoff

Serge Le Gall
- La secte de l'Aven *(épuisé)*
- Sables mouvants à Bénodet
- La Douarneniste et le Commissaire
- Corps-mort à l'Île-de-Batz
- Traque noire à Audierne *(épuisé)*
- Fugue mortelle en RÉ *(épuisé)*
- Le moine rouge de Carantec
- La Sirène de Port Haliguen
- Coup fourré dans les Monts d'Arrée
- Vagues à lames à Noirmoutier
- Dépression sur les Glénan
- Belle-Île "Amère"

Hervé Huguen
- Dernier concert à Vannes
- Les messes noires de l'île Berder

Aux Éditions Alain Bargain

Dans la collection

®ENQUÊTES ET SUSPENSE :

Chaix d'Est-Ange
- La filière d'Arradon
- La petite dame de Locminé
- Ratissage dans le golfe
- L'Écluse de Malestroit
- Copie conforme à Larmor-Baden
- Les Truands de Saint-Goustan
- Coup de barre à Étel *(épuisé)*
- Vilaine affaire à La Roche-Bernard
- Perfusion à Quiberon *(épuisé)*
- Le Passager de Lann-Bihoué

Annie Le Coz
- Les Maudits de Kérogan *(épuisé)*
- Plumes sèches à Beg-Meil
- Quimper sonne les cloches
- "Caval" à Saint-Guénolé *(épuisé)*
- "Clap" de fin à Langolen *(épuisé)*
- Mortelle Bigoudène
- Braquages en Cornouaille

Anne-Solen Kerbrat-Personnic
- "Mi Amor" à Rochefort
- Jour maudit à l'Île-Tudy
- Bordeaux voit rouge

Solenn Colléter
- Lettres de sang sur la Côte Sauvage

Marie-Françoise Marchal
- Frissons en Morbihan *(épuisé)*

Anne-Soizic Loirat
- Lorient l'interdite

Michel Courat
- Ça meurt sec à Locquirec
- Marée rouge à Plestin-Les-Grèves
- Coup de grisou à Pleumeur-Bodou

Christophe Chaplais
- Pâté de Corbeau aux amandes amères
- Le calisson jusqu'à la lie
- Farz aux herbes de Portsall
- Addition salée au Croisic
- Salade russe aux noix de Grenoble
- Fourchette mortelle à Chinon

Patrick Bent
- Erquy profite le crime
- Le macchabée du Val-André
- Saint-Cast priez pour eux !
- Hécatombe à Saint-Malo
- Nuit noire à Dinard

Philippe-Michel Dillies
- Meurtres à Monnaie
- Chasse à Tours
- Train d'enfer pour Saint-Pierre-des-Corps
- Les roses noires de Chartres *(épuisé)*
- Du raisiné à Vouvray
- Partie truquée à Descartes
- Embrouille à Amboise
- L'écheveau de Blois

Jean-Pierre Bathany
- Camaret au Vitriol
- Double Je Nantais
- Été show à La Baule
- La Veuve Noire de Pornic
- Maudit Blues à Nantes
- Requiem au lac de Grand-Lieu

Stéphane Jaffrézic
- Chili-Concarneau
- Ville bleue et beaux dégâts
- Disparitions en Pays Fouesnantais
- Tri Yann Tro Breizh
- Vengeances croisées à Nantes

Bernard Enjolras
- Îlot mortel à Trégastel

Jean-Pierre Le Marc
- Matin rouge au Guilvinec
- Soirées noires à Penmarc'h
- Double vie à Loctudy *(épuisé)*
- Signes de sang à Lesconil
- L'Héritier des Trépassés

Jean-Pierre Farines
- Brume sur la Presqu'île
- La route de Rocamadour

Jacques Caouder
- L'Occise des Landes *(épuisé)*
- L'Évadée de Brennilis
- Le Mort de Brest-Les Abers *(épuisé)*
- La Troménie noire
- Rumeurs mortelles à St-Renan *(épuisé)*

Sylvain Pettinotti
- Manzini ou "L'art des choix"
- Réactions en chaîne en Isère